稀見筆記叢刊

# 新鐫全像評釋古今清談萬選

[明]泰華山人 編選
陳國軍 輯校

文物出版社

圖書在版編目（CIP）數據

新鎸全像評釋古今清談萬選 /（明）泰華山人編選；陳國軍輯校. --北京：文物出版社，2018. 10
（稀見筆記叢刊）
ISBN 978-7-5010-5679-8

Ⅰ.①新… Ⅱ.①泰…②陳… Ⅲ.①筆記小説-小説集-中國-明代 Ⅳ.①I242.1

中國版本圖書館CIP數據核字（2018）第211962號

新鎸全像評釋古今清談萬選 ［明］泰華山人 編選 陳國軍 輯校

責任編輯：李縉雲 劉永海
封面設計：程星濤
責任印製：張道奇
出版發行：文物出版社
地址：北京市東直門内北小街2號樓 郵編：100007
網站：http://www.wenwu.com 郵箱：web@wenwu.com
印　　刷：北京京都六環印刷廠
經　　銷：新華書店
開　　本：880毫米×1230毫米 1/32
印　　張：14.5
版　　次：2018年10月第1版
2018年10月第1次印刷
書　　號：ISBN 978-7-5010-5679-8
定　　價：66.00圓

# 總目録

# 前言

《新鐫全像評釋古今清談萬選》，又名《古今清談萬選》《清談萬選》《萬選清談》，是明代隆萬時期小説彙編風尚的産物，是明代一部重要的小説選本。書名所謂「全像」，是指小説文本所插六十八幅圖像；所謂「評釋」，是指小説中的眉批與夾注；所謂「古今」，是指小説作品創作的時代屬性；所謂「清談」，是指小説「出處聲律」，「陰陽變化、屈伸往來，幽明隱顯、損益勸懲」的宗旨；而「萬選」，則既指編者的選擇範圍，也表示出編者萬中選一的選編態度。

《萬選清談》現存三種刊本。一是美國國會圖書館藏萬曆刊本，一九八五年，天一出版社據以影印，刊入《明清善本小説叢刊初編》。是書採用十行二十字明代通行刻書模式，六册。前有《萬選清談引》，題「泰華山人書於金陵之大有堂」。目録題「金陵周近泉繡梓」。卷一、卷二，題爲「人品靈異」，凡載故事三十二條；卷三、卷四，題名「物滙精凝」，凡三十六條，計六十八條。文末題《新鐫全像評釋古今清談萬選》。每個故事均以四字命名；在每則小説前配有圖像，圖左右兩旁各有十一字的楹聯及四字横批，以概括出小説的基本内容；每條故事有長短不均的評釋，評在眉端，釋爲夾注。所選小説文字有删節，故事插圖，雕刻古拙，無徽刻之纖巧。美國國會圖書館藏本，有四處明顯的刊刻錯誤。一是條目數量有誤。本書卷二目録「人品靈異下，凡一十六條」，正文實則十七條。二是有兩篇小説在目録與正文順序上互乙。卷二目録順序均爲「《髑髏禳祟》《旅魂張客》《玉簪示信》」，而正文則爲「《旅魂張客》《髑髏禳祟》《玉簪示信》」。三是每册前將本册作品的半幅插圖，誤裝在目録之前。四是卷四《西顧金車》有缺頁。

第二種刊本是嘉德拍賣行二〇〇七年夏季拍賣刊本〔二〕，未見實物。據書影，知此也爲萬曆金陵大有堂刊本。四册，首有「泰華山人」序，書於金陵大有堂。第四卷末有「萬曆己丑夏月／吾岡楊氏繡梓」兩行牌記，書中每卷一幅插圖，共有「日壁重輝」等金陵版畫六十八幅。

---

〔二〕中國嘉德國際拍賣有限公司網站：http://www.cguardian.com/tabid/77/Default.aspx=357300

三是日本内閣文庫藏本。未見。據書目記載，此本署泰華山人撰，周近泉刊印，六册。美國國會藏本、日本内閣文庫本與嘉德拍賣本，一爲六册本，一爲四册本；繡梓者有周近泉與楊吾岡之别，明顯不是一個版次。兩個版本孰先孰後，究難探明。倘若嘉德拍賣本在前，則「萬曆己丑夏月」爲《清談萬選》原刻時間；反之，美國國會藏本、日本内閣文庫本在前，則「萬曆己丑夏月」爲其再刻時間。但無論哪個版本在前，《清談萬選》在萬曆十七年（一五八九）已經問世，則是毋庸置疑的。

《清談萬選》前有泰華山人所作小引；吕天成《曲品》卷上有「泰華山人」，且言「别號莫稽，諸人未識」，卷下録其《合劍》傳奇一種。祁彪佳《遠山堂曲品》「能品」著録泰華山人兩部傳奇作品《合劍》《玉枚》。因此，早期對泰華山人的研究多爲戲曲研究者。如傅惜華《明代傳奇全目》卷二：「林世吉，字不詳，别署泰華山人，或誤作泰華山民。」[一]吴書蔭《曲品校注》卷上「泰華山人」箋注，引《濂江林氏家譜·户部員外郎泰華林公傳》認爲作者爲林世吉。他們認定泰華山人爲林世吉的唯一證

[一] 傅惜華：《明代傳奇全目》卷二，人民文學出版社，一九五九年，第一四九頁。

據，就是林世吉號泰華。由於考證缺失過程，且名號相同也不是科學的考據方法，因而，也有不少學者對此存疑。如王重民《中國善本書提要》以爲「泰華即近泉之别署」，程毅中也認爲「泰華山人似即周近泉」〔三〕。

《清談萬選》有兩篇事涉明代文人的小説作品。一是卷一開篇的《張侯回生》，二是卷二的首篇《曇陽仙師》。而這兩篇小説都與王世貞、王世懋兄弟關係密切。

發生於隆慶元年七月朔日至九月終旬的張堯文死而還生事，是在士大夫之間廣爲流傳的神異之事。最早傳播此事的是張堯文之兄張克文，他在任工部主事期間，在不同場合，不斷渲染其事。聽其事而録的有王世懋《張氏回生説》、余有丁《余文敏公文集》卷五、張萱《西園聞見録》卷三等；萬曆七年，朱震孟以當事者的身份創作了《回生傳》，此文載於《河上楮談》卷一；讀而志之者，有王同軌《耳談類增》卷二八、陳師《禪寄筆談》卷九等。萬曆十一年，張堯文進士及第，任涇縣縣令，安徽

〔三〕王重民：《中國善本書提要》子部《小説類》，上海古籍出版社，一九八三年，第三九九頁；程毅中：《古代小説鈔（明代卷）》，中華書局，二〇〇一年，第三一四頁。

紳士方用彬「對此事極感興趣，以此爲題，徵王世貞、袁福徵、徐桂、曹昌先、方頤静、馬一卿、汪大成、俞仲禮等人詩作」，在徽州紀録或創作《回生傳》的，主要有胡岳松《張氏回生傳》、施篤慶《張後回生傳》、潘之恒《亘史》外編卷二等。其中，用力甚勤的除了方用彬外，當數王世懋和曹昌先。王世懋除了寫作了現存於《王奉常集》卷二八的《張生回生説》外，還創作了一篇至今未見的「少宗伯太倉王公爲作《回生傳》」；而曹昌先作爲王世貞、王世懋的外甥，居中多所聯繫〔二〕。

卷二《曇陽仙師》所寫王燾貞白日飛升神異之事，爲之作傳的，據文獻記載，有王錫爵的《化女曇陽子事略》、王世貞的《曇陽大師傳》、王世懋的《書〈曇陽大師傳〉後》《望崖録外編》所記師事曇陽子事、徐渭《曇陽大師傳略》、范守己《曇陽仙師傳》、胡應麟《曇陽登真編》以及鄧球《閒適劇談》卷五所作曇陽事蹟等。王世貞《弇州續稿》卷一八六《寄胡司徒》言：「荊石宗伯家刻《曇陽大師編》」，即是王錫

〔二〕《明代徽州方氏親友手札七百通考釋》第一册，第三二六、四〇五、四三一、五〇六、五五六等頁。月册〇八五条：「《回生詩》，司馬冗劇，恐未能得，如何？」，可見方用彬曾請託曹昌先求王世貞寫詩。安徽大學出版社，二〇〇一年。

爵的《化女曇陽子事略》。王世貞於萬曆九年創作了《曇陽大師傳》，并將此文廣爲推介。《弇州續稿》卷一八八《王大參陽德》：「所草《曇陽仙師傳》附覽，倘有一二可採擇者，庶幾頤吉小助耳。餘情，曹子念當悉之。」《弇州續稿》卷一九三《石拱辰司馬》：「曇陽子化事，想或聞之。其所以化，恐未悉也。今録上一通，欲吾丈知天下有真人、有真理，幸毋以爲癡人寱語也。」《弇州續稿》卷二〇一《文禮部》：「近草得《曇陽仙師傳》，文筆冗弱，不能精，姑取核耳，慎莫使人聞之。」《弇州續稿》卷二〇七《答穆考功》：「近草得《曇陽仙師傳》，附覽。此殆非師意，竊恐世口世耳張大苛摘，皆不能經，故以椎語破之，即得罪，弗敢恤也。」爲曇陽傳記創作、傳播，用力最勤的無疑是王世貞和王錫爵。

曇陽大師之事，是王世貞官宦仕途和宗教精神等方面發生重大轉折的一個關節點。雖然《清談萬選》卷二的《曇陽仙師》，無法考證出自何人之手，但它準確地表達出了王世貞的情感寄託和宗教情懷。《曇陽仙師》，連同《清談萬選》的出版時間，清楚地表明編輯和出版本書的作者，與王世貞有著密切的關聯。

林世吉家族與王世貞友善。目前文獻所知，除了王世貞《弇州山人四部續稿》卷一三《林天迪參軍奉使吴越過該弇中有贈二首》外，王世貞《弇州續稿》卷七五《林宗伯傳》，則提及林世吉二弟林用勤請王世貞爲其父寫傳、三弟林用升爲王世貞的弟子等。

《清談萬選》有着明確而開明的小説觀念和彙編審美思想，將小説視爲「覺民之鐸響」「載道之乘衛」，并把小説提陞到與「六經」并肩的高度。至於《引》言所謂：「乃一日，友人手書謁余，即之題曰《萬選清談》」，乃小説家的故作狡獪之言，本書的作者就是泰華山人林世吉。林世吉（一五四七～一六一六），字天迪，號泰華、泰華山人、層城山人，福建閩縣林浦鄉（今福建閩侯城門鄉）人。《傳》云：

> 公諱世吉，字天迪，號泰華，文恪公長子。以蔭入太學。曆參戎幕，綜核詳明，累陞自户部員外郎。榷税臨清，釐革宿弊，國計用周，而商賈稱便。差滿乞休，與王懋複、余宗漢等結玉鸞詩社，雄章麗句，流傳海内，時號「閩中七子」云。公累葉貴盛，而沖和恬淡，海内名士，如王元美輩，莫不樂與之交。初侍文恪公於史館，濟南殷相國目之曰：「此丹穴鳳毛也」其爲名流所器重如此。勇於爲義，南臺大橋傾圮，公合衆修葺，迄今行道頌德。歲大祲，施粥通衢，全活甚衆。所著有《叢桂堂集》《雕龍館》《群玉山房》詩集行於世。

所著作品還有傳奇《玉枚記》《合劍記》，小説彙編《古今清談萬選》四卷。閩縣林浦林氏爲明代名宦世家，享有「三代五尚書，七科八進士」的盛譽。林世吉祖父林翰（一四三四～一五一九），曾官南京吏部、兵部尚書；叔祖林庭昂（一四七二～一五四二），曾任工部尚書；祖父林庭機（一五〇六～一五八一），曾官南京工部、禮部尚書；父林燫（一五二四～一五八〇），曾任南京工部、禮部尚書；叔林烴（一五四〇～一六一六），官南京工部尚書；此之謂「三代五尚書」。再加上高祖林繆、堂兄林炫、族叔林庭堂，均進士及第，是謂「七科八進士」。林世吉以貴介公子而好文，與王世貞、胡應麟、李言恭、曹學佺、趙世賢、佘翔、徐興公等交好，常有詩社活動。

《清談萬選》的刊行時間，因小説收録「曇陽仙師」事在萬曆八年九月，故王重民認爲「是書必纂刻於萬曆八年以後矣」〔二〕。此觀點遂爲學界採信。其實認真研讀該文，則對本書的成書時間，會有更爲精確地認知。

曇陽仙師，即王錫爵女王燾貞（一五五八～一五八〇），其白日飛升之時爲萬曆

〔二〕王重民：《中國善本書提要》子部小説類，上海古籍出版社，一九八三年，第三九九頁。

八年（一五八〇）九月九日，此時其父正以禮部右侍郎在家省親，但本文稱其爲「相國」。「相國」一詞，其意雖多有嬗變，但大都指「宰相」「丞相」或執政者，至明代，内閣大學士則雅稱爲相國。而王錫爵入閣時間，最早爲萬曆十二年十二月。王世貞《弇山堂别集》卷三「王氏奇跡」條曰：「萬曆中，吾州王錫爵以會元及第，四十餘而至少宗伯，抗時相，直節重天下。會其弟提學副使鼎爵歸省，父封詹事，梦祥，母吴淑人，俱無恙。女曇陽子，以貞節得仙，白日升舉。後五載，服初禫，召入爲文淵閣大學士，天下豔之。」《明史》亦言：「（十二年）十二月甲辰，以前禮部侍郎王錫爵爲禮部尚書兼文淵閣大學士。」「十二年冬，即家拜禮部尚書兼文淵閣大學士」[二]，而《王文肅公文集》卷一四《王文肅公傳二》：「甲申，以禮部尚書召入閣，終喪，猶未駕，上遣行人促召。乙酉，赴闕。」而《王文肅公文集》卷一三《哀榮録》所載《敕命》曰：「（萬曆）十四年，任禮部尚書兼文淵閣大學士。」[三]誤。如是，則本書成

---

[二]《明史》卷二〇《神宗本紀》；《明史》卷二一八本傳。

[三]王錫爵：《王文肅公文集》卷一三，《四庫存目叢書》第一三六册，齐鲁書社，一九九七年，第四五一頁；卷一四，第四八二頁。

書時間在萬曆十三年以後矣。

曇陽仙化，是與明代萬曆時期朝廷鬥争頗爲密切的政治事件，也是王世貞與王錫爵「逃世」之舉。王世貞由於其個性和卓越的文學才能，與當時的三任執政者頗爲不和。王錫爵在爲王世貞所寫的神道碑文中寫到：「公嘗屈指前後所忤三相國。分宜睚眦殺人，入其網，無得脱者；新鄭褊而敖於言，嘗力持其《訟冤》《請急》二疏不肯下，既而悔之，知其無他腸也；若江陵則忤且合，以飛鉗釣餌雜出中人，手書不時至，皆欵欵輸心道舊語，計未有以絶之。會予化女以守節感冥契，立恬澹教門。公有當於心，輒焚筆研，謝賓客，與余結廬城南，戒食梵誦甚苦，間相對談平生所經啼哭險夷之境，如梦如醒，且沾沾喜也。蓋自是，江陵始息意予兩人，不深忌予，亦不復以官爵餌，公予兩人亦相得也。曰：『此度世不足，逃世不有餘乎？』」[二]因此，師事曇陽，是王世貞仕宦生涯的需求，也是他宗教情懷的自覺皈依。

---

[二] 王錫爵：《王文肅公文集》卷六《太子少保刑部尚書鳳州王公神道碑》，《四庫存目成書》第一三六册，齊魯書社，一九九七年，第三〇七～三一一頁。

即使王世貞、王錫爵如此「逃世」，也難免深陷政治漩渦之中。《弇州續稿》卷一四〇《亡弟中順大夫太常寺少卿敬美行狀》：

> 曇陽子既以化，元馭具其事，屬世貞傳，而弟手書授之梓。給事某、禦史某乃極論元馭與不谷譸「張爲怪幻」，而留省應之，至波及弟與故沈太史懋學，業已報聞，弗竟矣。而弟慨然謂：「學使者爲諸生師帥，即弗竟，而業已見指摘，何顔復教授諸生？」乃移文兩臺乞骸骨，而單車之境上，度臺發，即買一舴艋徑歸。諸生有竭蹷而送者，猶爲之講説秇文不倦。時元馭之弟家馭，亦自河南謝學政歸，天下聞而高此。

王錫爵也受到了强烈的政治壓力。《神宗實録》卷二三八「其女爲妖蛇所污，計爲掩飾，作《曇陽子傳》，自稱曰『奉道弟子』」。當時的首輔爲張居正，他聽聞此事後的態度，使得事態漸趨平静。《王文肅公文集》卷一四載：「久之，臺省承意，論公以曇陽事，江陵笑曰：『若欲借神仙敵壇途耶？神仙世所有，但元美一傳，引人談柄耳。』事竟寢。蓋江陵雖忌公，而以公論所歸，無所難也。」

萬曆九年，王世貞等人撰寫的關於曇陽「升化」的傳記，成爲政敵的攻訐對象。王世貞王世懋兄弟、沈懋學等，均遭到論劾。王世貞在寫給《支禮部》的信中言：

「近草得《曇陽仙師傳》……慎莫使人聞之」，以及《弇州續稿》卷二〇七《答穆考功》：「近草得《曇陽仙師傳》……竊恐世口世耳張大苛摘，皆不能經，故以椎語破之，即得罪，弗敢恤也。」可以看出王世貞對「曇陽仙化」之事的政治層面影響的滿心焦慮和深層顧忌。

作爲好友，林世吉一定會在「曇陽」事件的政治糾紛塵埃落定後，才有可能將此事編入本書中。因此，當萬曆十年張居正的死亡和萬曆十三年王錫爵的入閣，使得曇陽「升化」事件得以平息之後，林世吉才於萬曆十三年至萬曆十七年（一五八九）間編纂《清談萬選》。至於萬曆十九年（一五九一）七月二十四日，福建按察僉事李管上疏劾論申時行十罪，詞連語侵王錫爵，則是曇陽仙化事件的餘波〔一〕。

《清談萬選》所選小説雖不注明出處，但可考者衆。小説所輯故事，如《虢州仙女》（卷二），出《續幽怪録》卷一；《旅魂張客》（卷二），出《夷堅志》卷一五；

---

〔一〕《神宗實録》卷二二八：「萬曆十七年十二月甲戌，福建按察僉事李管上疏劾論申時行十罪。」《明史》卷二三〇《湯顯祖・李管》：「顯祖建言之明年，福建僉事李管奉表入都，列時行十罪，語侵王錫爵。言惟錫爵敢恣睢，故時行益貪利，請并斥，以謝天下。帝怒，削其籍。甫兩月，時行亦罷。」

《洛中袁氏》（卷三），出《傳奇》中的《孫恪》；《苑中奇瓣》（卷四）、《西顧金車》（卷四），分別出自《博異志》和《宣室志》。但《萬選清談》更多的是取諸明代的志怪小説作品。其中《婕妤呈像》（卷二）、《新鄭狐媚》（卷三）出《剪燈餘話》；從周紹濂《鴛渚志餘雪窗談異》中抽繹《張生冥會》《吴生仙訪》《貝瓊遇舊》《倪生雪夜》《曹異龍神》《窗前琴怪》《燈神夜話》《邪動少僧》《會稽妖柳》九篇。

值得注意的是，本書深受周静軒《湖海奇聞集》的影響。本書卷二《玉簪示信》，就出自周静軒的《湖海奇聞集》卷六的《碧玉簪記》；此外，本書將小説分爲「人品靈異」和「物匯精凝」兩類，其實就是對《湖海奇聞集》的接受與改造。所謂「人品靈異」，即《湖海奇聞集》的卷一、二的「人品靈怪」「胭脂靈怪」；而「物匯精凝」，實則爲《湖海奇聞集》卷三、四、五的「禽獸靈怪」「木石靈怪」「器皿靈怪」的變易。《清談萬選》中出現了大批引用童軒《清風亭稿》詩篇的小説作品，而引用童軒詩篇，不論作品有着詩詞引用而非自創、多數詩詞也與作品情節不符等缺陷，但據深入閲讀過《湖海奇聞集》的明人孫緒的論斷：「周又著有《湖海奇聞》，命意遣詞，萎弱凡近，亦往往有不通處，讀之可厭。然其中詩，首首警策。竊以爲掇之他人者，而未敢以告人也。

後因遍閱本朝正統、景泰間諸名公詩集，自卞户部、王舍人而下，凡即事詠物之什，無不被其剿入。杜撰一事，聯合諸詩，遂成一傳。言之可羞，然亦非善竊者矣。」〔二〕言此類作品爲《湖海奇聞集》的小説，亦是一種有文獻支撑的學説〔三〕。據此，則《尚質聯詩》《安禮傳琴》《徯斯文遇》《希聖會林》《以誠聞詠》《夏子逢僧》《鄭榮見弟》《吴將忠魂》《魏沂遇道》《驛女冤雪》《顧妃靈爽》《明妃寫怨》《夜召韓生》《野婚醫士》《配合倪昇》《留情慶雲》《詩動秦邦》《妓逢嚴士》《髑髏釀祟》《玉簪示信》《拜月美人》《東牆遇寶》《古塚奇珍》《筆怪長吟》《四妖顯世》《三老奇逢》《渌河五妖》《怪侵儒士》《湯嫗二婦》《建業三奇》《渭塘舟賞》《荔枝入梦》《老桂成形》《泗水修真》《巫山託處》等三十五篇小説，出自《湖海奇聞集》。

作爲編輯、成書於萬曆十三年至萬曆十七年（一五八五～一五八九）之間一部小説彙編，保存了弘治時期周静軒編撰的《湖海奇聞集》的小説佚文，這本身就具有一

〔二〕明孫緒：《沙溪集》卷一三，《四庫全書》本。

〔三〕陳國軍：《周静軒及其〈湖海奇聞集〉考論》，《文學遺産》，二〇〇五年第三期。

定的小説史意義。同時，小説也爲萬曆之後的小説選編提供了範本。如序刊於萬曆二十二年（一五九四）的胡文焕所編《稗家粹編》援引本書的作品，就有《張生冥會》《徯斯文遇》《鄭榮見弟》《吴將忠魂》《蔣婦貞魂》《驛女雪冤》《野婚醫士》《留情慶雲》《孔惑景春》《妓逢嚴士》《旅魂張客》《公署妖狐》《拜月美人》《東墻遇寶》《窗前琴怪》《燈神夜話》《邪動少僧》《綏德梅花》《野廟花神》《荔枝入梦》《西顧金車》《洛中袁氏》等二十二篇。序刊於崇禎二年（一六二九）的西湖碧山卧樵所編《幽怪詩譚》，則擷取了本書《安禮傳琴》《徯斯文遇》《希聖會林》《以誠聞詠》《夏子逢僧》《鄭榮見弟》《吴將忠魂》《魏沂遇道》《蔣婦貞魂》《驛女冤雪》《顧妃靈爽》《明妃寫怨》《夜召韓生》《野婚醫士》《配合倪昇》《留情慶雲》《詩動秦邦》《妓逢嚴士》《髑髏釀祟》《東墻遇寶》《古塚奇珍》《月下燈妖》《筆怪長吟》《四妖顯世》《三老奇逢》《禪關六器》《怪侵儒士》《湯嫗二婦》《建業三奇》《睢陽奇藥》《綏德梅花》《渭塘舟賞》《和州異菊》《興化妖花》《花姬詠詩》《五美色殊》《濠野靈葩》《荔枝入梦》《老桂成形》《常山怪木》《滁陽木叟》《泗水修真》《巫山託處》等四十九篇小説作品；而且兩書在情節、文字上的差異，也是值得學界關注的課題。

另外，《清談萬選》對《廣艷異編》等小說的彙編，也具有可靠的、實質性的影響。本書具有指向統一、特質鮮明的「詩文小説」編輯特征，對於考察明代傳奇小説晚期發展，以及小説敘事與藝術如何過渡到《聊齋志異》，具備獨特的指標功用，應該引起小説研究者的更加深入地思考。

限於水平，疏誤之處在所難免，懇請讀者、學者的批評、指正。

陳國軍

二〇一七年四月十二日於甜稗書屋

# 萬選清談引

維時聖天子在御，區域廓清，博士家抵掌而談者，人握靈蛇珠，家抱荊山璞矣。乃一日，友人手書謁余，即之題曰《萬選清談》。夫談，譚也，言也。「六經」之言，尚矣，道明矣。漢《天人》《治安》《王命》《出師》，晉魏、唐宋，若《洛神》《高唐》，不可殫紀，未聞重清談。選談曰「清」，去道相燕越，倘亦晉司徒乎？竊疑焉。而詳其簡策，見人品、靈異，有談物生幻杳，有談出處聲律，有談陰陽變化，屈伸往來，幽明隱顯，損益勸懲，言言屢屢，井井條條。未必非覺民之鐸響，未必非載道之乘衛；道在是，「六經」在是，漢魏、唐宋在是。萬選萬中，詎三窟者之足云。嗟嗟！絲鼇挈石，駑駘道遠。清談累聖化哉？啟笥而毫芒傍紫薇之舍。

泰華山人書於金陵之大有堂

# 凡　例

一、本書以美國國會圖書館藏明萬曆大有堂刊本爲底本，參以臺灣天一出版社一九八五年版《明清善本小説叢刊初編》影印本。

二、凡底本有誤，依據從古原則，校諸故事原始出處，他書及引書一般從略。

三、凡底本之舛訛脱倒、缺衍誤異之文，悉據原始出處校改。各篇異體字，一般徑改。評釋、眉批，以不同字號字體區分。闕字，以方框（□）表示，并依據本文原始出處，在校記中注明。

四、删節成文，且删節比例過大者，爲避免繁瑣、支離，一般均指出文本原始出處，不做過度校注。

五、本書按語，主要注明文本的原始出處、他書所引、衍化異文，以及對通俗文學的影響等。

六、本書各篇按語所涉文獻，均在據校書目中標注作者、朝代與刊本情況。

# 目録

卷之三……二一一

物匯精凝……二一一

## 卷之四……三一三

### 物滙精凝……三一三

# 卷之一

## 人品靈異上　凡十五條

### 張侯回生

江西新淦邑辛酉舉人張堯文，水部張君克文弟也。〔眉批〕昔趙簡子亡七日而復蘇，戴少平卒十有六日而復生，其與張侯屬絶氣續亡命，則既同之矣。後簡子列諸侯，少平官翰林有聲，則他日張侯功名勛業掀天動地者，當必有在矣。豈出簡子、少平後哉？克同胞兄弟六人，克居長，堯次之，與四弟皆從克學，朝夕共業經史，雖寢食必俱，怡怡如也。克與堯舉鄉試第，領鄉薦。於隆慶改元之夏五月，將赴南宫試。諸弟依戀，征途不能别。鄉有友同赴試者五人，中有同邑一友，與堯同榜，且爲莫逆之交者，相約買舟北上。

七月朔日，舟泊淮安郡，堯患痢念餘日，將愈。廿五日，抵清河，忽中流失楫，昔有溺舟之變。舟中人恐怖呼救，堯以病乍驚，神倏昏迷。適有運船在側，高所沉舟三尺許，衆皆争先，匍匐過舟。克獨以大被負堯，若有神翼，一躍而登焉。登運舟。從此堯病復篤，醫士診之云：「脈散，不可爲矣！」克遥望桃源三義祠，泣且禱曰：「克有弟堯文，病危殆死。兹遘窮途，弟果死，克亦不能獨生。兄弟相機死，事聞於家，父母不堪憂，恐有不測，其四弟多是追泣以死者。庶其情之所必至。是今日之變，一家之命系之。且神，義結兄弟也，生死不忘，今克同胞兄弟一旦他鄉死别，如情之難割何！神其爲我弟能起死回生乎？」廿六日，堯息氣漸微，咽渴極，克口授液接之。口津液。液殆盡，克遂昏去，無何，復蘇。廿七日，堯病不起，早忽永訣矣。舟泊桃源津口，旁人因時暑，促殮。克不得已，詣城中，鬻棺殮具，日午，舁音□棺至，將就殮時，若有舉堯之手，及啟其牙者，時舟内外人俱聞若空中語〔眉批〕始死而舟人聞空中語者，何也？神蓋懼其迫於舟人而殮之也。云：「堯文，他是心地善人，決不終於異鄉。克文，你兄弟好同心，你前日講過的，是你明年中去聲。」舟衆聞且駭。克自惟前日講過者，必遥祈三義祠之詞也，但人死竟日，何能復生？不敢自信。且不知是何神語，心甚恍惚。空中又有云：「關老先生去矣。」此後堯尸定如，故克不忍殮。越廿九日，其尸不變氣，舟不穢，但肌肉消皮枯，露見骴骨，腹背相輳，中若無腑臟。舟中人懼且形於言，謂其當殮。克文不得已，負尸移於龍神廟內前土室中。

屆八月朔日，克復往三義祠祈籤，得「善報，病不死」之句。二日，克以憂懼廢寢食，久病不能支，持。更强起書疏，將往焚之。乃聞室中大聲云：「你一人收盡兄弟魂魄，如何？」克應曰：「此何説也？」彼復云：「不看你紙上寫的。」指所書疏。〔眉批〕業已許之生矣，又時而室中有聲者何也？神蓋堅其兄之志而并存之也。三日，同舟莫逆友北上，急竄入廟內睨堯尸，默默而出，室中有大聲呼克文，云：「某適到此。他知人死無生之理，却不知人死有生之理。」克以所言追問之，其友云：「我果至，無言，真有此意念耳。」謂人死無生之理。越五日之五鼓，友乘早發舟，室中輒有聲云：「舟中同來人，去矣！」黎明令人視之，果然。同來友果去。是夜，克初失同行友，惟與二三僕孤守荒廟，不遑寢處。人號鬼哭，慘切萬狀。及晨，持水一杯，往祝於神，〔眉批〕水部之往祝，亦以友于之義動彼神明耳。曰：「弟今不回者，八日矣。肌日枯，不少變，從前未之聞者，得無有回生之理乎？惟神冥相焉。某今持水入室中，注灌向弟口，得咽下，是果可生矣。」及克入室，堯負墻而立，若或舉之，如有人舉之者。忽即仆，又若有扶之者，畧無蹟損也，遂極力啟其牙，匙水入口，注入三四匙。越九日，更以米湯如前，祝飲之，得入一杯許。越十二日，聞室中大聲云：「黄河決，大事也。」又云：「蕭老官且辭，我暫歸去。」如此語十數事。〔眉批〕俟之魂遊而逝也。登崑崙矣，疏河水矣，入故鄉蕭公之廟矣。諸所經歷，若遊於無何有之鄉，冥冥漠漠不知所止者，真一大梦也。時桃邑有鄉先生朱中丞公家居，已致政時。克往謁，具告其事，中丞曰：「曾聞有人死，魂遊復返之事，今日事相類。汝弟決可生也！」十三日，邑有胡姓太學生日見克狀可憫惻，來顧克，謂：「荒廟不可久居，盍移於余舍之别室？」胡生之言。克扶弟入卧，與往就之，覺手足微柔可運，尚未有生氣也。十五日，太學生邀克往一話，僕入室，近枕，聞有微聲，云：「大哥何處去了？此魂初返時。」僕驚以告，克歸，問：「其聲何如？」僕曰：「聲甚微，不可聽，略聞此一句，但似二官人本來聲也。」克疑此莫果還魂矣。但彼氣方生，莫可驟驚，且俟之。十六日黎明，趨以告三義祠，歸入室中，攜其手，堯亦以指微拈克手，克遂手啟其目睫，不能開，久之，微開，能識克，因微問曰：「此何時？」克告以八月十五日也。又問曰：「此何地？」告以桃源，堯云：「方在淮安，堯初患痢處。如何就到桃源也？」復默然。越十八日，微聲自語，曰：「我回，件件不是我。形不相似。當初大哥極恩愛我，奈何我去了，交付他的，件件不是我，如何回得？」十九日，又曰：「我如今回不得，去又不得，若件件不是我的，我還要去了！」克度入聲其魂初遊時，皆本來面目，今返魂時肌肉脱落，不似其形，故耳。乃慰諭之，以手按其心，曰：「此件可是你真的？」堯少頃曰：「此件到是。心則不變。」克曰：「此件是，件件是。汝兄爲汝守得好好的，你不可再去，再去不得回矣。」克又曰：「你再去，我亦從你去。」意以至言動其真性，彼決不忍兄與之俱逝，往。或可挽其去也。〔眉批〕向使水部未能指點真體，動以至情，則呼吸之間，雖鬼神不得復挽而留之矣。廿日，堯索鏡自視眸子，視得其形，微哂曰：「是我矣！魂已定。」日飲以粥。又數日，食去聲之飯。又數日，少食之肉食如字，并不用藥劑，覺息氣漸生，肌肉漸實，間能坐，又漸能步，一一如嬰兒之就長。至九月終旬，其形充然如昔，而面貌則微異矣。十月，克與堯痛哭，辭三義祠，復買舟北上。

克即欲以前事詢之，恐心神初安，或驚且悸。怪異。舟居數日，見其心神怡悦，乃徐問以黄河決之事，此室中語。堯默然，隱几良久，乃云：「有此景象。我到崑崙山黄河源，循河而走，至入中國境，河決，懷。我意決爲中國患甚巨，竭力疏導之，甚疲勞。連日乃得息。」又詢及蕭老官數語，堯亦默然，隱几久之，云：「我至故里蕭神廟中，見其上虚一席，我坐其間，傍諸神不能容我，遂辭歸。當時若容我坐，我不歸

白璧

積石魂還荆樹全榮疑再世

重輝
鈞天夢覺桃源造物即生洲

矣。」凡聞室中之語，一一問之，皆得其故，各有説，然不必盡述也。〔眉批〕魂返而生形。諸問答，一一記憶何？莫而非神之靈之所爲也？

舟抵都下，詢知同行諸友寓一寺中，堯徑先入。諸友乍見，意者人耶非人耶，相顧駭愕，不敢近。堯復覓莫逆友，同榜者。其友更驚惶，蓋度入聲其世無回生之理，茲所見必非人也。堯告之曰：「某今果得生矣！」其友不之信，出見克，克以實告，友始驚定。諸友聞之，乃近席話別焉。

越明年戊辰春，克果中南宮第。舟中「明年中」之語驗矣。〔眉批〕抵京乃二月六日夜，場事不至於廢者，亦彼蒼之有意也。又三年夏，淮邳間黄河忽大決，悉如前語云。前室中「黄河決」之語。有客異其事，録之以廣其傳，恒陽施大夫傳去聲之，名曰《回生傳》同上。嗚呼！死生往復之理，鬼神潛通之機，兄弟友愛之感，世族積善之報，若是夫！

【按】本文出明施篤臣《回生傳》，删節成文。敘述隆慶丁卯（一五六七）張堯文赴京考試，至桃源得病死十八日又返魂之事。此爲當時騰嘩衆口的真事、奇事。他的哥哥張克文在同儕之間，常敘述此段奇事，明余有丁《余文敏公文集》卷五曾有記載；他的同鄉、同年，或許就是文中的莫逆之友朱震孟，在《河上楮談》卷一也爲之撰寫了《回生傳》。一時之間，此事在士大夫之間成爲熱譚。王世懋《王奉常集》卷二八《張生回生説》、汪道昆《太函集》卷一一七《讀〈回生傳〉》、查鐸《查先生聞道集》卷八《回生説》、張言恭《青蓮閣集》卷七《題新淦張進士〈回生傳〉後》等，均爲之題寫了議論、詩評等。張堯文進士及第後，任安徽涇縣縣令，他在任期間，曾與當地士紳如方元素等通信大談此事，并修建了一座武安王廟即關廟。明清記載此事的，還有明王同軌《耳談類增》卷二八《莊繆救張復吾重生》、張萱《西園聞見録》卷三《友愛》、潘之恒《亘史》外編卷二、蔣以化《西臺漫記》卷四、沈德符《萬曆野獲編》卷二八、陳師《禪寄筆談》卷九，清王士禎《皇華紀聞》卷二、趙吉士《寄園寄所寄》卷二《鏡中寄》、穆氏《關帝歷代顯聖志傳》第十六則《桃源救張堯文還魂》，以及明清《新淦縣志》等。

## 張生冥會

禾城張姓者，處士也〔一〕，居鴛湖湖名南〔二〕，有簞瓢之樂音洛。無軒冕之累。往來叢

〔一〕「禾城張姓者，處士也」，《鴛渚志餘雪窗談異》作「處士張姓者」。

〔二〕「南」，《鴛渚志餘雪窗談異》作「之南」。

林中，與釋子談禪，頗識真乘旨。識禪經旨。萬曆三年秋，見里中〔一〕磨腐屠猪之妻，各宣羅道偈，倡邪。煽惑男婦，從者甚衆。惑衆誣民。張欲攘臂斥之〔二〕，其妻止之〔三〕，曰：「子救死且不贍，奚暇管人閒事哉？」因笑而罷〔四〕。眉批：世之信事邪説者，往往以女師男，老少雜處，名雖尊佛，受褻實多久矣，爲秉正者所疾惡矣。但習染深牢，法不能易，可勝惜哉！

後忽〔五〕夜對月獨坐，見二力士，武人。黄巾繡襖，向前施禮，曰：「毗沙門天王邀處士一面。」張倉卒張皇未及致問，忽一人牽青獅來，玉勒錦鞍，蹲踞於地，力士扶張乘之。空濛中，覺風雷聒耳，雲霞爛目。頃至一金城，守者森列。更越重平聲門，方抵殿下。其天王猪首象鼻，若寺中所塑狀。張再拜，天王答禮，命坐於側，旁。從平聲

〔一〕「里中」，《鴛渚志餘雪窗談異》作「里中見」。
〔二〕「欲攘臂斥之」，此句後《鴛渚志餘雪窗談異》尚有「又欲爲文刺之」。
〔三〕「止之」，《鴛渚志餘雪窗談異》作「阻之」。
〔四〕「罷」，《鴛渚志餘雪窗談異》作「止」。
〔五〕「後忽」，《鴛渚志餘雪窗談異》作「後」。

容謂曰：「朕爲兩曜之宗，諸佛之佐。方今天下羅道肆僞，亂吾真教。雖螢火難以侵太陽，而莠草未免傷美稼，二句喻言。護法者寧不寒心！昔張無盡，人名。即處士前身，〔眉批〕張無盡，即處士之前身，雖不可考信，而其秉正疾邪之心，則可必其在前世，今世而皆然者。衛乘多矣。今乃見義不爲，恐前功因之遂棄，前身衛乘之功。所以奉邀至此者，欲劳史筆，一正群邪耳。」即命近侍，持白玉硯、文犀管，并雲箋丈餘，致列張前。張遂俯首聽命，一揮而就。詞〔一〕曰：

竺乾貝葉流香墨，白馬遥馳入中國。欲識前途妙轍源，須知出自真乘力。今來此教多披靡〔二〕，謬以羅道名無爲。宣揚偈語滿鄉邑，善者呵拜惡者隨〔三〕。動言地獄駭凡情，妄造新詞誘設盟。無知女婦〔四〕一朝信，轻夫厭子甘趨迎。斯時探指

---

〔一〕「詞」，《鴛渚志餘雪窗談異》作「其詞」。

〔二〕「披靡」，《鴛渚志餘雪窗談異》作「被靡」。

〔三〕此句後，《鴛渚志餘雪窗談異》尚有「避人曉散夜方聚，幼婦齊聲和老媼。甚將庸道稱佛爺，淺言奉若真如句。況凡齋戒順乎人，彼獨索誓拘其身。迷途向去不復返，無能解悟番沉淪。子念親恩誠罔極，送死胡爲禁哭泣。百愛俱從一火空，忍教薦享毫無及。」數句。

〔四〕「女婦」，《鴛渚志餘雪窗談異》作「婦女」。

神會
護衛真乘萬古法輪從地轉
清談萬選
卷之一

毗汝

破除羅道一團寶鏡自天懸

燃香立，豈期香内先施術。醜者無如姸有緣，晨昏常許來幽室。於焉往往事淫污，時人直作〔二〕摩臍呼。慨兹失身且不悔，犹假借宣偈愚其夫。法兼照鏡與臨水，不能入会深相愧。流風染俗多害人，世道之中一大祟音遂。〔眉批〕秉筆直書，大破群邪之肝膽。在潔己者，固當知所以自悛，而溺俗者能不知所以自懼哉？張生大有功於世教。君不見漢時大盗稱黄巾，黄巾爲號。仗此鼓舞千萬人。又不見紅巾聚衆亂元末，白蓮會。星火涓流終莫遏。於今羅道倡四方，頓令男婦無三綱。香花輪供若真聖，纖毫無驗俱荒唐。杳冥。更能蜜口巧需索，翘首一呼人百諾。比之二盗尤猖狂，害甚於黄巾、紅巾。財色兼婪貪恣溝壑。吾今歌此羅道篇，直將法鏡懸中天。分明照破羅道胆，縱有僞教誰宣傳？

書罷進呈。天王閲畢，喜曰：「處士此作，可謂曲表邪行去聲，大轉法輪矣。朕將呈覽諸佛，開示十方。處士获福，更無量也。」言訖送行，則牵獅者候於闕下，更有擎旛執

〔二〕「直作」，《鴛渚志餘雪窗談異》作「真作」。

蓋，奏樂傳香，前導者甚衆。須臾到家，諸人〔二〕倏然散去，張恍若梦之覺焉〔三〕。〔眉批〕狀世態之信邪，究羅道之流禍，既詳且明，有輿有則，宜其喜動天王，而有旛蓋、香樂之前導也。蓋不必其實有是事而可信其有此理矣。耳時有共張生處者，稔其事，故爲之録一過〔三〕。

【按】本文據明周紹濂《鴛渚志餘雪窗談異》帙上《天王冥會録》删節成文。明胡文焕《稗家粹編》卷四「神部」《天王冥會録》、黄承昊《（崇禎）嘉興縣志》卷一五《里俗·左道熒惑》等載之。

## 尚質聯詩〔四〕

咸陽商尚質，字時中，文人也。雅好讀書，手不釋卷，筑室於南莊別墅音暑。天寶

〔二〕「諸人」，《鴛渚志餘雪窗談異》作「則諸人」。

〔三〕「恍若梦之覺焉」，《鴛渚志餘雪窗談異》作「恍若梦覺」。

〔三〕「耳時有共張生處者，稔其事，故爲之録一過」，《鴛渚志餘雪窗談異》作「予時與張同處，親知其事，乃執燈爲録一過」。

〔四〕底本目録作「尚質聯吟」。

龝夜
月朗風清萬古山河渾似舊

聯吟
酒酣詩放百年身世欲登僊

年號中，尚質徙居焉。日讀書其間，雖夜分不輟止。久之，時值中秋，但見銀河在天，月色在地，平分秋景，萬里清炎，稱良夜哉。〔眉批〕居中秋之月夜，得八士之聯吟，時既佳矣，遇亦奇矣。

質乃推窗對月，獨酌酌酒賞心，因唫吟七言近體詩一律〔一〕，詩曰：

秋色平分月正圓，南樓清興去聲浩無邊。雲收鳳闕〔二〕懸金鏡〔三〕，水滿龍池〔四〕泛白運。萬古山河渾似舊，百年身世欲登仙。何當喚起林皐叟〔五〕，斗酒江流共放船。

詩成，朗吟再四，吟詠以適興。舉頭視之，但見月下有八人焉，或老或少，年既不同，

〔一〕此詩明童軒《枕肱亭文集》卷六「七言律詩」題《中秋對月》，《清風亭稿》卷六「七言律詩」作《丙寅中秋對月》。《文淵閣四庫全書》本《清風亭稿》此詩中闕，可爲之校補。《清風亭稿》本詩最後一句作「何當喚起臨皐叟，斗酒中流共放船」。

〔二〕「鳳闕」，《枕肱亭文集》作「蟾宮」。

〔三〕「金鏡」，《枕肱亭文集》作「丹桂」。

〔四〕「龍池」，《枕肱亭文集》作「龍宮」。

〔五〕「林皐叟」，《枕肱亭文集》作「臨皐叟」。

而野服綸巾，亦自爾各異。〔眉批〕八人之生，大抵皆長於文者，故其英魂不與骸形同朽滅也！聞尚質吟，揖而進之，謂曰：「予輩皆近村居氓民也，因屆良辰，散步自適，忽聞文士稱尚質在此吟詠，予輩欣羡不置，故特訪耳。」尚質信其言，得不甚怖驚，遂命蒼頭洗盞共酌，八人相顧，謂曰：「此宵良矣！可無詩以紀之乎？」衆曰：「盍共聯之〔二〕？」各聯一韻。

一人先吟曰：

渭水東流落日西，

一人應聲曰：

咸陽秋色望中迷。

又一人曰：

荒烟古渡人稀到，

---

〔二〕此詩爲明童軒《枕肱亭文集》卷六、《清風亭稿》卷六「七言律詩」《咸陽晚眺》。明曹學佺《石倉歷代詩選》卷三六九「明詩次集三」、清陳田《明詩紀事》乙籤卷一八載之，同。

又一人曰：

衰柳空城馬自嘶。

又一人曰：

霸業已消三月火，烽火三月。

又一人曰：

斷碑猶帶數行題。豐草斷碑。

又一人曰：

東門牽犬人何在？吠犬東門。

末一人曰：

空見年年碧草齊。

吟已，八人捧觴至尚質前，曰：「予輩久處村埜野，懵懵然罔克有知，但見春花灼灼，秋草離離，春復秋。寒暑相推，燕鴻更平聲代，既無車馬之填門，惟有雀羅之可設，欲新舊染，當得佳言，干尚質詩。足下倘不鄙林泉之塵客，願概賜一律之珠璣，野人有幸，蓬蓽音必生輝，使觀者以爲羨，而書者以爲榮，則予輩幸甚！予輩幸甚！」〔眉批〕于尚質之詩，老固知重尚質之文。蓋亦陰以借尚質之生氣也。尚質許諾，遂呼蒼頭索取紙筆，書一律〔二〕以贈之。詩云：

幽居渾似聘君亭，門對青山盡日扃。自閉。一榻茶烟吟處颺，飄蕩。半窗松雨梦回醒〔三〕平聲。鴻都官好羞輸直，虎觀門深懶話經〔三〕。一卧空林知〔四〕歲晚，無人道〔五〕是少去聲微星。

書罷，手授八人，人各大喜，各於袖中取筆墨至尚質前謝之，曰：「案前蒙賜圭璋，此詩。予輩不勝感佩，茲具筆墨，以助文房，伏冀笑留，是荷。」頃焉，斜月銜歸，殘星錯落，霜露既降，曙色朦朧，而不覺東方之已白矣。八人拜辭，成禮而出。尚質坐定，因取筆墨視之，乃泥爲之者，始大驚悟，遥望一林

〔二〕此詩爲明童軒《枕肱亭文集》卷六《七言律詩》、《清風亭稿》卷六「七言律詩」《題清隱山房卷》。明曹學佺《石倉歷代詩選》卷三六九「明詩次集三」載之。
〔三〕「醒」，《枕肱聽文集》作「腥」。
〔三〕「話經」，《枕肱聽文集》《清風亭稿》作「議經」。
〔四〕「知」，《枕肱聽文集》《清風亭稿》作「驚」。
〔五〕「道」，《枕肱聽文集》《清風亭稿》作「知」。

隱密，尚質緩步其間，盡荊棘載道，荒塚累累，雜。而所贈之詩尚在樹杪。尚質異之，不敢回視而急返云。〔眉批〕始而八人之吟詠，既而荒塚之纍纍，當其時，能不爲之心動可乎？

【按】本文當爲明周静軒《湖海奇聞集》佚文。

## 吴生仙訪

洪武中，有吴子者，别號自得一仙。〔眉批〕或問曰：「吴子，仙乎？」予曰：「仙何言之？蓋凡仙之爲仙也，心無貪而身無系耳。今吴子天地與空，湖山爲美，詩書寄嘯，花鳥同機，是身心且忘，貪系焉着？仙即此在矣，何必蟬蜕雲升，鍊形辟穀，而後謂之仙也哉！」喜詩嗜酒，然終不及誕妄且亂，居常恂恂如愚弱人，而胸中則草芥軒冕，塵土金玉。輕視富貴。家給雖不豐，此心怡然，曰：「堂上有親可事，膝下有兒可娛，樂入聲在是矣，外慕奚益？」結茅〔二〕於南湖之

〔二〕「結茅」，此句前《鴛渚志餘雪窗談異》尚有「又慮爲世網所籠，乃」句。

幽，村中一水臨門，萬竿竹背屋。室中〔一〕羅列書卷，几上日置太史傳去聲、蘇韓文、文宗及李杜詩、詩選。諸名人畫墨而玩讀焉。或有所得，即弄筆一賦，書罷，徙倚松槐之下，眺觀臨流水，斟酌敲推〔二〕。又與舞蝶鳴蜂，鵁鶄鸂鶒，相接應不暇。倦則脱巾跣足，假息於梅花帳中，覺音教來從平聲容坐竹榻上，揭炉撥火，焚好香一兩片，飲苦茗半甌，彈無譜琴一曲。仍出步庭中，拾殘花，喂盆鯽。或遇漁舟，則與論江湖之樂入聲，捕網之法，悠悠然不厭也。已而，夕陽满樹，新月當檐，則命小童，燒園筍，炒籬豆，呼鶴與俱，一舞一酌，微酣醉則鼓腹自歌，走月中數十步。少焉明燈閉闥，閱子書幾行，再啜苦茗數口，收卷獨卧，形神兩忘。將曉時，鳥韵竹風，交醒幽梦，於是眠聽半响，心氣怡然。徐起披衣，行導引之法畢，有内養。推平聲窗沐櫛，則嫩緑横門〔三〕，新紅向笑，長溪静碧，遠墅凝青，殆不知此身之在寓内〔四〕也。〔眉批〕嗟！嗟！

〔一〕「室中」，《鴛渚志餘雪窗談異》作「屋中」。
〔二〕「敲推」，《鴛渚志餘雪窗談異》作「推敲」。
〔三〕「横門」，《鴛渚志餘雪窗談異》作「圍門」。
〔四〕「寓内」，《鴛渚志餘雪窗談異》作「宇内」。

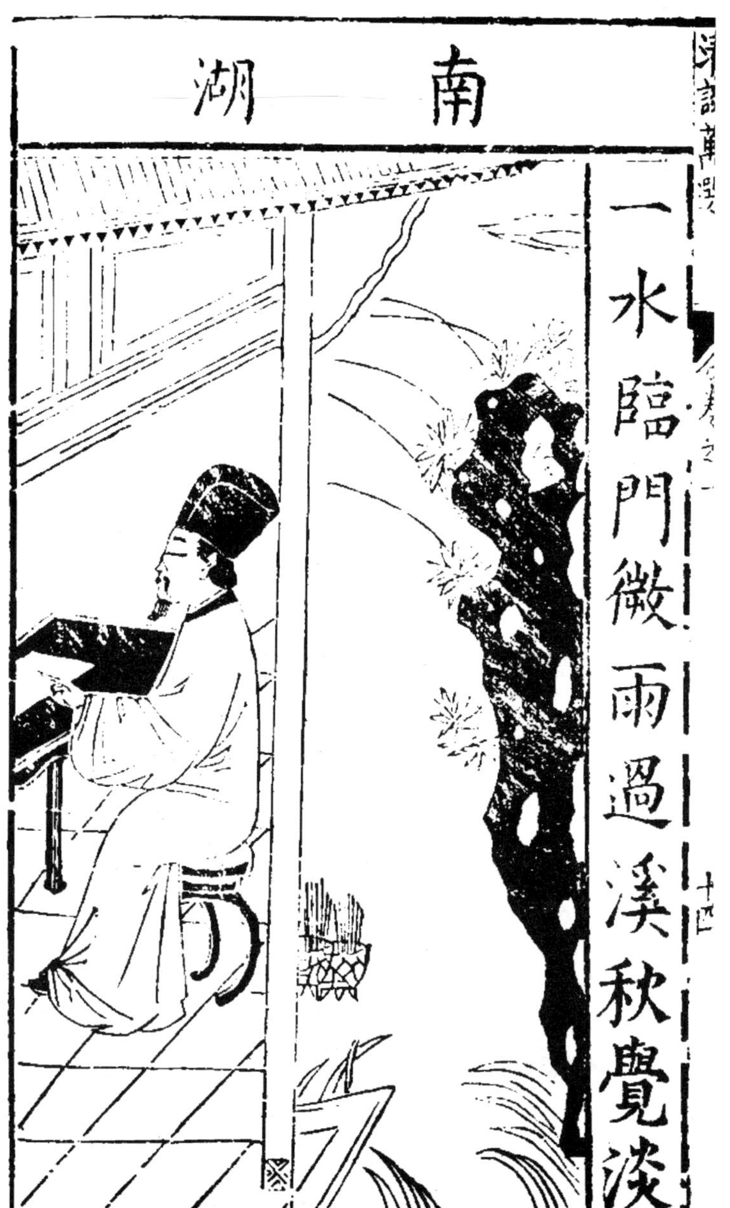
南湖
一水臨門微雨過溪秋覺淡
卷之一
十四

奇遇

萬竿背屋落霞凝彩暮偏逢

世人逐車馬之勞塵，冒江湖之苦險，能不俯首吳生以知愧哉？

一日，荷雨新妝，梧風初動，自得子有感於心，口綴「燕銜落葉遮穿牖，風約流雲補缺牆」一聯。忽見一女道，戴逍遥巾，披鶴氅服〔一〕，鬢不飾而自文，眉不描而自媚，從同上容向前問曰：「自得子樂音洛乎？」吳子已識其非常人，乃鞠躬稽首，導之進坐，曰：「鄙拙衡茆，何榮仙駕？」女道即趺跏草上，席地。曰：「吾與了然道人，別號云。纔遊会稽山，揮拂於雲門之巔，揚袍於禹穴之下，採蘭亭之英，濯鑒湖之派，皆選幽尋勝。將欲返旆崑崙、岱岳間，見子獨詠清幽〔二〕，故來與俱，覓一時倡和去聲之樂音洛耳。」吳子喜，曰：「駑駘拙足，雖不敢與驥騄并馳，若情趣所發，則亦當效秋蚓春鶊之一鳴〔三〕也。」女道即解背上葫蘆，按地指擊，曰：「了然道人，可來同賞。」言畢，見一老，黃冠野履，鬚髮蒼皤，白。手執玉麈，扇。飄然入門，曰：「貞虛君已先在矣。」乃擁膝對坐，且謂吳子，曰：「即景言情，以《晚秋村樂洛》爲題，何

〔一〕「戴逍遥巾，披鶴氅服」，《鴛渚志餘雪窗談異》作「戴逍遥之巾，披鶴氅之服」。
〔二〕「清幽」，《鴛渚志餘雪窗談異》作「清悠」。
〔三〕「一鳴」，《鴛渚志餘雪窗談異》作「鳴」。

如？」皆曰：「可。」〔眉批〕細詠《晚秋村樂》二十一篇，雖出於一時之倡和，然而景狀之妙，不減唐之皮陸，豈皮陸哉？雖鐘呂再生，予以爲不過如是也。了然道人首倡〔一〕云：

野徑清幽處，門惟一水深〔二〕。樹深留去鳥，花寂懶忙蜂。竟渡人難識，循溪僧偶逢。柴扉常不閉，片片〔三〕野雲封〔四〕。

貞虛君云〔五〕：

身閑方是樂洛，日日倚蓬窗。雲断孤峰出，霜明萬葉降平聲。林帘旆遥引興去聲，朧笛聽無腔。梦破非緣警，空餘壁上缸燈。

自得子云：

〔一〕「了然道人首倡」，《鴛渚志餘雪窗談異》作「即援筆」。

〔二〕「門惟一水深」，《鴛渚志餘雪窗談異》作「門惟一水溶」。

〔三〕「片片」，《鴛渚志餘雪窗談異》作「每倩」。

〔四〕本詩，據清張照《石渠寶笈》卷四一注可知，出於明沈周《摩古》一册第九幅中的題詩。詩中「竟渡」作「野度」，「僧」作「客」，「片片野雲封」作「每倩白雲封」。

〔五〕「貞虛君云」，《鴛渚志餘雪窗談異》作「貞虛君」。下文二十處在詩人之後均有「云」字。

自得丘园趣，追遊況及時。何杉〔一〕完舊局，撿竹刻新詩。雨洗秋彌淡，霞延暮較遲。留連竟忘返，躭逸不因癡。

了然道人云：

芙蕖随岸落，秋景。秋事正依稀。掃徑移弾石，分沙設釣磯。人鋤雙笠雨，湖送一帆暉。入目俱題品，難禁平聲逸思去聲飛。

貞虚君云：

幸得身無累，何須駟馬車。庭空馴鬪鶴，石溜上鷩魚〔二〕。有寺堪譚偈禪語。無鄰可借書。悠然發天趣，今始是長沮。隱者。

自得子云：

已解村中趣，何妨卧一儒？巧嫌蛛補網，戲引蟻尋麸。天静雲爲幕，堂虚人在壼。杯中無别計，身世任糊模〔三〕。飄然輕世。〔眉批〕昔人云：「難忘是花下，何物勝

〔一〕「何杉」，《鴛渚志餘雪窗談異》作「倚杉」，當是。

〔二〕「庭空馴鬪鶴，石溜上鷩魚」，《鴛渚志餘雪窗談異》作「庭空馴鬪雉，田溜上鷩魚」。

〔三〕「糊模」，《鴛渚志餘雪窗談異》作「模糊」。

樽前」，即「杯中無別計」之意也。

了然道人云：

睡足莊周梦，窗紅酒未醒平聲。牛羊眠草隴，鷗鷺聚沙汀。倦息林間樹，閑凭水上亭。安閒自得。時清徵課少，户户掩柴扃。

貞虚君云：

梨荳垂堤熟，荆扉對寺開。陂分新雨足，鴉带夕陽來。鬪蟋随兒伴，移花學種栽。莫嗤幽獨抱，自古孰憐才？有感。

自得子云：

散步同鄰叟，幽禽破寂寥。竹籬縈曲水，蘆岸出危橋。卜歲知田稔，豐。占風問土謡。歌。今年秋事好，處處樂洛豐饒。

了然道人云：

一到臨邛宅，臨邛市。林泉即有緣。蒼苔嗷昼犬，碧樹咽寒蟬。即事。訪逸消長日，尋幽趁少年。今宵且酩酊醉，不用杖頭錢。

貞虚君云：

田家多逸趣，相款偶衡茅。野樹風烟合，荒籬藤蔓交。村花時作石〔一〕，園筍夜成肴。寂寂無人擾，惟容鵲筑巢。

自得子云：

雅逸非塵界〔二〕，多應稱隱棲。溪回疑水秀，野曠覺天低。嗜淡挑蔬圃，貪香看菊畦。年來豪志拂，坐起愧聞雞。聞雞起舞。

了然道人云：

庄居真可隱，到此野情多。伐竹乘新屋，誅茅〔三〕補舊蓑。風香幽砌菊，霜落小溪荷。秋景。不是纯荒寂，鄰家載酒過。平聲。

真虚君云：

幽懷惟爾勝，欲擬結桑麻。地迥秋號葉，林深晝落花。推平聲窗驚野鶩，伏枕聽池蛙。此際真堪樂洛，應平聲知無可誇。〔眉批〕三人一倡一和，言言模寫景象，言言

〔一〕「作石」，《鴛渚志餘雪窗談異》作「作茗」，當是。

〔二〕「塵界」，《鴛渚志餘雪窗談異》作「塵境」。

〔三〕「誅茅」，《鴛渚志餘雪窗談異》作「芟茅」。

有悠然自得之襟懷。

自得子云：

繩樞居開竹塢地，雅致會幽風。地僻心偏遠，村荒道本公。葉紆蛩穴冷，泥落燕巢空。感懷。莫道消紅紫，丹楓閒去聲碧桐。

了然道人云：

落落霞烟迥，縈回小隱小居佳。橙金依曲檻，桂玉倚空堦[一]。望断排雲雁，探環[二]灌菓涯。風霜蕭淡處[三]，蘋蓼慰幽懷。

貞虛君云：

路迂曲屈橋断處，茅屋野棠香清居。風静蝸書壁，日高雞啄作場。折枝憐舊蕊，編棘護新篁。竹。無事勞閑履，槔聲滿曲塘。桔槔有聲。

自得子云：

---

[一] 「橙金依曲檻，桂玉倚空堦」，《鴛渚志餘雪窗談異》作「橙金綴金檻，桂玉泣空堦」。

[二] 「探環」，《鴛渚志餘雪窗談異》作「探窮」。

[三] 「蕭淡處」，《鴛渚志餘雪窗談異》作「正蕭淡」。

癖愛村居樂洛，尋遊興去聲果豪。開封傾緑蟻，酒。起指〔一〕劈黄螯。蟹。搗月林砧細，迎風野磬高。醉眠成獨得，城市正滔滔。

了然道人云：

鬱鬱桑榆翠，臨流詠濯纓。自潔。牽魚調美鱠，煎稻爨香粳音庚。攘蝶原知路，歸鴻未識棚〔二〕。村翁籬樹下，相對已忘情。得村樂。

貞虚君云：

小墅藏人跡，偏令平聲幽思去聲興。高懷〔三〕濃蔭結，細草暗香蒸。汲水澆新芋，移舟摘野菱。模景。最堪烟暝處，隔岸幾漁燈。

自得子云：

但得個中趣，村居時暢然。有獨得意趣。難忘金露飲，不盡玉壺天。蟋蟀知憐

---

〔一〕「起指」，《鴛渚志餘雪窗談異》作「起筯」。

〔二〕「歸鴻未識棚」，《鴛渚志餘雪窗談異》作「歸凫自識棚」。

〔三〕「高懷」，《鴛渚志餘雪窗談異》作「高槐」。

我，鱗鴻別有言。掀髯舒一笑，誰羨地行仙？〔一〕〔眉批〕仙不在天，亦不在地，仙在吾心耳。古人能仙於心，所以仙於道者，蓋□何所往而不謂之地行仙耶？

三人皆不假思索〔二〕，而二十餘章〔三〕頃刻立就，乃鼓掌大喜，形神舉忘〔四〕。因謂吳子曰：「諸作詞雖未工，景則已盡，今日之會，足稱良矣，子其藏之，可乎〔五〕？」吳子惟唯唯謙謝。因起捧茶，至則不見。吳乃驚訝無措，急追蹤跡之所之往，則杳無所有〔六〕。回至湖橋，但見〔七〕一鶴橫空而舞，徘徊展轉，若回盼視狀者〔八〕。自得〔九〕喟然嘆曰：

---

〔一〕此詩未見《鴛渚志餘雪窗談異》，當爲編者所加。

〔二〕「三人皆不假思索」，《鴛渚志餘雪窗談異》作「不假思索」。

〔三〕「二十餘章」，《鴛渚志餘雪窗談異》作「二十章」。

〔四〕「鼓掌大喜，形神舉忘」，《鴛渚志餘雪窗談異》作「拍掌大笑」。

〔五〕「子其藏之，可乎」，《鴛渚志餘雪窗談異》作「子其藏之」。

〔六〕「則杳無所有」，《鴛渚志餘雪窗談異》作「杳無所有」。

〔七〕「但見」，《鴛渚志餘雪窗談異》作「見」。

〔八〕「若回盼狀者」，《鴛渚志餘雪窗談異》作「若顧盼狀者」。

〔九〕「自得」，《鴛渚志餘雪窗談異》作「自得子」。

「是也！是也！」歸以詩墨裱軸〔一〕，日珍玩〔二〕焉，飄然信爲遇仙。所謂自得者，益自得矣。自得之學愈真。於是寡食養氣，棄名求閑，絶不干俗一塵。久之，步履如飛，容顔愈潤，日逍遥於村墅中，壽至百有又十九。〔眉批〕步履如飛之健，百有十九之年，要皆養盛之自致。終時復有二鶴飛鳴，端坐而逝。後子孫嘗以詩帙示人，故人多傳録云〔三〕。

【按】本文出自明周紹濂《鴛渚志餘雪窗談異》帙下《秋居仙訪録》。明林近陽《燕居筆記》卷九「傳類」《秋居仙訪録》載之。

## 安禮傳琴

成都袁安禮，有道之士也，善吟詠，樂琴瑟，蜀之士人多式之。法之。

〔一〕「詩墨裱軸」，《鴛渚志餘雪窗談異》作「詩墨裱帙」。
〔二〕「日珍玩」，《鴛渚志餘雪窗談異》作「時日珍玩」。
〔三〕「故人多傳録云」，《鴛渚志餘雪窗談異》作「人得抄録」。之後，尚有「今真墨不知何在，可惜也哉！」一句。

漢炎興末，安禮便道之往青城，館於村舍。〔眉批〕袁生好琴，不幸不生伯牙之世，何幸而便道過伯牙之祠，何幸而月夜受伯牙之教！欲伯牙之□千秋不昧，然不遇之而獨遇之安禮，蓋其□□之，至一念之精□□□□而使來也。是夜，月明如晝，安禮散步近郊，遥聞隱隱鼓琴聲，静以聽之，指法極妙，心懷怏音養然，有企仰之思。疾趨至前，見燈燭交輝，居然一華屋也。數椽粉署，四壁圖書，室中所有。中坐一老叟龐眉皓髮，貌之蒼。深衣幅巾，服之古。據案而撫琴。階下列行童二人，一執如意珠，一捧文卷，各執事。侍立甚肅，若公署狀。安禮踉蹌忙貌趨入，稽顙再拜，曰：「僕，成都鄙人也，酷好雅樂，未得真傳，兹聞長者鼓琴，不勝幸甚！幸事□□□□。故此唐突，輕進也。伏冀教之，顒敬當後報！且適聞雅操，喜不自禁，偶成短章，乞垂睿聽！」詩〔二〕曰：

空山明月夜，有客坐絃琴。細把清商調，彈成太古音。花深胡燕語，木落楚猿吟。聯寫景狀。此意鍾期解。古知音者。寥寥千載心。嘆無知音。

叟曰：「某山林野老，鄙俚之甚。謙辭。偶因遣興而撫琴，不意見動於知者。公蓋老於

〔二〕本詩爲明童軒《枕肱亭文集》卷五、《清風亭稿》卷五「五言律詩」《月夜聽琴偶作》。

曠世
調轉清商夜靜花深胡燕語

知音
音成太古風號木落楚猿吟
卷之一
十一

音樂也，稱其知音。居吾語焉。請論樂。昔舜彈五弦之琴，歌《南風》之詩，而有雍雍和悅之氣象，孔子稱之。謂《韶》：「盡美盡善」。子路遊聖人之門，鼓剛勁之瑟而有北鄙殺伐之聲音，孔子惡之。由之，瑟奚爲於丘之門？後漢自蔡邕得爨下之桐，製爲佳妙，其法益精。嗣是而後，寥寥無聞矣。知者少。蓋下學可以言傳，上達必由心悟，得之於心，然後應之於指，其餘自可引伸而觸類矣。餘可類推。」〔眉批〕論琴有原變，論舉瑟有歸者，非浪語者昭。伯牙面□，豈外是哉？遂教以鼓之之法，示以得之之妙。親授受。已而鐘鳴古雞唱山，村叟知曙色之將傳也，乃口占五言排律以贈之。律詩〔二〕曰：

畫裏蠶叢國，指蜀國。三川盡在眸。目前。闕城連遠堡，形勝入邊樓。落日烏蠻夕，西風白帝秋。斷霞飛極浦，微雨暗芳洲。茅屋題工部，杜工部。祠堂記武侯。諸葛武侯。柳垂瀘上步，花發瀼西頭。萬里橋猶在，三巴水自流。數拳懸岸石〔三〕，百丈上灘舟。灩澦水名高於馬，岷峨山名列似虬。嶺猿啼灌木，杜宇叫荒丘。地僻

〔二〕此詩爲明童軒《枕肱亭文集》卷五、《清風亭稿》卷五「五言律詩」《題西蜀江山圖》。

〔三〕「岸石」，《枕肱亭文集》同，《清風亭稿》作「岸口」。

琴臺古，山深劍閣幽。野花供客況，江草喚人愁。聯中多感慨。使節曾經駐，司馬駐節。仙槎擬再浮。張騫浮槎。白雲渾似舊，錦樹鎮常留。彷彿登臨處，依稀漫汗〔二〕遊。披圖一長慨，飛輿繞西陬隅。

安禮耳聆其教，心服其善，乃再拜而別，自以爲希世之奇遘遇矣。忽一回顧，不見其叟與童子，但淒然一古祠之荒蕪。

及訪之，則古伯牙之祠也。於是安禮大得神助，自是琴法高於天下，一時稱絶響云。〔眉批〕袁生得伯牙之神助，固一時之奇遇，伯牙得袁生以授受，亦千載之知心。

【按】本文當爲明周靜軒《湖海奇聞集》佚文。明西湖碧山卧樵《幽怪詩譚》卷二《伯牙餘梟》載之，情節、文字多有不同。

## 傒斯文遇

元统時，揭傒斯，名士也。初以友人程鉅夫薦，胄監肄業，文業。以文章德行去聲

〔二〕「漫汗」，《枕肱亭文集》《清風亭稿》作「汗漫」。

高一世。士人争慕之，踵門求詩文者，日以百計。〔眉批〕稱揭生文章與德行并高，果爾，則本末兼全，允佳士也。

一日，訪友出，離都城二十里許，往返留連，歸則暮矣。時陰雲惨惨，夜色沉沉，四顧茫然，莫知所適。僕馬疲倦，徒增徬徨恐懼而已。遥見林薄中，隱隱有火光，揭喜，意又居民也，疾趨赴之。至則數椽華屋，雙燭輝煌，巍然一巨室。揭大喜過望，欲進謁，忽一童子自内而出，揭謂曰：「僕，山東布韋也，布衣寒士。因訪友，暮歸失道，路。欲求止宿，可乎？」童子唯唯。入少頃，頃刻。將命出迎。揭整衣随童而進，但見綺户朱門，琴棋書畫，中之所有。異香馥郁，極其濟楚。中堂一人危坐，峨冠博帶，丰采凛然。〔眉批〕危坐而冠帶豐姿，學士雖死亦生者。見徯斯至，起謂曰：「弊居僻陋，木石所興居，鹿豕所與遊，索無雞黍之期，約。乃有枉顧之願，此蓋三生有緣耳。」遂命行童設酒，臨溪而漁，溪深而魚肥；釀泉而酒，泉香而酒洌。潔。學士因謂徯斯曰：「子，文士也。予放𦇑《閑居漫興去聲》詩十首〔一〕，敢請郢正。」其一曰：

〔一〕此十首，爲明童軒《枕肱亭文集》卷五、《清風亭稿》卷五「五言律詩」《閒居漫興》。

卜地搆軒楹，心閑樂入聲自生。土花凝碧嫩，林葉溜紅輕。月射簷牙白，泉穿石罅清。自緣幽興去聲足，初不爲去聲逃名。

其二曰：

未老已偷閑，蕭蕭屋數間。杯傾螺殼紫，冠製鹿皮斑。隱几聞啼鳥，鈎簾見遠山。秋來無一事，衣佩盡薰蘭。

其三曰：

舉世長昏飲，疇誰能問獨醒平聲？門無題鳳字，囊有换鵝經。種就花成錦，移來石作屏。閑中供一甌，相對眼偏青。

其四〔一〕曰：

一榻清於平聲洗，翛宵然思去聲不羣。紫苔行處滿，黄鳥坐間聞〔二〕。琴奏松稍〔三〕月，棋敲石上雲。蒲塘新水暖，花落覆輕紋。

〔一〕此詩清曾燠《江西詩徵》卷五〇明、張豫章《四朝詩》明詩卷五三《五言律詩四》載之。

〔二〕「坐間聞」，《枕肱亭文集》《清風亭稿》《江西詩徵》作「坐來聞」。

〔三〕「松稍」，《枕肱亭文集》《清風亭稿》《江西詩徵》作「梅間」；《四朝詩》作「松間」。

文士
茅屋數椽自爾風輕清鶴夢

譚詩
銀釭半盞應知月冷瘦梅魂

其五曰：

自識清堪樂洛，誰云俗可污？泉烹建溪茗，香爇博山雲〔一〕。月冷梅魂瘦，風清鶴梦孤。近來疎懶甚，簪組意俱無。

其六曰：

歧踞〔二〕竟喧紛，心閑若〔三〕不聞。字臨王逸少，詩絕鮑參軍。竹裏敲茶臼，花前倒酒樽。嵇生康本高致，寧肯在雞群？

其七曰：

門逕掩蒼苔，清幽絶點埃。投閑惟樂洛道，多病孰憐才？竹每穿籬引，花常稅地栽。一簾飛絮晚，遊俠不曾來。

其八曰：

遯跡衡門下，棲遲得自由。梅花懸小帳，蓮葉泛輕舟。事業慚鳴鳳，生涯笑

〔一〕「博山雲」，《枕肱亭文集》《清風亭稿》作「博山罏」。
〔二〕「歧踞」，《枕肱亭文集》《清風亭稿》作「歧路」。
〔三〕「若」，《枕肱亭文集》同，《清風亭稿》作「苦」。

拙鳩。塵纓何處濯，門外有清流。

其九〔一〕曰：

鎮日掩柴扃，長歌醉復醒。草生元亮井，竹覆子雲亭。夜玉粧琴軫〔二〕，秋金鑄硯屏。都將舊遊事，一笑晚山青。

其十〔三〕曰：

閒散〔四〕真成癖，支離類隱淪。林深多綠蘚，地僻少紅塵。酒熟頻留客，詩成不寄人。清風無限樂，即此見天真〔眉批〕《閒居》十詠，聯聯發自得之趣，幽閟之高，蓋必有所以追徯斯者在。

吟已，徯斯不勝健羡，避席曰：「敢問先生尊姓？」學士笑曰：「予姓許，世以學士稱之。子功名遠大，又非予輩所及也，尚冀珍重，以保令名。」〔眉批〕一則曰「功名遠既而

〔一〕此詩清曾燠《江西詩徵》卷五〇《明》、張豫章《四朝詩》明詩卷五三《五言律詩四》載之。
〔二〕「夜玉粧琴軫」，《枕肱亭文集》同，《清風亭稿》《江西詩徵》作「煖玉礱棋局」。
〔三〕此詩清張豫章《四朝詩》明詩卷五三《五言律詩四》載之。
〔四〕「閒散」，《枕肱亭文集》《清風亭稿》《四朝詩》作「嫮散」。

大」，一則曰「以保令名」，信乎，揭生之非常品也！

山寺鐘鳴，水村雞唱，徯斯揖謝而出，一回顧，則華屋不知所在。徯斯大驚異焉。於是訪於居民，咸曰：「世祖朝許衡學士之墓也。」徯斯嘆賞不置，乃具牲醴，致祭而去云。

【按】本文當爲明周静軒《湖海奇聞集》佚文。明胡文焕《稗家粹編》卷六《徯斯文遇》、西湖碧山卧樵《幽怪詩譚》卷二《古塚談玄》載之；《稗家粹編》與本文文字、情節多同，而與《幽怪詩譚》多歧。

## 希聖會林

四明顔希聖，大儒也。咸淳末，因遊學至杭，府治。僑居錢塘門外。一日，節届中秋維夕，白露横江，水光接天，波静林間，一碧萬頃。湖光。顔遂操舟賞湖，逸興倍常，數四放歌「花下一壺酒，獨酌無相親」之句，李詩。飄然自得，莫知所止。追思林和靖之高致，乃於舟中吟二律〔一〕以吊之。〔眉批〕心既追思林之高致，復形之吟

〔一〕此二律，爲明童軒《枕肱亭文集》卷五、《清風亭稿》卷五「五言律詩」《東林小隱卷爲沈處士題》二首。

詠之間，則顔之精神，已注於林矣，宜其見林色笑，領林詩教。蓋有感必通□□□□。其一〔一〕曰：

肥遯孤山地〔二〕，西湖中。身閑歲月忘。曲池山倒影，虛閣水生涼。雨潤琴絲慢，風吹藥臼香。隱君清趣好，如字。無梦到巖廊。

其二曰：

游俠經過平聲少，衡門盡日扃。草香侵座緑，山色上〔三〕樓青。野服裁荷芰，園蔬煮茯苓。倐然塵市外，不減聘君亭。

吟未已，俄見烟霞中，一舟徐徐而來，綸巾羽扇，丰姿雅閒，有仙風，呼顔謂曰：「予，即林逋也。與子相值，適承佳章，愧感兩集，願聯舟而遊，可乎？」顔不爲動色，〔眉批〕林死矣，顔知之矣，見其形，聞其語，宜其□且懼，顔不爲動色，亦其中有主與。從

〔一〕此詩出明童軒《枕肱亭文集》《清風亭稿》卷五「五言律詩」《東林小隱卷爲沈處士題》。明曹學佺《石倉歷代詩選》卷三六九《明詩次集三》、清錢謙益《列朝詩集》乙集卷五、陳田《明詩紀事》乙籤卷一八、曾燠《江西詩徵》卷五〇《明》、張豫章《四朝詩·明詩》卷五三《五言律詩四》等并載之。

〔二〕「肥遯孤山地」，《枕肱亭文集》《清風亭稿》作「小隱東林地」。

〔三〕「上」，《枕肱亭文集》《清風亭稿》作「墮」。

西湖
波静林閒萬頃湖光歸指顧

聯句
風清月白七言詩律謾唫哦
孤山
湧金門

平聲容并舷而揖，曰：「先生絶世無雙，僕今得與神遊，誠幸之矣！」林笑曰：「予辭謝之人，久爲塵土，幸蒙不鄙，廁附遨遊，寔清宵之一大良邂遇也！願無負焉，請各賦詩一律。」顔謝曰：「先生奇驥逸足，空群冀壯。僕區區駑鈍，安所希步餘塵耶？」林笑曰：「子謬差矣！彼丈夫也，我丈夫也，吾何畏彼哉！舜，何人也，予，何人也。有爲者，亦若是。區區固與草木同朽腐者，烏乎畏？願勿固辭以虛此佳晤可也。」顔再辭謝，不得已，乃先吟〔一〕，曰：

買得扁舟穩，渾如米氏船。自得。看山篷屋坐，待月柁樓眠。鷗鷺〔二〕偏怡趣，魚蝦〔三〕不論錢。南風十日好，百丈謾〔四〕須牽。

林吟曰：

去去朝京國，圖書滿畫船。丹楓連水驛，白鳥没江烟。候吏朝早撾鼓，漁歌

〔一〕此後六首律詩，出明童軒《枕肱亭文集》卷五、《清風亭稿》卷五「五言律詩」《舟中雜詠》六首。
〔二〕「鷺」，《枕肱亭文集》同，《清風亭稿》作「静」。
〔三〕「蝦」，《枕肱亭文集》同，《清風亭稿》作「米」。
〔四〕「謾」，《枕肱亭文集》同，《清風亭稿》作「漫」。

夜扣舷。盛時官況情好，何異去登仙。〔眉批〕林詩藹然有生氣，以是知林固不與草木同腐朽者。

顔吟〔二〕曰：

秋水清於污染，何當一葉艘舟？〔三〕波光迷草閣，山色到篷窗。細雨猿啼獨，疎烟鷺下雙。羇懷正牢落，誰與倒吟〔三〕缸？

林吟曰：

翹首長安道〔四〕，孤舟幾日程。隴雲迷客梦，江月照離情。遠水連天白，高河下露清。不堪良夜永，蟋蟀近人鳴。秋蟲。

顔吟曰：

---

〔一〕此詩明曹學佺《石倉歷代詩選》卷三六九《明詩次集三》亦載之。

〔二〕「秋水清於染，何當一葉艘」，《枕肱亭文集》《清風亭稿》《石倉歷代詩選》作「秋水青於染，官河放去艘」。

〔三〕「吟」，《枕肱亭文集》《石倉歷代詩選》同；《清風亭稿》作「銀」。

〔四〕「長安道」，《枕肱亭文集》《清風亭稿》作「金臺道」。

孤鶴掠予舟，横江白露浮。天長秋水濶，雲净[一]晚霞收。斗酒聊且相慰，江山足壯遊。篷窓今夜月，應似在黄州。赤壁之遊。

林吟曰：

薄暮推蓬坐推平聲，吟懷自爽然。青山遮驛小，白鷺點波圓。野曠風生籟，江清月近船[二]夜闌渾[三]不寐，屢欲挾仙飛。

二人一賡一和去聲，各適其興去聲。〔眉批〕二人月夜一賡一和，又安知生死之殊途耶？已而洗盞更酌，枕藉舟中，而不知東方之既白矣。起而視之，竟失林之所在，顔且驚且駭，遥於舟中拜其墓而去。自是，顔德業大進，名播遐邇，擢秘書閣校書郎，所著有《梦林録》。

【按】本文當爲明周静軒《湖海奇聞集》佚文。明西湖碧山卧樵《幽怪詩譚》卷一《泛湖遇隱》載之，情節、文字多有不同。

[一]「净」，《枕肱亭文集》作「静」。

[二]「江清月近船」，《枕肱亭文集》同，《清風亭稿》作「江空月在船」。

[三]「渾」，《枕肱亭文集》同，《清風亭稿》作「清」。

## 以誠聞詠

陝西賈古人胡以誠，因商販之金陵，夜泊宿中途，時微雨復晴，淡雲籠月，胡因扣舷吟〔一〕曰：〔眉批〕扣舷自吟，胡生雖賈人者列，而亦長於音韻焉，宜其動隔岸美少之英靈也已。

薄暮投山舖，柴門斂夕暉〔二〕。夕陽。蔓長松葉暗，草盛豆苗稀。寒犬警人吠，昏鴉接翅飛。棲復驚。蕭條籬外落，燈火漸熹微〔三〕。

吟已，將欲就寢，忽聞隔岸有人吟〔四〕曰：

金陵佳麗地，風景想依然。城闕金湯固，江山圈畫連。晚風樓上笛，春水渡頭船。惆悵曾遊處，而今又幾年。

〔一〕此詩出明童軒《枕肱亭文集》卷三《暮過蒙化山中》。清張豫章《四朝詩·明詩》卷五三《五言律詩四》注出明童軒《次瓜洲晚步田家》。

〔二〕「薄暮投山舖，柴門斂夕暉」，《枕肱亭文集》同，《四朝詩》作「薄暮扣林扉，柴荆掩夕暉」。

〔三〕「蕭條籬外落，燈火漸熹微」，《枕肱亭文集》同，《四朝詩》作「客愁思佇立，舟子苦催歸」。

〔四〕以下四詩，出明童軒《枕肱亭文集》卷五、《清風亭集》卷五「五言律詩」《憶金陵》四首。

隔岸

春滿江南虛谷寺前花爛熳

朗吟
月明白下秦淮橋畔水悠游

以誠意其商中詩人，不甚駭異，復吟曰：

自古興王地，繁華賸勝足誇。鬪雞巷名名巷小，牧馬坊名舊坊賖。稚子春乘竹，園丁曉賣花，漢家宮闕麗，王旺氣結雲霞〔二〕。

隔岸又吟曰：

爲憶江東地，風光信可憐。侯門深似海，官道直如絃。妓女釵簪燕，兒童紙放鳶。别來恒在望，何日賦歸田？隱。

胡潛於蓬隙中窺之，乃見一美少少年郎，佇立松陰之下。〔眉批〕蓬隙之私窺，見松陰之佇立，則知其非人矣，胡生於此，當何以爲情耶？胡思：「當此静夜，安有此郎？非鬼必妖也。」遂滅燭隱几卧，又聞吟曰：

建業金陵僑居地，悠悠入梦賖。秦淮橋畔月，虚谷寺〔三〕前花。銀燭張燈市，青帘簾，酒旆也。賣酒家。時清人事樂洛，簫鼓度年華。

〔二〕「雲」，《枕肱亭文集》作「紅」。

〔三〕「虚谷寺」，《枕肱亭文集》《清風亭集》作「靈谷寺」。

吟迄，長嘳一聲，入水而去，胡大異之。翌日，訪於居民，云：「此少年才郎也，醉溺死，故其英靈時出云。」

【按】本文當爲明周静軒《湖海奇聞集》佚文。明西湖碧山卧樵《幽怪詩譚》卷五《金陵賡答》載之，情節、文字多有不同。

## 貝瓊遇舊

浙崇德貝瓊者，洪武中人也。友談經，其祖父世爲鄰居，同以儒學繼業，故瓊與經，兒同嬉，戲。幼同習上聲，長同筆硯文章，義勝金蘭，斷金如蘭。誓堅刎頸，時人以爲管鮑復生，不足多也。且好去聲睥睨天地，評品古今，雖適情詩酒中，而慷慨皆有大志。〔眉批〕貝公少以英才隆聞望，入仕籍，歷史館，皋煒煒有光崇之野史民碑，今尚可考，□信非誣也。然則談之人，不可知。談爲貝契，其行儉，因貝公可知矣。

當元季衰亂，遂隱居教授生徒。及我聖祖開科，二子始有身被太平之想。是年秋闈戰北，鄉試下第。意氣鬱然不樂洛，因放舟西湖以遣。時紅香襲衣，青翠拱目，漁歌佐酒，水鳥迎顏，乃相凭柳亭之闌，憩蘇堤之樹；吊林逋之逸品，孤山。悲武穆之忠魂，岳武穆。攬三竺之飛雲，三天竺。濯六朝之急瀨，飄飄有憑虛之意。談喟然曰：「大丈夫形骸，反爲一物愚弄，俛想光景幾何，半生碌碌，梦里空忙，不知以天地觀人身，何異争英雄於蝸角之上，鬪智力於蟻穴之中，微乎小矣，豈不愧哉！」〔眉批〕指顧盡形勝。而喟然之嘆，飄然有脱屣功名之高致矣。又曰：「光景幾何」，即古人秉燭夜遊之心也。遂執大觥，杯。浩歌二絶：

挾策龍門數載遊，於今始悔覓封侯。年華流盡惟湖水，自古英雄幾到頭。

袖刺無投世路艱，功名塵里老人顏。岳墳武穆墳試與孤山做和靖亭，仗劍何如放鶴閒。

貝見其詩悲愴異昔，即曲爲解慰，然竊甚疑之。及抵家，竟以病死。貝雖慟悼，卒亦付之造物焉耳。

及其秋風屢換，春草幾新，撫景懷情，不能無故人之感。有懷。貝忽以事寓居硤石紫薇山麓。一日雨霽，見兩山送青，一水分緑如畫，即呼小蒼頭僕携酒登之。行方數步，遠聞呵擁之聲，漸近，則節級甚盛。儀衛盛陳。貝意州中尊官，遂避立道左門檐以俟。及至，乘輿者之貌，宛然談生姿容也，貝駭異，因以扇障蔽其半面，細竊窺之。

輿中者大呼，曰：「故人別久，恨不得傾蓋一語，反欲蔽面以絶我，不幾於太甚乎？」〔眉批〕貝公爲明朝太史公，談生爲幽冥都統使，幽明雖殊。遭際則一。□□抱負，□□□□。貝倉皇未對，即下車執其手，曰：「經之於兄，生負永訣之情，死含報德之愧，萬罪！萬罪！今途中不能罄款，請與君登山細數去聲之。」貝聞言方信其真談矣，遂唯唯從命。談亦叱去節從去聲，同貝徒步而升。

至葛洪井畔，席石對坐，歡酌笑語，一如生平。〔眉批〕葛洪之遊井畔，席石自追思昔時分首，語及行歷，真不知其一死一生之判隔矣。貝謂談曰：「憶昔分手湖橋，憶之如昨然。今君發身車馬，而我猶淹迹泥途，宵壤之分，屈指判矣。不識得致之由，可爲去聲知已者一道否？」談曰：「當昔湖中吟志，擬謝人寰，不意數祿當然，默膺上帝所簡，蓋棺後，敕我爲督巡都統使去聲君。是雖落幽冥，幸居清要，故人悲念之情，猶可爲之一慰也。」貝又曰：「所司繁簡與身心勞逸，可聞乎？」談曰：「可。叨司職秩，上城隍一等，繁簡固自難期，而一州善惡皆屬廉訪。至於命官設爵，惟尚德選一科，非若世之可以勢要平聲利取者，故遷轉之望不必憂，干請之計不必事，迎媚之態無所行，苞苴賄賂之私無所，得位雖難，供職甚易去聲。一公之外，無餘事也，何勞之有？」

促膝
冥府嚴刑始信陰陽唯一理

譚心
硤山偶語那知生死竟殊途

〔眉批〕典陰司者無事迎媚、苞苴如此，則堂堂晝明陽世，而有昏夜乞哀，賄賂公行者，何耶？

貝又曰：「冥法雖嚴，然以萬狀之州人，欲責效於君身之耳目智或難办也，果何術以按之？」談曰：「陰律誠嚴矣！元兇大惡者，與衆共棄之。他如欺枉虧折之事，則五祀之神，月奏於天帝，巡遊之役，時報於監司，論法原情，禍如其罪。至於微疵小過，姑亦宥之。」貝又曰：「生死報應，抑有未盡然者，何哉？」談復笑曰：「冥府立法，毫無爽忒。第言之，兄爲識記之。大逆不道者，勑之雷都矣。貪淫邪惡之徒，則下之火部。機變險側者，付之水府矣。盜賊便平聲佞之輩，則發之瘟司。脱有未然，非天遺漏，蓋有冀彼悔悟而姑容以待者，亦有甚彼罪惡而重罰以報者，亦有故縱其身而禍及其子孫者。彼蒼天寓意之巧，正在進退遲速之間，兄可執此以爲恢恢天網恢恢之累耶？然猶不止是也。又有富實倉廂，而反操瓢於暮歲，賤親鞭御，而忽捧檄於他時。積善之門，屢淹疾病；施奸之户，常享財榮。田房待主主人者，竭禱頌而無嗣；衣食難周者，苦提携而多子。壯年歷事之人，易去聲棄於時；老病無能之瘠，久僭於世。無辜而累年牽繫囹圄，牢獄。非罪而一朝誤觸刀鋒。若此之類，鱗異毛殊，不能種舉，要皆天心有以裁之也。隱顯不常，禍福靡定，錯綜顛倒，籠御凡情，此其所以爲天也。苟有愆忘於其中，誣謬甚矣，兇其識之。」〔眉批〕指次冥府立法，毫無爽愆，真是足以褫兇邪未逞之魂；碎奸雄欲發之膽。貝又曰：「若然，則地獄之設，果有之乎否也？」談曰：「地獄雖有之，但人生若大梦，我謂人死亦然，顧其心如何，而地獄隨在矣。是以好酒者，梦飲；善訟者，梦争；樂洛武者，梦刀弓；喜古文文者，梦書史。梦溺，則思援；梦奕，則思勝；梦虎，則知懼；梦仇，則知避。晝之所作，夜必形之。及其死也，魂歸矣，魄降矣，鼓舞之神思去聲伏矣。本來之良，一靈自反，生平冤孽，若萃於時。昔推平聲刀鋸於人，則刀鋸之獄在目；昔肆蛇犬之毒，則蛇犬之獄加身；昔行湯火之謀，則湯火之獄切體。生之所在，死亦受之。是獄雖未嘗陷人，而人自投於獄耳，豈屑屑然獄哉！詳獄在心。」〔眉批〕天道玄矣，地獄隱矣，生死微矣，鬼神之論多矣，如談生身司冥法，目見冥事，而言論之明且確者，何有哉！貝又曰：「紙錢楮帛之焚，飯食湯羹之薦，燈花經懺之因，實有用乎？抑虛文而無濟也？」〔眉批〕硤山一談，足洗佛老禦寂駕空之言，無着不根之説。談曰：「誠虛文耳！夫人禄命當終，無常限到，追神奪魄，瞬息難延。此時良張良、平陳平無策，房玄齡、杜如晦、失權，天子王公亦且付之何奈，而欲假送飯燒錢，自覘倖免，何其愚哉！至若經懺之事，使生而仁良，無藉於此。如其罪業深重，奚救於亡。今世之見彼聽訟者，輕重任情，出入徇利，納賄。即謂陰法亦復如是，遂多冥錢，强上聲个修功德，以求免於墮，豈知鐵面豐都，毫難假借乎！」〔眉批〕言言恨埋，語語印心。不意問答間，而世道大益，乃寓此焉。貝乃拱手，曰：「承君妙論，教我良多。若僕終身，諒在先見，君試言之，使知所趨避，庶不負斯會也。」談即點頷曰：「固所願耳，然亦不敢詳聞於兄也。兄貴不足言，而子姓蟬聯，衆盛。尤爲可喜，望自珍愛。但頃近時有一變，當不利於兄之從隨人，宜即遷居，可倖無恙。」貝因舉觴爲壽，談亦起奉觴，曰：「後期難再，借此申情，我將行矣，兄慎留心。」言畢，前随節從，不待呼留，而依然侍役，貝仍送之登輿車，無異陽官禮，擁簇風雲，頃忽不見。

貝歸寓，大異其事，因思「有變」之言，疑或火盜，遂以旅資寄之山僧，而徙家人於鎮市。不及旬日，傳言山麓忽崩，民居悉陷，死傷者甚衆。貝走視之，寓屋已傾圮崩於黄泥亂石中丈餘矣。即以是年举明經，詔修《元史》，子翱、翻、翔，俱以人才任職，家學綿延，一如談生之言云。〔眉批〕山麓崩陷，貝寓傾圮，「頃有一變」之言驗矣。貝舉明經，諸子任職，「子姓蟬聯」之言驗矣，談生信非幻變者。

【按】本文據明周紹濂《鴛渚志餘雪窗談異》帙下《硖山遇故録》成文。清談遷《海昌外志·

叢談志》節録之。

## 夏子逢僧

蘇州夏尚忠者，士人也，以詩鳴世，素善吴江縣寺僧端本源。蓋本源雖事空門，佛教。頗精文學，尤長於詩，行去聲亦潔，時以「真佛子」目之，遊接皆知名士，遠近有同敬焉。一日，集群弟子，謂曰：「若等謹奉若教，吾將安静以還造化舊物。」言迄而逝，卒。〔眉批〕按本源精文學，長聲詩，且謹行檢，則其人品，亦沙門中之首稱者。雖不敢謂其果真，□自而亦□佞佛□□□人□。尚忠不知其事。

越明年，因事出他所，舟抵吴江，半途天漸暝昏矣，客中無聊，因吟一律以自遣。其詩〔二〕云：

〔二〕本詩出明童軒《枕肱亭文集》卷五、《清風亭稿》卷五「五言律詩」《京口夜泊》。亦見曹學佺《石倉歷代詩選》卷三六九《明詩次集三》。

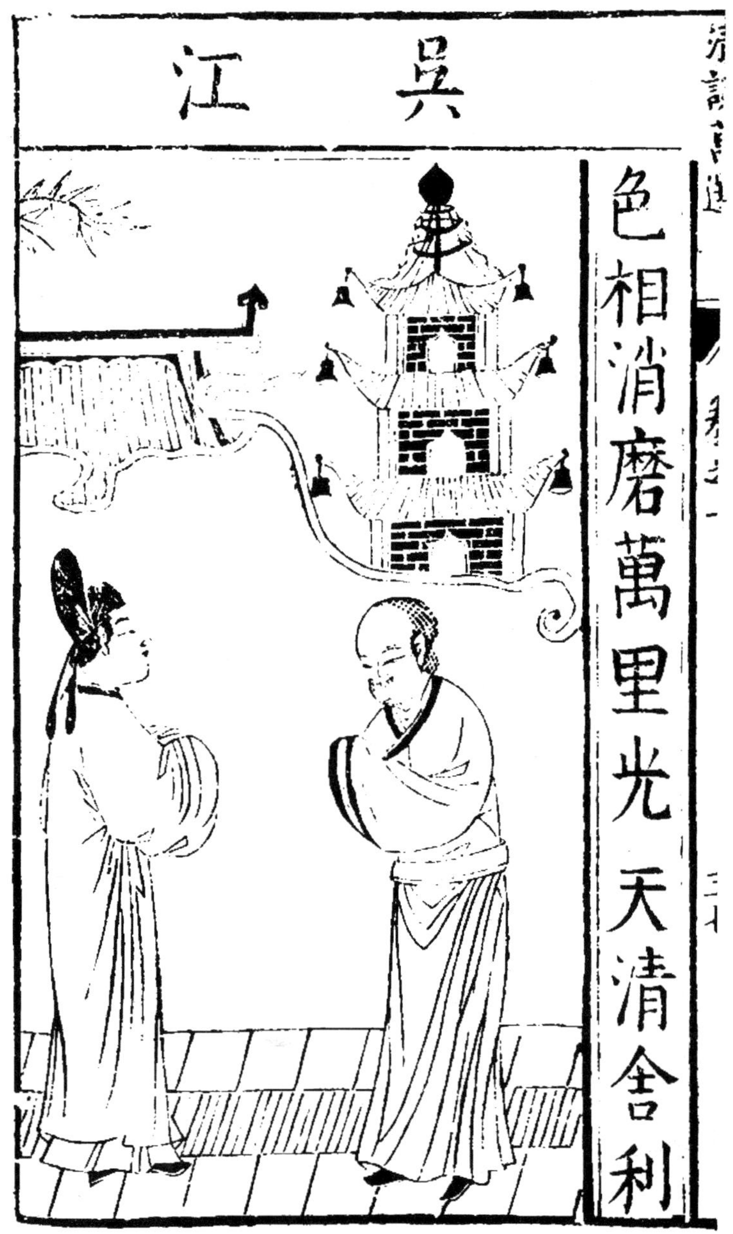
吳江
色相消磨萬里光
天清舍利

驚異
本源澄徹一輪秋月湛吳江

維繫舟楊柳岸，惆悵古吴都〔二〕。寺遠鐘聲杳，城高月影孤。江楓人獨宿，汀葦雁相呼。無限淒凉思去聲，寒潮打敗蕪。

吟罷，將就寢，忽一僧自遠而至，呼曰：「故人！故人！何一别之許時也？」尚忠聆聞其言，審其聲，所謂「故人」者，乃寺僧本源也，初不意其去秋已辭凡矣，隨答曰：「渴欲一見，明當訪之，不意有今夕之遇，偶遇。敢問尊師何來？」僧曰：「予因遊方至此，偶聞子吟詠之聲，審其爲故人也，茲不吝一見。」尚忠喜甚，相與跏趺，席踞狀。對酌於蓬下。僧太息曰：「昔人云李翰林云：『天地者，萬物之逆旅；光陰者，百代之過客。而浮生若梦，爲歡幾何？古人秉燭夜遊，良有以也。』及時行樂之意。至哉斯言！豈不爲塵事奔趨者戒？」〔眉批〕天下之道，不外出處兩端，故曰：「窮則獨善其身，達則兼善天下。在奔名逐利者，失之貪；在絶人逃世者，失之固，無一可者。本源引李翰林之言，夫亦有所爲而言歟？」尚忠訝曰：「師平日每以功名勉僕，而今茲論列，何出言

〔二〕「維舟楊柳岸，惆悵古吴都」，《枕肱亭文集》《清風亭稿》作「維舟京口岸，惆悵舊吴都」。

之退悔耶？」僧俯首不應。少頃，朗吟一律以自見。其詩〔二〕云：

悟得西來意，佛教，出西域國。禪關養性靈。藤陰侵座滿，竹色覆池青。洗鉢魚吞飯，傳燈鹿聽經。自無名利梦，不著息心銘。澄心素預。

已而，瑶空霞漫，碧落參横。尚忠快本源之一晤，方欲留之爲聯舟通宵之樂洛，不知本源幽明路阻，難爲去聲久留，乃遽起，辭曰：「盛晤不常，離情難悉，予與同行輩先返，君如垂舊，願賜寵臨，明晨當先爲掃榻。」言迄，怏怏而别。〔眉批〕怏怏不忍别之情，但死且然則□□之日□□□。

翌日，尚忠啟行，吟〔三〕曰：

客舟乘早發，去去促修長程。雁影横秋色，雞聲亂月明。佛燈籠遠塔，樵鼓罷高城。漸喜人烟近，悠然暢客情。

---

〔二〕本詩出明童軒《枕肱亭文集》卷五、《清風亭稿》卷五「五言律詩」《贈明上人》；曹學佺《石倉歷代詩選》卷三六九《明詩次集三》、曾燠《江西詩徵》卷五〇《明》等亦載之。

〔三〕本詩爲明童軒《枕肱亭文集》卷五「五言律詩」《無錫早行》。

舟艤吳江寺側，尚忠復吟〔二〕曰：

扁舟一水上，十里問禪林。地僻春猶住，亭幽草自深。鳥呼經底字，湖納磬中音。故人攜手坐，語語及澄心。結聯待本源之意。

弟子迎之，尚忠連詢其師，群弟子泣曰：「吾師去秋已脱化矣，君不知耶？」於是備述其叮嚀之語，與其脱跡之時。尚忠驚疑，詳言昨宵所見，并所吟罷，整衣進至方丈，惟端本源群詩。群弟子駭云：「昨梦師語曰：『明日故人至，甚勿易去聲之！』今聆君之言，信不誣矣！」尚忠大感愴，因爲之致祭其柩而去焉。〔眉批〕中途露其形於友，古寺呈其梦於徒。嗚呼！端本源之膠□去矣，端本源之靈中，去而不去者也。

【按】本文當爲明周静軒《湖海奇聞集》佚文。明西湖碧山卧樵《幽怪詩譚》卷二《泊舟逢僧》載之，文字多有不同。

---

〔二〕本詩明羅懋登《西洋記》第七十九回改作「乘槎十萬里，萍水問禪林。地僻春猶住，亭幽草自深。鳥呼經底字，江納磬中音。唱凱歸來日，明良會一心」。

## 鄭榮兄弟

襄陽有鄭榮者，富人也，弟華名亦以居積財裕，兄弟怡怡，極盡友愛，不惟資積稱一郡之首鉅，而且雍睦藹一郡之仁風，富而有禮。鄉人稱之重之。〔眉批〕爲富不仁，古今比比。二鄭既以富稱，而復能以友於義篤，蓋亦富而好禮者。與此其所以身相捐於遠遊，之日而魂相見於死别之後也。

宋開禧中，南北搆兵，江淮騷擾。榮常貨殖於淮安，郡名。計發行，華諫之曰：「亂離之際，烽火相連，干戈極目，民之老弱轉乎溝壑，民之壯者散於四方，此何日也？兄顧不以身家自重，而竟履危蹈險如此耶？語亂，止兄之行。」榮哭曰：「是非爾所知也。古人云：『不入虎穴，安得虎子？』且大丈夫生當桑弧蓬矢以射四方，安可守故園而空老乎？」華復諫曰：「兄善於幹蠱，幹父之蠱。弟乃四體不勤，五穀不分，可乎請代兄一往，以表友於之情？」榮曰：「不然。吾久客江湖，備嘗險阻，老於世故。汝尚黄口，安能涉遠？愼復勿言！」華泣曰：「兄之遠離，弟所不忍，然則偕行何如？

淮水

淮泗遲留颯颯秋風驚旅夢

斷魂
襄陽瞻戀凄凄夜雨斷游魂

求同行。」榮不得已，從之。〔眉批〕不忍兄之遠離，亦弟之至情所不能自已者。翌日，兄弟買舟東貨，同客遊淮上，行有日矣。

未及平聲，金兵渡淮，淮河。逐隊排行，聯車秣馬，干戈載道，時聞金鉄之聲，士卒先馳，日苦戰争之擾。鼙頻鼓連天震響，旌旗帶雨飄颻，尸横蔽野殺傷者衆，哭泣相聞，血染荒郊，悲哀慘切，一生而萬死，十室以九空無人居，猿啼鶴唳，草偃風號，見者無不酸鼻，聞者爲之寒心。〔眉批〕敘次兵亂，亦悽愴如見。征途商賈殮跡盡矣，避其亂。何不幸而二鄭之舟適與之遇於中流焉，進不敢發，退不及避，金人掠其貨，鑿舟沉之，華溺死，榮蕩漾波中，若沙鷗之點水，時出時没，幾致覆滅。幾至於死。〔眉批〕沉舟身死，華之言驗矣。然華之初心，亦何樂其言之驗哉！幸負一板，以達於岸，匍匐而登，失華所在，哭不輟聲，輒自怨曰：「悔不聽吾弟之言，勸身家自重。果遭殘酷之患。沉舟。吾固幸已苟延殘喘，竟不知吾弟存亡也。」是夜悲風颯颯，愁雲點點，榮獨坐，不勝傷感，乃口占一律〔二〕以自遣

〔二〕本詩出明童軒《枕肱亭文集》卷五、《清風亭稿》卷五「五言律詩」《與許漢英秀才夜話》。曹學佺《石倉歷代詩選》卷三六九《明詩次集三》、陳田《明詩紀事・乙籤》卷一八載之。

云。其詩曰：

淮右〔一〕棲遲地，睽違各一天〔二〕。蹉跎雙鬢改，險阻一身全。夜雨溪南業，秋風墓下田。别來空有梦，惆悵未能還。

吟畢，復泣，祝曰：「吾弟平日友愛，今夕存亡，願期一見。不然，吾亦蹈淮而死，不願生還也！」言未已，暗中哭泣有聲，漸近，始辨其形，知其爲華也，乃相對而泣。〔眉批〕人死則魂升於天，魄降於地，寂然形聲之俱滅矣。而華獨不然者何？蓋少壯精英聚而不散故也，况死之以非命，尤其心之不死也。榮曰：「不聽弟言，終罹遭也此變。」華曰：「子路有孔悝之難，死衛。伍員受鴟夷之危，死吳。君子順受之而已。」遂自吟〔三〕曰：

萬里淮河北〔四〕，愁雲一望迷雪深胡馬〔五〕健，月黑隴猿〔六〕啼。遠戍連烽火，寒

〔一〕「淮右」，《枕肱亭文集》《清風亭稿》作「白下」。

〔二〕「各一天」，《枕肱亭文集》《清風亭稿》作「又十年」。

〔三〕本詩出明童軒《枕肱亭文集》卷五、《清風亭稿》卷五「五言律詩」《塞上》。

〔四〕「萬里淮河北」，《枕肱亭文集》《清風亭稿》作「萬里隋城北」。

〔五〕「胡馬」，《枕肱亭文集》同，《清風亭稿》作「邊馬」。

〔六〕「隴猿」，《枕肱亭文集》《清風亭稿》作「隴狐」。

沙莽蒺藜。遊魂歸未得，腸斷夕陽西〔二〕。韻成，忽不見矣。榮愈哭之痛，骨立絶食，死而復蘇者數四。明日，華尸獨浮於水面如生。榮爲之厚歛而還，一時人異之。

【按】本文當爲明周静軒《湖海奇聞集》佚文。明胡文焕《稗家粹編》卷六「鬼部」《鄭榮見弟》、西湖碧山卧樵《幽怪詩譚》卷二《淮河泣弟》載之；《稗家粹編》與本文文字多同，而與《幽怪詩譚》多歧。

## 倪生雪夜

禾城有倪生者，儒生也，寄跡於城之金明寺僧者家，居近湖天海月佛閣，寺内閣名。閣下塑范公蠡遺像，越大夫。閣外一湖名曰范蠡湖，其水清深緑浄，雖泒接外湖，而色自間别如二，生遊其間有日矣。

〔二〕「遊魂歸未得，腸斷夕陽西」：《枕肱亭文集》《清風亭稿》作「將軍多暇日，遊獵玉關西」。

一夕雪霽，時長烟一空，皓月千里，但見玉樹遥迷，遠墅瓊宫，碧峙寒雲，銀橋斜鎖，雙湖粉堞，圓聯孤閣，堞，墙也。遠近一色，舉目畫圖，誠所謂心曠形怡，眺望不盡者也。生因口占一律云：

六出奇花者，殷勤舞朔風。江山銀浪裏，世界粉團中。毡塞充飢客，啮雪。寒江獨釣翁。蓑笠翁。應知三尺厚，還喜十年豊。〔眉批〕倪生去范公世遠矣，閣中遺像日閉落闕，而雪夜有形，且吟詠五韻，嬉笑成聲，事近於幻矣。陶朱苧蘿猶能顯跡於茲千載之金明寺，何異哉？蓋豪傑雖往，其正氣英風不與時而俱泯滅，故爾不則幾何而不與草木同朽腐也。

吟甫就，忽聞閣外嬉笑之聲。生訝其更深雪夜，亦有先得吾心者，固如是耶？憑闌熟視，卬然一丈夫也卬音昂，幅巾野服，同一姝色少年，丈夫高聲曰：

月霽不知更已盡，

美人應聲曰：

雪深誰問路如何？

丈夫曰：

雪晴
國士呈形長嘯冰潭而溢水

良夜
美人携手輕譚月樹以飛花

百年天地無情也，

美人曰：

兩眼山河有主麽？

丈夫復曰：

鶴唳猿啼喉舌冷，

美人亦曰：

龍争虎鬥血痕多。

丈夫大笑曰：

掀髯一笑渾閒事，

美人亦笑曰：

回首西風兩鬢皤白也。

行吟自得，步履如飛。已而異香縹緲，不勞呼命，而無櫓扁舟，自外湖逆流投岸，二人從容就登，任風沿放。笑徹寒潭之水，談飛月樹之花，抑且交盞更酌，相與盤桓，第不知茗與酒耳。第，但也。須臾，捨舟循墻，城墻。席雪對坐，美人望月長歎，頻指東北，有淒然之狀。〔眉批〕按姑蘇居禾城東北，美人頻指東北，抑亦悲蘇臺之凋謝乎？丈夫携手促膝，亹亹言論，若寬慰之者。言畢，更笑。倪生私忖曰：「以暮雪荒禪中，禪寺。爲涉湖蹈險事，非常情也。試一呼之，可得其動靜。」即高聲喝曰：「城上男女，樂則樂矣，得無寂乎？」城閣相對，不過咫尺，二人笑話依然，若不聞者。生復喝，而彼復然，略不爲動。生始驚異，以爲神矣。方整步下閣，而閣門咿啞有聲，見越大夫供桌前，一燈獨明，大夫儼然端坐，鬚眼若生。倪生俯不敢視，急歸寓，始大覺悟，所見丈夫即越大夫也，所攜美人即浣紗溪女也，所登扁舟，即泛五湖之雅致也。

明晨，城中人競言雪中有巨人跡，巨跡中又有弓鞋小印，不知何幻也。幻，虛怪。〔眉批〕雪中有巨跡，巨跡中復有弓鞋小印，此范不獨示倪生，亦以示城居若等。生但笑視不言。衆仿跡而行，直至城上，無不皆然。且其跡特異，俱逼城傍空而印者傍去聲，若人豈敢逼傍而走乎？知其爲神人也必矣。倪生方備言昨宵所見，并其笑語、互吟之聲，登舟遊衍之狀，衆皆驚且異焉。生爲之備香帛酒禮，拜伏像下而出。時萬曆初云。

【按】本文據明周紹濂《鴛渚志餘雪窗談異》帙上《西子泛雪傳》删節成文。删改主要有兩處：一是删節原文開端關於金明寺的介紹；二是增加了倪生與范蠡、西施的兩首詩歌。清陳銘撰

《醉裏耳餘録》卷二節載之，曰：「嘉靖時，有倪生者，讀書金明僧舍。雪夜閣外聞嬉笑聲，起視之，見一丈夫幅巾野服，同一麗人行吟自得。既而登舟把盞交歡，須臾，又捨舟，循城席雪對談，其言語多不可曉。倪疑其怪，作大聲呵之，略不爲動，因即衆僧視之，倏無所見，雪中惟有巨人跡與弓鞋小印而已。或以爲是陶朱公、浣紗女表異，未知然否。見《明季軼聞》。」文注出《明季軼聞》，則轉載此事者，爲數不少。

## 吴將忠魂

荆門統制吴源[一]，忠孝人也，雖武士，尤嗜典籍，翻閱至夜分，且疊疊不釋卷。常讀《漢書》至伏波將軍「馬革裹尸」語，馬援事。即掩卷歎息，曰：「是吾志矣！」〔眉批〕源提兵救襄，而卒身死王事，果無愧於「馬革裹尸」之語！故身居介胄之中，而其詩禮自閑，若趨廳而鯉對；丹心耿烈，似向日以葵傾。其妻盧氏又善詩文，以故夫妻相

〔一〕《（同治）荆門直隷州志》卷九之二《人物志二·忠義·宋》，根據本文勒成吴源小傳。

敬如賓，世稱鳥比翼、枝連理，不是過也。

宋咸淳七年，元兵圍襄甚急，朝廷敕源救之。源未即行，盧恐遲誤，乃諫曰：「臣事君以忠，古今之通義也，非遇盤根錯節，何以見利器？君勿逗留以誤王事！速其行。」源謝曰：「謹若語！」於是即日啟行。盧口占一律〔一〕以贈之。詩曰：

羡君家世舊簪纓，百戰常懷報主心。草檄有才追記室，馳檄。築壇〔二〕無路繼淮陰。拜將。射雕紫塞秋雲黑，走馬黄河夜雪深。白首丹衷知未變，歸來雙肘印懸金。

源率爾揮淚，親將兵至襄城下。遇元人，五戰皆捷，大震軍聲。元人麾集外軍，圍合夾擊，我軍孤弱不敵，源時掉臂一呼，士氣百倍，殺聲動天地，旌旗蔽日月，蓋主客之形既分，而强弱之勢不敵矣。賊兵强盛。源乃身被數槍，力戰而死，部兵無一生還

〔一〕本詩出明童軒《枕肱亭文集》卷六、《清風亭稿》卷六「七言律詩」《送徐遵誨公子之邊》。清厲鶚《宋詩紀事》卷八七、曾燠《江西詩徵》卷五〇《明》、丁宿章《湖北詩徵傳略》卷三〇等載之。（同治）《荊門直隸州志》署名盧氏，題爲《贈外》。

〔二〕「築壇」，《枕肱亭文集》《清風亭稿》作「登壇」。

兩節

夫為忠亡一點丹心懸日月

增輝
妻因義死連城白璧掩塵埃

者。〔眉批〕部兵無一生還，以故盧之不知其死。未幾，襄爲元有幾平聲，道路始通。

荊門士人柳春時過襄陽，宿於官舍，夜出間行間，去聲。時畫樓吹笛，調《落梅花》，殘月籠雲，塵埋妝鏡。行未三五步，但見悲風颯颯，殺氣漫漫，當先一員武士，仗劍披甲，從者數百人，其威可怖。〔眉批〕披甲仗劍，生氣凜然。春引避之，武士呼曰：「君尚不識耶？吾乃里人吳源是矣。兵救襄城，死於王事，弗克歸家。天曹以吾忠義，命爲本方土地神。君歸日，幸以事白於家荊，荊，妻。不信，付此鐵券以示。」遂按劍而吟一律〔二〕，曰：

匹馬南歸望古城，半林殘雨夕陽明。雲邊岫接秦山色，樹裏河流漢水聲。墮淚有碑苔色古，攔街無曲酒旗橫。那堪回首成陳迹，笳鼓西風愴客情。〔眉批〕笳鼓西風，聞者爲之酸鼻。

---

〔二〕本詩出明童軒《枕肱亭文集》卷六、《清風亭稿》卷六「七言律詩」《襄陽懷古》。明曹學佺《石倉歷代詩選》卷三六九《明詩次集三》、《筆精》卷五《詩談》、清陳田《明詩紀事》甲籤卷十九、厲鶚《宋詩紀事》卷九九、曾燠《江西詩徵》卷五〇《明》、丁宿章《湖北詩徵傳略》卷三〇等載之。（同治）《荊門直隸州志》卷十一《藝文志》題爲吳源所作《按劍吟》。

吟畢，陰霾頓掃清，而武士亦不見矣。春大驚異，而亦未之盡信也。

歸至荊門，訪其家，得之，遂造其居，白其事，盧且疑二不自信，春即出所示鐵券，盧始信。撫券大慟，絶而復蘇，自言曰：「吾夫死於王事，忠也。妾身死於夫難，義也。夫既盡忠，妾敢不義？願同遊於地下，足矣！」乃罄其資蓄，爲夫作陰果，七晝夜不絶，所謂「紙灰蝴蝶白，淚血杜鵑紅」者是也。處置家事，一無所遺，沐浴焚香，再拜泣曰：

夫爲忠孝死爲去聲，妾因節義亡。夫妻相繼死，忠義兩無妨[二]。

於是從容自縊而死。〔眉批〕從容自縊，忠臣、節婦兩得之矣。苟生之徒，視此能無顏腼？家人啟户視之，氣絶久矣。鄉人義之，相與殮葬、立祠，號曰「雙節」，至今存焉。

【按】本文當爲明周靜軒《湖海奇聞集》佚文。明胡文焕《稗家粹編》卷一「倫理部」《吴將忠魂》、西湖碧山卧樵《幽怪詩譚》卷二《鐵券投書》載之；《稗家粹編》與本文文字多同，與《幽怪詩譚》多歧。

---

〔二〕《宋詩紀事》卷八七、（同治）《荊門直隸州志》等，題爲《絶命詩》。詩曰：「夫爲萇弘血，妾感共姜詩。夫妻同死義，天地一凄其。」

本文所録《襄陽懷古》中有「雲邊岫接秦山色，樹裏河流漢水聲」之句，明李東陽《懷麓堂詩話》載：「國初諸詩人結社爲詩，浦長源請入社，衆請所作，初誦數首，皆未應，至『雲邊路繞巴山色，樹裏河流漢水聲』并加賞歎，遂納之。」以爲作者爲無錫浦源。此説起於明都穆《南濠詩話》，陳道《（弘治）八閩通志》卷八五《拾遺》等，以爲事實，納入志書，後世遂將此詩歸諸浦源所作，如明焦竑《國朝獻徵録》卷三五《禮部三》、過庭訓《本朝分省人物考》卷又七〇、凌迪知《萬姓統譜》卷七八、毛憲《毗陵人品記》卷六、王兆雲《皇明詞林人物考》卷一、尹守衡《皇明史竊》卷九七（明崇禎刻本）、清章履仁《姓史人物考》卷一二、周亮工《閩小紀》卷四等紀傳史籍；陳鳴鶴《東越文苑》卷六、李紹文《皇明世説新語》卷六、王世貞《增補藝苑巵言》卷四、徐𤊹《榕陰新檢》卷一六《詩話》、周子文《藝藪談宗》卷二、清蔡鈞《詩法指南》卷五、潘德輿《養一齋詩話》卷四、錢謙益《列朝詩集》甲集卷二〇、姚之駰《元明事類鈔》卷二二《文學門》、鄭方坤《全閩詩話》卷六、朱彝尊《静志居詩話》卷四等詩話筆記。此亦可補文學之闕。

將小説文本納入著述的，還有清胡作炳《荊門紀略》，其文曰：「源赴援襄陽，戰殁後，襄爲元有，道路始通。州人柳春過襄陽宿於荒村，夜間偶步，見一武士，仗劍披甲，從者數百人，其威凛肅，春驚見避，武士呼曰：『君不識我耶？吾，里人吴源也。兵救襄城死於王事，上帝嘉吾忠義，命爲神矣。君歸，幸白於吾家，若不信，可示以鐵券。』按劒朗吟：『匹馬南歸望古城，半林殘雨夕陽明。雲邊岫接秦山色，樹裏河流漢水聲。墜淚有碑苔色古，攔街無曲酒旗橫。那堪回首成陳迹，笳鼓西風愴客情。』遂擲鐵券而没。春歸，訪其家，投鐵券，鄉里始知源之盡節云。」邁柱等《（嘉慶）湖廣通志》卷六〇《忠臣志》以及卷六九《列女志·安陸府·盧氏》，以及《大清一統志》卷二六六、《宋詩紀事》卷八七、九九等，也均迻録小説文本

## 魏沂遇道

越魏沂，字仲秀，内養人也。悠遊林壑，獨扇玄風，仰遡乎柱下七篇，莊老書。而出入乎魏晉之多士，談玄者。吐故納新，熊經鳥申，皆實有矣，實養。謂天臺爲毓秀之地毓音育，喜其赤城霞起漫霄漢，以羅文瀑布，泉流濺石，硜而碎玉。〔眉批〕仙秀入天台，遇老逸人乎？抑非人而仙乎？何爲化白鶴而高舉乎？且觀之劉阮，則其事又非誣者。

一日，整衣緩步陟彼繁麓，因而採草實備藥餌，遂深入焉。蓋企慕既切，履歷忘勞，回首視之，則昏鴉集樹杪，而斜日爲之西下矣。天色漸暝，進退失據，正躊躇間，俄聞林下笑語聲且近，急趨問之，見一老紅巾素服，竹杖芒鞋，席地而坐，有自得趣，

天台
煉性澄心丹鼎已知微有火

問道
入山問道壺天何患去無門

傍有一蒼頭侍立，沂揖進曰：「山深迷路，進無所之往也，敢問老丈此處有旅店乎？」叟答曰：「深山之中，安有旅店？」沂曰：「然則奈何」叟曰：「僕之陋室去此甚邇，君如不鄙，願賜光臨，何如？」沂聞之，欣然從行。步穿林麓，覺草木之青蔥；履涉澗汀，聽泉聲之滴瀝。可二里許，但見山居隱隱，茅屋數椽，竹户荊扉，藤床石磴，室中所有。亦甚整潔。茶畢，出飯與沂食之，叟乃長吟一律〔一〕，曰：

養就丹砂壽算綿，鶴算。雞群獨出勢昂然〔二〕。數聲唳月〔三〕歸三島，幾度乘風〔四〕上九天。長夜聽琴來蕙帳，清晨覓食在芝田。自從華表歸來後〔五〕，滄海桑田幾〔六〕變遷。〔眉批〕詩句俱就鶴上説，此老叟自見之意也。

沂意其非常人，乃避席請曰：「敢問老丈尊姓？」叟笑曰：「山林鄙夫，安有姓

---

〔一〕本詩明舒芬輯《玉堂詩選》卷八題明楊三江撰《鶴》。

〔二〕「養就丹砂壽算綿，雞群獨出勢昂然」，《玉堂詩選》作「丹頂霜衣伴眾仙，懿公偏好賜乘軒」。

〔三〕「唳月」，《玉堂詩選》作「啼月」。

〔四〕「乘風」，《玉堂詩選》作「凌雲」。

〔五〕「歸來後」，《玉堂詩選》作「吟詩去」。

〔六〕「幾」，《玉堂詩選》作「已」。

字？」沂又請曰：「令嗣幾人？」叟曰：「家室尚無，安有子也？家室，妻室也。」〔眉批〕叟蓋脱凡胎而羽化者，豈若塵囂之憂憂乎？故不知有姓字，亦不知有子嗣。惜乎沂之一時不悟也。沂屢有問，而叟之不以實告者類如此。沂止宿其家。

翌晨，辭别求歸，叟乃與之攜手盤旋送至舊路，不忍分袂，沂先吟一絶以記别焉。吟曰：

疊疊青山望欲迷，徵書無梦下苔磯。昏鴉亦解人離苦，來往相依不忍飛。

叟乃賦《行路難》〔一〕一闋以贈之。賦曰：

行路難，太行九折何盤盤。太行，山名。古藤〔二〕老樹掛絶壁，挽衣〔三〕欲上愁攀援。行路難，瞿塘三峽激流湍，瞿塘，關名；三峽，水名。舟行咫尺苦難進，宛如生

---

〔一〕本詩出明童軒《枕肱亭文集》卷二「樂府歌行」、《清風亭稿》卷二「樂府歌行」《行路難》。明曹學佺《石倉歷代詩選》卷三六九《明詩次集三》載之，李培《水西全集》卷一收爲自己所撰《行路難》「三首」之一。

〔二〕「古藤」，《清風亭稿》作「枯藤」。

〔三〕「挽衣」，《清風亭稿》作「攬衣」。

度蛟龍關。山之高，水之險，不似人心千萬變。人心危峻不可窺。眼前突兀峰九嶷，九嶷山高峻。人心險詐不可測，平地波瀾起千尺。當年握手出肺肝，誰料〔一〕相逢不相識。春風昨日五侯門，貴顯。秋雨今朝廷尉宅。凋落。君不見，春申舍人有李園，楚春申。棘門之禍誠何冤。又不見，田文齊田文車馬三千客，五百姓名書怨牒。行路難，危於山，險於水。不獨悠悠世上兒，骨肉相看亦如此。行路之難，難莫比。〔眉批〕《行路難》雖有蹈襲，亦善模寫世態者。

沂再拜而別，叟曰：「君宜珍重，勿輕回顧。」沂乃緩行數步而窺視之，叟忽化爲白鶴騰空而去焉。

【按】本文當爲明周静軒《湖海奇聞集》佚文。明吴大震《廣艷異編》卷二五「禽部」《魏沂》、《續艷異編》卷一一「禽部」《魏沂》、西湖碧山卧樵《幽怪詩譚》卷三《絳幘老人》等載之。

文中「養就丹砂壽算綿」一詩，有學者認爲此詩出自明沈嘉言《野鶴沖霄》（任明華《論明代

〔一〕「誰料」，《清風亭稿》作「詎料」。

嵌入詩歌的詩文小説——兼談〈湖海奇聞〉的佚文》，《求索》二〇一六年第六期）。其實，本詩句句都是關於鶴的俗典，用眉批的話説就是「詩句俱就鶴上説，此老叟自見之意」。本詩爲明人楊三江撰。明代鄭志謨《飛劍記》第一回「諸仙朝玉皇大帝，慧童投吕家出世」言白鶴時寫道：「素翎濯濯，朱頂鮮鮮。色例於雪，聲聞於天。羽族之宗長從來有説，仙人之騏驥自古相傳。華表月明華，丁令威之返魂；緱山雲擁，王子喬乘之登仙。静夜而聽琴來蕙帳，清晨而覓食在芝田。弔陶家之墓，奇奇異異；掠赤壁之舟，翩翩蹮蹮。縱爾遊在沙丘，端不中明皇之箭；若還養於衛國，還須乘懿公之軒。正是：養就丹砂壽算綿，羽毛曾伴雪霜眠。於今飛入紅帷幕，却兆佳人産異仙。」

## 曹異龍神

元至正中，有曹睿者，達人也。一日，同鮑恂、牛諒、徐一夔輩，宦遊過越秀水，見一禪寺，匾額曰「景德」，頗幽勝足遊。寺西一龍王祠，由五代來，屢著異跡。曹輩因登飲禪寺間，用唐人句分韻賦詩。忽一老人，長髯深眼，骨肉峻峥，老狀。飄然策杖

龍神
美盞傳盃環坐已知皆宦客
清談萬選
卷之一
五二

著異
尋詩覓句聯吟誰識有龍神

而至，曰：「老夫去此甚邇，諸君高懷，不揣駑朽，駑馬、朽木。亦欲效一顰於英達之前，何如？」〔眉批〕《太平廣記》云：淳熙秋旱，有擾龍者投虎頭於景德籠潭，雨果大集。由此觀之，則龍之效靈非一日矣。諸人心雖嫌異，然亦援而止之。曹遂首倡一律〔二〕，曰：

清晨出城廓〔三〕，悠然振塵纓。仰觀天宇静，俯矚川原平。竹樹自瀟灑，禽鳥相和鳴。龍淵古招提，飛蓋集群英。唱酬出金石，提携雜瓶罌。丈夫貴曠達，細故奚足嬰。動念。道義山岳重，軒冕鴻毛輕。素心苟不渝，亦足安平生。〔眉批〕四韻各寫襟懷，亦各有飄飄塵外之想。

鮑恂次之〔三〕，吟曰：

凌晨訪古刹，幽氣集林阿。雕甍萌旭日，紺宇晴雲摩。疎松奏笙簧，修竹鳴鳳珂。禪翁素所随，名流喜來過平聲。俯澗漱寒溜，涉磴扣翠蘿。瀹茗佐芳醑，

〔二〕本詩明趙文華《（嘉靖）嘉興府圖記》卷三、清陳田《明詩紀事》甲籤卷一一「景德寺詩會」、沈季友《檇李詩繫》卷六等載之。

〔三〕「城廓」，《鴛渚志餘雪窗談異》作「城郭」。

〔三〕本詩明趙文華《（嘉靖）嘉興府圖記》卷三、清陳田《明詩紀事》甲籤卷一一等載之。

談玄間商歌。遂令塵土壤，如濯清流波。兹景誠奇逢，追遊亦豈多。流光逐波瀾，飛翼拔高柯。賦詩留苔萍，千載期不磨。

牛諒又次之，吟[二]曰：

靈湫閟馴龍，古殿敞金粟。僧歸林下定，雲傍簷端宿。伊余陪雅集，於此避炎酷。息陰悟道性，習静外榮辱。坐石飛清觴，堪嘆白日速。别去將何如，留詩滿新竹。

徐一夔又次之，吟曰：

野曠天愈豁，川平路如斷。不知何朝寺，突兀古湖岸。潭里白雲深，林密翠霏亂。勝地故瀟灑，七月流將半。合簪信難得，通塞奚足筭。廣文厭官舍，樂閒散。亦此事瀟散。風欞爵屢行，蘿燈席頻换。但覺清嘯發，寧顧白日旰。吾欲記兹遊，掃壁劳弱翰[三]。

[二] 本詩明趙文華《（嘉靖）嘉興府圖記》卷三、清沈季友《檇李詩繫》卷六，清嵇曾筠《（雍正）浙江通志》卷二二八題爲《西郭憩景德寺分韻詩》。

[三] 本詩明趙文華《（嘉靖）嘉興府圖記》卷三、清沈季友《檇李詩繫》卷六，清嵇曾筠《（雍正）浙江通志》卷二二八等載之。

衆吟畢，睿因請於老人，老人随口而應，曰：〔眉批〕隱然自見，其爲龍最善描寫。

憶昔壯得志，雲雷任摩挲。指顧撼蛟鯨，叱咤驅風波。已矣而今老，悠悠困江河。良會豈曾識，意契即笑歌。夕照戀松桂，晚風洒蒲荷。流霞雜輕烟，凌亂襲袂羅。佳景洽高誼，何妨醉顔駝。生年幾能百，時光度槐柯。名利釣人餌，青塚豪傑多。笑彼奔走生，自苦同蠶蛾。經營計長久，一朝委湯鍋。世路且險側，杯弈藏干戈。飲宴局戲。達人尚高隱，烏帽甘青蓑。江花脂粉勝，林鳥宫商和。石枕待春睡，新篘貯銀螺。對此引深樂，天地奈我何。〔眉批〕聯句俱寫諷諫，意辭亦甚切當。

詩成，衆爲駭服，不以野老視焉。因請名問舍，舍，居也。老人曰：「予，龍姓，諱雲，字子淵，别號江湖遊客。家本山之西，來此有年矣。」衆喜甚，遂相與劇談，飛觴流飲。及酒闌興盡，命撤登舟。老人拱手言曰：「頃側行旌，承不以檮鄙相拒，敢攄一語，酬報諸君，何如？」衆皆應曰：「願受教。」老人曰：「諸君夜發，以程計，程，途也。兩日後當過錢塘。江名。但遇江風初動，有黑雲自西北行南，慎勿輕躁取悔。斯時也，果念愚言忠益，不敢干謝，得求殿宇新之，則吾鄰有光多也，將不勝於謝乎？」衆人口諾心非，相禮而別。未數步，回顧老人，忽不見矣。衆皆壯年豪邁，不以爲意，竟解舟去。

及兩日後，早至錢塘，江上風歛日融，江面平静猶地。欲過者，喜相争舟而趁。恂、諒、一夔促装使發，惟曹睿曰：「諸兄憶景德老人之言乎？吾輩非報急、傳烽、捕亡、追敵者，四事喻急。縱遲留半日，何誤於身？豈必茫茫效商販爲得耶？」〔眉批〕向使曹公一如鮑、牛輩急渡，則失籌算，幾何而不與魚蝦同死乎？三人相笑而止，笑未已，風果自西徐來，又黑雲四五陣，從北南向，睿曰：「一驗矣。」三人曰：「試少待。」頃間，黑雲中雷雨大布，狂風四作，滿江浪勢連天，如牛馬奔突之狀，争過者過江數百人，一旦盡葬魚鱉之腹，惜哉！〔眉批〕以數百人之命，一旦葬江魚之腹，即龍神所謂「湯鍋」之禍也。曹睿因指謂曰：「諸兄以爲何如？」三人皆失色相謝。睿曰：「爛額焦頭，何似徙薪曲突，此無知先平受賞，魏無知、陳平。君子美其於本不忘也。今非此老預告，則吾屬亦波心一漚矣！何能携手復相語哉？」三人諾諾應。

及反棹訪景德寺，僧俱言西鄰無龍姓者，止一龍神祠，曹始大悟，感其詩中「名利釣人」句，深有警策，遂相與潔牲肴，拜奠祠下，以伸謝。私又各出白金三十斤，爲新殿之費，且即日同章告養，託病歸田，副龍神諷囑之意焉。〔眉批〕託病歸田，蓋不欲以倖存弱質，再蹈危機。今其門扁曰「龍淵勝境」，蓋亦以志不忘云。

【按】本文據明周紹濂《鴛渚志餘雪窗談異》帙上《龍潭聯詠録》删節成文。删改主要有兩處：一是删節原文開端龍王祠興建歷史的介紹；二是減少返回秀水之後的覺悟過程。本文當據明趙文華《（嘉靖）嘉興府圖記》卷三等區域舊聞改編而來。明吴敬所《國色天香》卷七「客夜瓊談」《聯詠録》；黄承昊《（崇禎）嘉興縣志》卷八等載之。

# 卷之二

## 人品靈異下 凡十七條〔一〕

### 曇陽仙師

曇陽仙師，姓王，諱燾貞，吴郡人，相國王公錫爵之女也。生而無血，端厚莊穆，天質自然。數歲爲兒戲，好以木箸、竹頭架瓦爲神祠，常手持念珠誦菩提，〔眉批〕生而無血，識者已知其非凡胎矣。且兒戲則架瓦作祠，稍長持念珠誦菩提，一言一動，何所往而非仙家之景象乎？後字同邑徐少參子景韶。字，許嫁也。稍長，王公及第，官翰林，仙師隨之長安。獨好談靈修、沖舉之事，博習經典，

〔一〕原作「十六條」，誤，當爲「十七條」。

五陵
白日冲昇挺抜乾坤千古秀

教主
丹砂孕毓復還天地一九心

不親女紅，夫人謂：「非女子事」，稍不悦。歲甲戌，仙師年十七，徐氏以婚期來告，請期。已而，許既卒於家。夫人戒仙師曰：「兒今長矣，行且歸爲人婦，奈何不親女紅，而朝夕經典爲句？」夫人累以爲言，不省，因問之，乃太息曰：「徐郎已非人間人，雖適，將安歸矣？」言迄，遂潛具縞素。逾月而徐郎之訃至，訃音至京。舉家咸驚神智。仙師以節烈自誓，由是益謝世事，棲心道真，謂相國曰：「徐郎既已下世，兒義不再事人。請以素粧道服，侍父母終身。」相國曰：「嗟！徐郎生時未嫁，死而守之，無乃過乎？」仙師曰：「大人謂未食禄者，非天王臣子？」〔眉批〕《詩》曰：「率土之濱，莫非王臣」，豈以未食禄者，非天王臣子？仙師此一言，扶持萬古綱常矣！即守益篤。後其家忽覩有異光，輪囷灼爍，閃耀變幻等狀，更有異香不散。仙師居一净室，列真時降其室中，則真衆仙也。指示大道，則有觀音大士、蘇元君、崔嫣孃、鄒菡姈、周菡英；正授師，則有朱真君，此皆女真也。女仙。相國亦嘗親見其五彩天衣，而特未覩其面。仙師少頗不慧，至是忽穎悟，照心朗寂，洞三才之理，綜萬滙之幾，運般若之智，秉清靈之原，真空妙有，觸處了然。明敏。絶粒多年，而玉貌朗潤，恭和莊雅，且持論玄妙，復依於忠孝，根於人倫。後隨祖父母歸吳婁居，閉關下鍵，加工益深。乙亥秋，相國偕夫人歸自京師，仙師則下樓相見，日夕承歡，無異家人禮。〔眉批〕承歡相國，即人倫忠孝之見於□行也。□空門之寂滅乎？久之，鍵關習静如故樓。復居閉關。仙師初猶出陰神，後乃出陽神。一日，囑相國坐而守之。忽跏趺不動，面如赭，紅色。良久，空中有聲如磬，相續則仙師至，謂相國曰：「道在是矣！」蓋鍊形體輕，能飛行空中。樓居嘗神遊於外所，至人多有見之者，或省其王父母家中遺所持物，及題壁而去，題詩於壁。户固未啟也。仙師敏妙，嘗致精，升太清朝金母，神也。見諸真，及殿閣道宫，種種有證。又度一靈蛇，名護龍焉。相國居暇，亦嘗懼其道心未定，以物試之百端，仙師自若也。〔眉批〕連城白璧，百煉精金，豈外物之所能試而奪之耶？一日，謂相國曰：「兒不日辭大人去人間世矣。夫大道當從苦行入，兒不幸生富貴鄉，無所苦。身爲女子，又不當入山谷枯槁幽絶行，且奈之何？兒將之徐氏墓上，露坐數月，而後行。」乃盛服佩劍執麈，偏拜辭其家人出行。先謁新觀，餔時抵徐墓，行奠禮，乃擇墓傍享堂前隙地，空地也。展席露坐，日夜無間，雨暘風露不能侵之，而玉色日轉鮮潔。遠近士女匍匐焚香參承者，日以千數，墓門不啟，不得見，皆羅拜門外而去。〔眉批〕仙師云：「大道從苦行入」，則其露坐數月，亦庶幾苦行之萬一也。

積三月，謂相國曰：「兒將以九月九日行矣。吾授道上真，本修形神俱化，乃爲女子，又生於仕宦之家，不可棲止靈山絶跡幽曠，而俗人不達上玄，妄生同異，塵世又不可以久居。歲月既淺，道力尚微，今不得已遂去爾。」相國乃爲預置神龕，及幢幡、寶蓋之屬。八日，仙師沐浴焚香，辭其祖父母、父母及諸親屬，成禮。至九日，幡蓋前道，仙師右執麈尾，左執寶劍，迎入神龕。仙師行步如飛，及壇從容安雅，登壇南向禮天地，西向謝聖師，北向辭帝闕，已而持呪水，繞壇三匝，時六親頗爲飲血，哀痛。仙師但揮麈微笑止之，曰：「無哀。」遠近至者數萬人，舟楫車馬填塞數十里。仙師每有謦欬，萬口交贊，泣下沾襟，而仙師略不爲動。入龕中微定，雙目漸瞑，瞥然化去，端立不僵，而色轉赭，其上有光如斗大，又有白氣一道亘天而西，遠近咸見云。〔眉批〕當仙師銜舉之日，不意四大幻軀流浪無際者，乃目覩厥祥，幸耶！幸耶！

噫！許旌陽上昇之日，記曰：「後一千二百餘年，五陵當有八百證仙者。」自晉寧康甲戌迄今，得一千二百六年，仙師之出，偶然哉？

【按】本文所記王燾貞白日飛升神異之事，爲明代萬曆時期重要的宗教、文化事件，對晚明時期的政治、文化、宗教等具有深刻的影響。曇陽仙師，即明王錫爵之女王燾貞，她糅合三教，藉助冥想與實踐，形成了以「恬」「澹」爲核心的「曇陽」教派，并吸納了王世貞、王錫爵、屠隆等當時知名人士爲弟子，并由各種異象，特别是白日飛升等行爲，成爲江南士人與宫廷官吏關注與交鋒的對象。

曇陽飛升之後，爲之作傳的，有明王錫爵《化女曇陽子事略》、王世貞《曇陽大師傳》、王世懋的《書〈曇陽大師傳〉後》《望崖録》外編所記《師事曇陽子事》、徐渭《曇陽大師傳略》、范守己《禦龍子集》卷五八《曇陽仙師傳》、胡應麟《曇陽登真編》，以及鄧球《閒適劇談》卷五所作《曇陽事蹟》等。其他如楊爾曾《仙媛紀事》卷八《曇陽子》、徐渭《徐文長逸稿》卷二二《曇陽大師傳略》、張文介《廣列仙傳》卷七《王曇陽》、張鳳翼《處實堂集》卷一《烈媛賓仙詩并序》等，均爲曇陽子傳記系列的重要作品。

除了曇陽子的傳記外，她修道的曇陽觀一直到清中晚期，仍是重要的文化景觀。她的書信，被後人輯録爲《左髻曇陽王仙師遺言》，而被收藏於中國故宫博物院。她的事跡，也不乏改編爲戲曲的，如王國維言湯顯祖創作《牡丹亭記》，就是譏曇陽子的；而無名氏《曇陽記》《護龍記》傳奇，彈詞《雙金錠》等均是以她爲中心的敘事藝術。

# 虢州仙女

楊恭政，虢州天仙村田家女也，適同村王清，其夫貧力田，楊奉箕帚，供農婦之職甚謹，夫族目之曰勤力。新婦性沉静，不喜言笑，有暇則洒掃静室閑坐，雖鄰婦狎之，終不爲動。生三男一女，時年二十有四。〔眉批〕楊以女流，既不達經典，又不知修煉，乃□倏然仙去者何？大抵仙風道骨，自有其真，不習無不利也。

一日，告其夫曰：「妾神思頗不安，聞雜語惡之惡去聲，請於静室少息，君與兒女暫異居焉。」夫許之，亦不問。楊遂沐浴，着新衣，洒掃一室，焚香閉門而坐。及明，夫訝其遲起，開户視之，衣服委於床上，若蟬蜕然，身已去矣，但覺異香滿室。其夫驚，以告其父母，共歎之頃，鄰人來曰：「昨夜夜半，有天樂從西而來，似若雲中下於君家，奏樂久之，稍稍上去，闔村皆聽，君家聞否？」王謝不知，然而異香愈酷烈，香之甚。遍數十里。村吏以聞縣令李邯，邯遣吏民遠近蹤跡之，竟不得，因令不動其衣，閉其户以棘環之，冀其或來也。至十八日夜五鼓，村中復聞雲間仙樂之聲，異香之芳從東來，復至王氏宅，作樂久之而去，王氏亦無聞者。及明來視，其門棘封如故，房中仿佛近似若有人聲，遽走告縣令，縣令親率官吏僧道，開其門，則新婦者，宛然在床矣。〔眉批〕倏而去，倏而來，事出於尋常耳目之外，固夫人之所謂異者也。但覺面目光芒，有非常之色，邯問曰：「向何所去？今何所來？」對曰：「前十五夜初，有仙騎來，曰：『夫人當上仙，雲鶴即至，宜靜室以俟之。』遂求靜室。至三更，有仙樂彩仗，霓旌絳節，前導者。鸞鶴紛紜，五雲來降，入於房中，執節者前曰：『良夕準籍會仙，仙師使者來迎，將會於西岳。』於是仙童二人，捧玉箱來獻，箱中有奇服，非綺非羅，製若道人之衣，珍華香潔，不可名狀，遂衣之。既畢，樂作三闋，青衣引白鶴來，曰：『宜乘此。』初懼其危，懼，恐懼也。試乘之，穩不可言。〔眉批〕仙樂旌節、鸞鶴玉□，奇服種種，豈塵世素所習見者乎？飛起而五雲捧出，綵仗霓旌，次第前引，至於華山雲臺峯。峯上有盤石，已有四女先在彼焉。一人云姓馬，宋州人；一人姓徐，幽州人；一人姓郭，荆州人；一人姓夏，青州人，皆其夜成仙，同會於此。〔眉批〕五真同生塵界，而一旦仙遊者，何哉？大抵稟賦之初，已具仙骨，而其在世，特借肉住靈爾也。傍有一小仙曰：『并捨虛幻，得證真仙。今當定名，宜有真字以真字得名。』於是，馬曰信真，

太清
夢斷塵寰自信雲衣無浣日
清談萬選 卷之二 六

仙會
身遊蓬島應知鶴駕促脩程

徐曰湛真，郭曰修真，夏曰守真，恭政曰凝真。其時五雲參差，罘崖偏谷，妙樂羅列，間作於前，五人相慶，曰：『同生濁界，并是凡身，一旦翛然，遂與塵隔，今夕何夕，歡會於斯，宜各賦詩以道其意。』信真詩曰：

幾刧澄煩息，今身僅少成。誓將雲外隱，不向世間行。

湛真詩曰：

綽約離塵界，從容上太清從，平聲。雲衣無涴日，鶴駕復遥程〔二〕。

修真詩曰：

華岳無三尺，東瀛僅一杯。入雲騎綵鳳，歌舞上蓬萊。

守真詩曰：

共作雲山侶，俱辭世界塵。静思前日事，抛却幾凡身。

恭政亦詩曰：

人世多紛擾，其生似蕣華。誰言今夕裏，俛首視雲霞。〔眉批〕詩雖近於俚，亦

---

〔二〕「雲衣無涴日，鶴駕復遥程」，《續玄怪録》作「雲衣無綻日，鶴駕没遥程」。

各寫其離凡入聖之懷。

既而雕盤珍果，名不可知，妙樂鏗鏘，響動崖谷。俄而，執節者請曰：『宜往蓬萊謁大仙伯。』五真曰：『大仙伯爲誰？』執節者應曰：『茅君也。』於是妓樂鸞鶴，復次弟前引東去，倏忽間已到蓬萊，其宮闕皆金銀，而花木樓殿各各奢麗，非人間之製作。〔眉批〕鋪敘仙家景象與仙伯之所以厚待五真者，個有攸當。見大仙伯居金闕玉堂中，侍衛嚴肅，五真入，仙佰喜曰：『奈何晚耶？』飲以玉盃，賜以金簡鳳文之衣，玉華之冠配，居蓬萊華院。四人者出，恭政獨前曰：『王清父年高，無人侍養，請回，終其殘年，王父去世，然後從命。誠不忍侍樂而忘王父也，唯仙伯哀之。』仙伯曰：『恭政，汝村中一千年方出一仙人，汝當其會，毋自墜也。』因勑四真送至其家，故得還也。」〔眉批〕恭政當時應一千年之景□，豈偶爾已哉？邯問：「昔何習煉？」曰：「村婦何以知？但性本虛靜，閑即凝神而坐，不復俗應得入胸中耳。此性也，非學也。」又問：「要去可否？」曰：「本無道術，何以能去？雲鶴來迎則可去，不來亦無術可召。」於是遂謝絕其夫，服黃冠。

邯以狀聞於州，州聞於上官，乃居王父於別室，官爲給養。而恭政終歲絕烟火，或時蹈果實或飲酒三兩杯，見在陝州云。

【按】本文據唐李復言《續玄怪録》卷一《楊恭政》删節成文。宋李昉《太平廣記》卷六八題爲《楊敬正》、洪邁《萬首唐人絶句詩》卷二二、朱勝非《鉗珠集》卷五《四真》、葉廷珪《海録碎事》卷一三上《鬼神道釋部》、明陸楫《古今説海》「説淵」六一題《五真記》、楊爾曾《仙媛紀事》卷七《楊敬真》、陳虞佐《野客閒談》卷一「靈跡」《陝州仙女》（注出《萬選》）、清曹寅《全唐詩》卷八六三、清張正茂《龜臺琬談》、歐樾華《（同治）韶州府志》卷三八《列傳》、阮元《（道光）廣東通志》卷三二九《列傳六二》等載之。

## 蔣婦貞魂

温州衛傑，文人也，業儒，精舉子，故事補郡庠弟子員。妻蔣氏淑英，粗通經史，夫婦獨處，每相親敬，有古梁孟遺風。梁鴻、孟光。但傑以儒生事筆硯，既非貨殖之家，而蔣以裙布婦主中饋，又何以給饗飧之費？故其家業特窘，甚不能自存。

有故人沈天錫，爲福建路達魯花赤保，官名。傑謀往謁之，欲行，慮空室；不行，又無以爲居養之資，行止交馳於胸次久之矣。〔眉批〕謀謁故人，益見其家計窘迫。衛生閩行，蓋亦不得已者。淑英進曰：「窮必有達，否則復秦，自然之理！傅説未遇，潛身版築；膠鬲未遇，遁跡魚鹽。時焉既至，舉而用之，一則受武丁之尊禮，指傅説。一則寄文王之股肱，指膠鬲。正所謂『蛟龍得雲雨，終非池中物』也。今家私已窘，遠謁故人，苟得勺水，可延殘喘。況温、閩之程不過半月，決然一往，何必狐疑？狐性疑惑。」生從之，時至正庚寅春三月。

生治裝閩向，口占四聲短律〔一〕以自歎，吟曰：

功名無分起鳴騶，空負儒冠到白頭。爲問綈袍今在否？江湖權作子長遊。蘇子長。

蔣亦爲賦短韻，曰：

蜂蝶紛紛逐隊忙，遊人身染百花香。偕行縱爾無童冠，沂水春風任點狂。

---

〔一〕本詩碧山卧樵卷三《盱江拗士》引之爲律詩，其前四句作「功名無分起鳴騶，空負儒冠到白頭。桑梓謾思元亮隱，江湖真作子長遊」。

獨全
滿目干戈萬里黃雲迷塞草

貞操
碎身鋒鏑連城白璧凜秋霜

詩罷分袂。〔眉批〕執手而别，别而賦詩，意其離而復合耳，豈知遂成永别耶？生謂淑英曰：「善自重！予多一月必回矣！」生乃間關海道，廿有一日始至福建，聞故人已往汀州審刑矣；生趨汀州，則故人又往泉州賑濟矣；生趨泉州，則故人又還福州莅原職視事矣。生跋涉道途，即次不安，懷資已罄，盡也。三月備歷艱阻矣。及至福州，始得拜謁於公署，天錫爲喜，留住公館，日親厚焉。〔眉批〕始汀州，既泉州，復福州，衛生、天賜蹤跡燕鴻相左者如是！豈知温州爲方國珍破陷，賊將悦淑英色美，欲犯之，淑英怒曰：「吾家奕世衣冠，肯辱身於犬豕耶？」遂遇害。爲賊所殺。生於福州得報知温陷，甚恐，辭天賜而歸，天賜厚遺之。

舟次中途，是夜月明如晝，生坐無聊，忽淑英哭泣而前，且曰：「賊人陷邑，氣焰薰灼，妾寧碎身於鋒鏑，不敢同群於馬牛。雨收雲散，恩情中輟矣！天長地久，怨恨何窮乎？聊復一詞，君爲聽之。」詞名《西江月》，云：

殺氣騰空若霧，千戈密佈如麻。鯨奔虎逐到吾家，欲遂百年姻婭。豈效隨風柳絮，甘爲向日葵花。當初恩愛總堪誇，一筆從今勾罷。

每歌一句，則哽咽不能成腔。〔眉批〕朗誦《西江月》一詞，儼然生者，令人潸潸涕泗交注。生亦憤惋泣下，曰：「然則汝尸何存？」淑英曰：「妾死於節，鄉人義之，葬於後園栢樹下矣。」言迄不見。

生至温城，賊守衛甚嚴，不得入，生即以省妻之事紿之，賊憐而縱之。時兵燹之後，故宅無存，循址而至後園栢樹下，發其尸而視之，顏色如生。生哀毀骨立，終其身不復娶焉。

【按】本文明胡文焕《稗家粹編》卷一題爲《蔣婦貞魂》、西湖碧山卧樵《幽怪詩譚》卷一題爲《途次悲妻》，其中與《稗家粹編》相同，而與《幽怪詩譚》所載，清節、詞句多有不同。明姜準《歧海瑣談》卷四第一〇八條載之。清王棻《（光緒）永嘉縣志》卷一九《列女志一》摘《歧海瑣談》成《庠生衛傑妻蔣氏》傳記。

## 驛女冤雪

弘治壬戌，雲南監察御史上官守忠，持身以正，絶跡於權倖之門，處人以公，彈壓奸雄之勢，聽訟而曲直頓分，決疑則幽明具見。〔眉批〕國初有鐵面御史之稱，即上官公之不阿不枉，殆亦其流匹也。時觀風於雲南藩省，道途迢迢，無任倥惚。一夕，宿於公驛，明燭獨坐，無以遣懷，遂放吟一律〔二〕。詩曰：

廢驛年深草亦深，敗垣頹壁倚危岑。垣，墻也。床頭塵滿伊威集，簾外風凄絡緯吟。孤枕不堪香梦〔三〕斷，蔽衾殊覺早寒侵。獨憐幾樹梅花月，識我平生一片心

又吟一律〔三〕，曰：

幾年薄宧〔四〕走邊陲，邊疆也。鏡里西風兩鬢絲。山館月明雞唱早〔五〕，海天雲冷鴈歸遲。半生事業交窮日，萬里關山客倦時。愁絶小窻殘梦斷，子規啼上最高枝。

吟畢，忽爾窗外微風拂拂，暗霧濛濛，靜聽之，似有人語，漸成聲響，乃吟〔六〕曰：

---

〔一〕本詩爲明童軒《枕肱亭文集》卷六、《清風亭稿》卷六「七言律詩」《宿新田驛》。

〔二〕「香梦」，《枕肱亭文集》《清風亭稿》作「鄉梦」。

〔三〕本詩爲明童軒《枕肱亭文集》卷六、《清風亭稿》卷六「七言律詩」《秋月行司有成》。

〔四〕「薄宧」，《清風亭稿》作「謫宧」。

〔五〕「早」，《枕肱亭文集》同，《清風亭稿》作「去」。

〔六〕本詩爲明童軒《枕肱亭文集》卷二《樂府歌行》、《清風亭稿》卷二「樂府歌行」《春江花月夜》。清張豫章《四朝詩·明詩》卷七《樂府歌行四》載之。

夜月懸金鑒，鏡也。春風颺錦帆。江花如有意，飛點繡衣衫。

未及發問，彼又吟《芳樹曲》〔二〕，曰：

旭日轉洪鈞，日初出曰旭。園林萬樹新。畫屏朝弄色，綵檻夜移春。野徑俱堪望，鄰家盡不貧。獨憐寒谷底，黃葉尚凝塵。〔眉批〕首句「旭日轉」「萬樹新」，意在上官公；末句「寒谷」「凝塵」字，便是含冤意思。

上官公聽之，稔知其爲婦人之聲也，且詳其詩句，復有不平之意，公知其必沉冤無以自白者，遂宣言曰：「汝婦人有何不平，可進言否？」窗外乃泣曰：「妾非陽世人也，乃幽陰之質，久辭人間，抱負冤屈，其來尚矣，將面訴衷情，伏乞詳察。」須臾，見一美婦，跪於燈下，項次則擁一羅巾，〔眉批〕《易》曰：「冶容誨淫」，即此驛女，則有容殺身矣，詎不戒哉！泣而言曰：「妾，本欽州許巡檢女也，不幸於五年前同父赴任所，行次是邑，驛夫見妾貌美，遽起謀心，將吾父酖死藥死也，沉尸河中，尋欲犯妾，

〔二〕本詩爲明童軒《枕肱亭文集》卷二《樂府歌行》、《清風亭稿》卷二「樂府歌行」《芳樹曲》。明李培《水西全集》卷一亦載之。

一洗

父子沉尸黑黑九泉冤不盡

沉冤
賊徒授首明〻三尺法無私

妾固不從，羅巾縊死，將尸殯於後園假山下。嗚呼！好生惡死，人心同然；賞善罰惡，天道宜爾。妾之父奉命往官，罪何所出？妾之身隨父之任，死復何名？鄙夫惡黨，滅理害人，是宜陽法所必誅，陰司所不赦者。乃爾平居無恙，質之理，法何存？惟冀效張侯之決獄無疑，張釋之。尚當期于公高門有慶，于定國。俾妾父子死而不死，妾父子冤枉沉而不沉，惟今日也！」言迄，忽化風而去，杳無蹤跡之可追。公詳聽之，亦不勝憤激，恨不即呼至而入其罪。心懷懸切，坐以待旦。公復自慮，罪之則無狀，鞫之則無因，於是畫策於心。

及翌晨，驛夫畢集，公令之曰：「五年前，有一巡檢，姓許者，有犯憲條，合應死罪，被伊逃脱至此。吾奉聖旨，有能誅之者，賞銀百兩。汝輩曾知之乎？」驛夫齊聲應曰：「已曾殺之，沉尸於河矣。」守忠公大悦，各取供詞，收繫於獄。申奏朝廷，皆斬於市，遠近異之。〔眉批〕斬驛夫於市，而後許之父子之冤雪矣。

【按】本文當爲明周靜軒《湖海奇聞集》佚文。明胡文焕《稗家粹編》卷八《許女雪冤》，斷案者爲上官守忠，時間爲「弘治壬戌」；西湖碧山卧樵《幽怪詩譚》卷五《驛女鳴冤》，斷案者爲上官守忠，時間爲「至治壬戌」。明王同軌《耳談類增》卷二《許巡檢女》、王會昌《詩話類編》

卷一〇「鬼部」七三八條，録「夜月懸金鑒」及「旭日轉洪鈞」二詩，斷案者爲「上官守」，時間爲「弘治壬戌」，爲本文的摘編。

明李春芳《海剛峰先生居官公案》第十八回《許巡檢女鳴冤》，亦録本文「夜月」與「旭日」兩詩，而斷案者爲海瑞；郭子章《新民公案》卷一《斷問驛卒抵命》，斷案者爲郭公，時間爲「萬曆乙亥八月」；金陵雲崖主人編《龍圖剛峰公案合編》《剛峰公案》卷一《許巡檢女鳴冤》等，復録本文。

## 顧妃靈爽

宋光宗朝，有寵妃，姓顧氏，由選入宫，性敏捷，頗識書史，而於詩律亦射獵焉，時宫闈稱賢。及壽終，葬杭之湧金門外鵲巢山。物换時移，竟纍纍一荒塚耳。〔眉批〕先敘顧妃生前寵幸，復敘葬所，皆爲後面靈爽根本。至景泰二年，山陰陳生，名廷策，字獻之，亦風月士也，對時育物，寄豪邁於名區；即名山。而詠月吟風，寫幽懷於句律。

落紅
伉儷湖邊隅崖山花猶帶笑

滿地
歡娛地上襯衣野草尚含羞

一日有故之錢塘，僑居湧金焉湧金門，因思錢塘江之行，漫興而吟一律〔一〕，曰：

南北驅馳歲月遥，旅情羈思兩迢迢〔二〕。白沙翠竹江頭路，野水黄蘆寺外橋。幾點征帆投極浦，水口曰浦。數聲漁笛起寒潮。浮雲世態何須問，且盡西風酒一瓢。

是時更闌夜静，萬籟無聲，而斜月已沉，無甚光霽，正黯淡之間，行次室西曠野，俄聞啼哭之聲，隱隱自遠而邇，聽者亦覺悽愴，生乃潛避僻隱處，覘其動静，覘，視也。但一美少婦，冉冉而來，雖行且泣訴，而其脂韋潤盎，姿采妖嬈，自有一種悚人觀視者，且連聲曰：「良人！良人！今不知其何在也。」生本放浪者，且見其美，乃怏怏不自禁平聲，趨出其前，因戲之曰：「良人在矣。哭之何爲？」其婦亦不甚怪，斂容謝曰：「妾之幸也。」生曰：「胡以夜行？」婦泣曰：「妾，東村顧氏女，不幸良人早逝，寡處事姑，因姑不睦，爲其所逐。」生曰：「然則將何之？」婦曰：「將

〔一〕本詩出明童軒《枕肱亭文集》卷六「七言律詩」《渡錢塘江漫興》。
〔二〕「迢迢」，《枕肱亭文集》作「蕭蕭」。

往舅氏家避焉。」生因以語挑之，婦不之拒，生求姻婭，婦遂許諾。生將慾延至寢所，旅寓處。慮其室同居者多，恐爲敗事，顧不得已，解衣襯地，而交會之。幕天席地，何須花燭洞房；綠草鋪茵，尤勝芙蓉引蓐。〔眉批〕奇遇天緣，古有槐蔭相證者，有曠野相逢者，有招商店上者，未聞有席地之樂如陳生。臨別眷眷，不能舍去舍音捨，生執婦手，曰：「不識何時重解羅帶乎？」婦笑曰：「即此地歡會可也，君無違焉。」生自是夜必候之，但生至則彼先在，卒未有能過之者。每迎謂生曰：「郎君來何暮？」遂相與交會，曲盡幽款。嘗撫生背而吟二律〔一〕，曰：

梨花滿地月明來，虛聽官車〔二〕響若雷。綆斷銀瓶難再續，鎖開金鑰又空回。行雲謾想高唐梦，詠雪〔三〕誰憐謝韞才。自況意。莫把春心等香燼〔四〕，等閒抛下〔五〕冷

〔一〕此二律爲明童軒《枕肱亭文集》《清風亭稿》卷六「七言律詩」《次韻李商隱無題》四首之三、四。
〔二〕「官車」，《枕肱亭文集》《清風亭稿》作「宮車」。
〔三〕「詠雪」，同《清風亭稿》作「詠絮」。
〔四〕「等香燼」，《枕肱亭文集》《清風亭稿》作「比香灺」。
〔五〕「抛下」，《枕肱亭文集》《清風亭稿》作「篝下」。

成灰。

又云：

花晴芳塵〔一〕憶舊蹤，巧鶯簾外度歌鐘。緋羅襪襯雙鈎細，金縷衣薰百和濃。露冷雲廊吟桂葉，月明水殿看芙蓉。而今往事渾難省，愁絶巫山十二重。〔眉批〕二律朗吟且覺古雅入詩彀，固不當因其事之異，而并輕其詩也。

吟畢，婦泣曰：「妾故違禁令與子偷期者，意在久要不忘也。君幸毋覆雨翻雲，恩情中斷，妾於九泉亦甘心瞑目矣。」生誓以不背初約。

彼此交往幾半月，生忽疑之。翌日於會處觀焉，但見封草喬林，峨然一荒塚。及訪村老，此亡宋光宗朝顧妃之墓也。

【按】本文當爲明周静軒《湖海奇聞集》佚文。明西湖碧山卧樵《幽怪詩譚》卷二《錢塘買趣》載之，情節、文字多歧。《幽怪詩譚》比本文多出一首明何景明的《柳絮行》。

---

〔一〕「花晴芳塵」，《枕肱亭文集》《清風亭稿》作「花暗芳塵」。

## 婕妤呈像

僞漢陳友諒有婕妤，姓鄭，名婉娥，玉質冰姿，稱絶當世，且親事文墨，亦少閑音律，僞漢極其寵愛焉。年甫二十而卒，葬於江州之琵琶亭焉，江州，今九江。時殉其葬者二侍女，一名鈿蟬，一名金雁。夫婕妤賫美少入冥司，而其靈魂淑魄時爲之晝現，居近者或見其遊衍狀，或聞其吟弄聲，罔不傷悼之云。〔眉批〕婉娥以二十而卒，殆所謂玉人掩塵土矣，惜哉！

洪武初，吴江沈韶年弱冠，亦美姿容，詩學薩天錫，善詩者。字學邊伯景，善書者。皆爲時輩所稱許。嘗和天錫《過嘉興》，題《吴中》二詩〔二〕云。一曰：

七澤三江通百里，楊柳芙蓉映湖水。閶門過去是盤門，半掩朱簾畫樓裏。蘼

〔二〕此兩首詩清錢謙益《列朝詩集》乙集卷五、彭孫貽《明詩鈔》明詩七言古、曾燠《江西詩徵》卷四七明、張豫章《四朝詩·明詩》卷四《七言古詩五》等，均題爲李昌祺《過吴門次薩天錫韻》。

塵緣
倚翠偎紅江漢水流情不盡

不畫
顛鸞倒鳳琵琶亭鎖夢偏長

蕪生遍鴛鴦沙，東風落盡棠梨花。館娃香逕走麋鹿，清夜鬼燈籠絳紗。三高祠下東流續，三賢祠。真娘墓上風吹竹。西施去後屧廟傾，歲歲春深燒痕緑。東南形勝繁華里，一片笙簫拂江水。小姬白苧題春衫，桂棹蘭橈鏡光裏。舞臺歌榭臨鷗沙，粉墻半出櫻桃花。採香蝴蝶飛不去，撲落輕盈團扇紗。吴歌此夜憑誰續，柳陰吹徹柯亭竹。范蠡扁舟去不回，惟有春波照人緑。〔眉批〕題吴中二詩雖即景寫懷，要亦有感慨，有思慕，非苟作者。

他詩皆此類。然以家富不欲仕，人知其然，復利其賄，或欲舉爲孝廉，或欲保爲生員弟子，紛紛殆無寧月。韶雖不吝於財，而實厭其撓，乃思避之，遂拉中表陳生、梁生乘峨舸、巨艑，皆舟名。載萬億重貲，遨遊襄漢間，次於九江，愛匡廬之勝，覽彭蠡之清，留連郡廓，吊古尋幽。〔眉批〕沈生固非王戎輩，執牙籌屑屑計刀錐之利者。其乘舸峨、巨艑，載萬億重貲，何與。偶秋雨新霽，水天一色，偕陳、梁二生，同訪琵琶亭，吟白司馬蘆花風月之篇，白樂天。想京城女銀瓶鐵騎之韻。時月明風細，人静更深，忽聞月下彷彿有歌聲，乍遠乍近，或高或低，三人相顧錯愕。聽之良久而寂，酒罷回船，莫知其故。

韶獨好事，翌日，往究其實，了無所見。方欲歸，忽奇香襲人，韶延儜以俟。頃之，一麗人宮粧豔飾，貌類天仙，二小姬前導，韶疑爲貴家宅眷臨賞者，隱壁後避之。小姬鋪褥庭心，麗人席地而坐，謂姬曰：「有生人氣，無乃昨宵狂客在乎？」〔眉批〕始而曰「有人氣」，既而曰「狂客在」，麗人益先知有沈生在亭而來者。韶懼使人搜索，韶出見，謝罪，麗人命之同茵，韶就茵。因請其姓氏，麗人曰：「妾，僞漢陳主婕妤鄭婉娥也，年二十而死，殯於是。此二侍，一鈿蟬，一金雁，亦當時之殉葬者。」韶素負膽氣，兼重風情，不以爲怪也。麗人命鈿蟬取酒餚，酌於亭上，自歌一詞，名《念奴嬌》〔二〕。詞曰：

離離禾黍，歎江山似舊，英雄塵土。石馬銅駝荊棘裏，閲遍幾番寒暑。劍戟灰飛，旌旗烏散，底處尋樓艣。暗啞叱咤，只今猶説西楚霸王。憔悴玉帳向燈前，掩面淚飛紅雨。鳳輦羊車行不返，九曲愁腸謾苦。梅瓣疑妝，楊花翻曲，回首成

〔二〕此詞明卓人月《古今詞統》卷一三、清馮金伯《詞苑萃編》卷二四、沈辰垣《歷代詩餘》卷一二〇、王昶《明詞綜》卷一二、徐釚《詞苑叢談》卷一二等載之。

終古。翠螺青黛，絳仙懶畫眉嫵。〔眉批〕詞名《念奴嬌》，一《吊西楚》，一《吊虞姬》，其自寓楚辛慨慷意，溢於詞表。

歌竟，勸韶盡飲數杯。後韶豪態逸發，議論風生，與麗人談元末群雄起滅事，歷歷如目覩，且詢陳主行事之詳。友諒事。麗人曰：「《春秋》爲尊者諱，爲親者諱，此非妾所敢知也。」韶遂細數其人數上聲，及其所以敗亡處，麗人淒然，且曰：「但言風月，不必深言。」因口占一詩〔二〕，曰：

鳳艦龍舟事已空，銀屏金屋梦魂中。黄蘆晚日空殘壘，碧草寒烟鎖故宫。隧道魚燈油欲盡，妝臺鸞鏡匣長封。憑君莫話興亡事，淚濕胭脂損舊容。

吟畢，麗人索和。韶即依韻酬之〔三〕，曰：

---

〔二〕本詩明笑笑生《金瓶梅》（明崇禎刻本）卷二〇、卓人月《古今詞統》卷一三、清錢謙益《列朝詩集》閏集卷六、周銘《林下詞選》卷五元詞、沈雄《古今詞話》卷下、朱彝尊《静志居詩話》卷二四、徐釚《詞苑叢談》卷一二等載之。

〔三〕本詩清錢謙益《列朝詩集》閏集卷六、褚人穫《堅瓠集》七集卷三、文行遠《潯陽蹠醢》卷六、徐釚《本事詩》卷三等載之。

結綺臨春萬户空，幾番揮淚夕陽中。唐環不見新留襪，漢燕猶餘舊守宫。别苑秋深黄葉墜，寢園春盡碧苔封。自慚不是牛僧孺，也向雲堦拜玉容。

麗人聞而嘖嘖曰：「可謂知音。」於是促席暢飲，共宿於亭，一如人世。俄而旦矣，執别，麗人曰：「今夕當歸舍中，謀爲久計，可也。」韶頷之，許之也。遂返旅舍，紿陳、梁二生先歸，韶獨留寓。〔眉批〕沈生與麗人，不惟促席暢飲，而且分韻賦詩，殆昔人所論才子佳人，此其首選者。惜哉！幽明路阻也。是晚再去，金雁先已在矣，遂導過亭北竹林中，半里許，見朱門堊壁，燈燭交輝。及堂，美人笑接，設宴，出紫玉杯飲韶，且謂曰：「此吾主所御，今以勸郎，意不薄矣。」宿留月餘，不啻膠漆。一日，麗人命韶往市中覓青羊乳，潤其目兩眥，目際也。韶如言求得。潤甫三旬，麗人白晝可起。或同攜素手，遊衍隧中；或并倚香肩，笑歌亭上。不覺春來秋去，四載於兹，雖比目并游之鱗，戢翼雙棲之羽，未足以喻其綢繆婉戀也。是年冬初，麗人涕泗辭謝，韶欲自縊，麗人不可，曰：「君陽壽未終，妾陰質未化，久溺塵緣，致君非命，陰司必加重譴。責也。」於是設宴送行。〔眉批〕麗人既不敢致沈生於非命，又慮致重譴於陰司，蓋肢骸雖塵土，而靈爽固自烱烱，其不昧也。酒罷，麗人出赤金條脱一雙，明珠步摇一對，付生曰：「表誠寓意，再會無期，願郎珍重！」親送至大門，掩面而哭，韶亦悲不自已，殘淚盈眶。回顧，則失其所在矣。重尋原居，梁生亦至自襄陽，陳生客死房縣。於是偕梁同歸。

至家，則其妻亦死久矣，乃以條脱一枚麗人所贈投回回肆中賣之，得鏹萬錠，於虎丘静處建壇，請道士鶴休周玄初設靈寶錬度三晝夜，薦其妻。韶乃密寫心詞一封，潛於香爐焚之，以資麗人冥福。是晚，玄初梦三婦人，一張姓、一鄭姓，從二小娃，謝曰：「妾輩俱承善果，已授龜臺金母侍宸矣。」言迄，駕祥雲向西去。翌日，玄初語韶曰：「君薦只主閫張耳，何有鄭姓者三人？」韶心知其爲麗人、鈿、雁，佯爲不解，曰：「吾梦亦如之，然不知彼三人誰也。」卒不以實告焉。後生作有《琵琶佳遇》詩云。

【按】本文據明李昌祺《剪燈餘話》卷二《秋夕訪琵琶亭記》删節成文。明梅鼎祚《才鬼記》卷一一「本朝一」題爲《秋夕訪琵琶亭記》、吴大震《廣艷異編》卷二五「鬼部四」《鄭婉娥傳》、《續艷異編》卷一四《鄭婉娥傳》、詹詹外史《情史類編》卷二〇「情鬼類」《鄭婉娥》、王會昌《詩話類編》卷一〇《鬼怪》等載之。清《古今圖書集成》之《明倫彙編》閨媛典第三六〇卷《閨艷部》、陳衍《元詩紀事》卷二三《仙神鬼怪》、王初桐《奩史》卷七〇《釵釧門三》、姚之駰《元明事類鈔》

卷二〇《神鬼門》、《松陵見聞録》卷八《叢譚》、《古今閨媛逸事》卷七《鄭婉娥》等節録。

## 明妃寫怨

漢明妃者，王嬙也，受讒入胡虜廷，因琵琶寫怨，後卒葬其地，塚青草焉。至金大定癸未，上京内族完顔守義，文雅士也，有故出行，事，故也。見明妃塚，有感於心，因拱手嘆之曰：「烈哉！烈哉！奸臣誤爾哉，葬身漠北，飲千載之痛恨哉！」既去，亦付之往事而已。〔眉批〕過塚而嘆奸臣之誤，亦千百載公惡之心。

至暮，乃歸道途，復過妃塚，但舉目視之，見一華居，巋然獨立，巋，高大也。畫棟雕梁，非人間之庶府；朱簾翠幙，擬天上之仙居。守義且驚且疑，未及詳細，乃見一美人幽香襲襲，體態盈盈，自内而出，曰：「公子暫屈拜茶，可乎？」守義未及致辭，美人復有請，不得已，而隨之進。至中堂，賓主而坐而茶，而繼之以酒。美人起謝曰：「日間辱蒙清盼，兼致不平之詞，妾雖九泉，草木同腐，且感之不忘也。」守義方欲叩問其姓氏，及日間之語，美人遽起曰：「妾請自敘衷情，公子幸勿驚訝。妾非

漢宮
胡塞沙塵萬里風號添舊恨

遺怨
漢宮楊栁幾番烟鎖帶新愁

今世陽人也，即大漢朝明妃王嬙昭君也。自賊臣讒譖，指漢毛延壽。俾妾和番，迫辭帝而出帝闕，妾容而悔之，然業已遣矣，悔之何及？妾至虜廷，日抱琵琶而寫怨，悒鬱而亡，至於今日猶作望鄉之鬼！」〔眉批〕守義於明妃，生死殊矣，幽冥判矣，目古今，相去遠矣，竟得於面相告語，樂徹終宵，夫亦遇之奇者乎？乃吟七言四句一律〔二〕以自歎云，詩曰：

萬里黄雲塞草枯，琵琶無語月明孤。玉關回望將軍寨，錦帳氀毹毛席也。夜愽盧。愽，局戲也；盧，呼盧也。

吟已，涙數行下，守義亦爲之動容，更口占短律以答之，曰：

琵琶寫怨怨如何，古道佳人命薄多。荒塚已知青草色，梦魂曾到漢宫麼？

慰諭者再四。明妃又曰：「公子在堂，不可虚度清宵。」於是呼侍婢玉環者命之舞以侑觴，玉環請歌《胡笳十八拍》，明妃曰：「《胡笳十八拍》曲雖清麗，但對今人歌昔

〔二〕本詩爲明童軒《枕肱亭文集》卷二「樂府歌行」《明妃怨》，《清風亭稿》卷二《樂府歌行》作《昭君怨》。明李培《水西全集》卷一、清朱彝尊《明詩綜》卷一八等載之。

曲，君子謂之悖。」乃自製《燕歌行》〔一〕〔眉批〕燕歌，歷指征戰事，故乃明妃昔時□於目感心者。教之，歌曰：

攙搶夜射飛狐北，虜騎千群來寇賊。驚沙走莽〔二〕黄入天，笳鼓連營慘秋色。大將排營列漢官〔三〕，雕戈畫戟指揮間。斾摇大棘城邊月，箭满連祁〔四〕雨後山。戍卒年深皆著土，慣識軍情耐風雨。誓酬報國慷慨心，肯學當年〔五〕渾脱舞。八月飛雪百草腓，殷檉幾樹暮鴉歸〔六〕。南山射虎風鳴鏑，大澤呼鷹雪打圍。桓桓驍勇從戎久，競取功名惟恐後。横槊長歌孟德詩，曹操。請纓生繫賢王首。單于。從來〔七〕

〔一〕本詩爲明童軒《枕肱亭文集》卷二一、《清風亭稿》卷二一「樂府歌行」《再和燕歌行》。明徐泰《皇明風雅》卷一三載之。

〔二〕「走莽」，《枕肱亭文集》《清風亭稿》作「莽莽」。

〔三〕「漢官」，《枕肱亭文集》《清風亭稿》作「漢闕」。

〔四〕「連祁」，《枕肱亭文集》《清風亭稿》作「祁連」。

〔五〕「當年」，《枕肱亭文集》《清風亭稿》作「當筵」。

〔六〕「八月飛雪百草腓，殷檉幾樹暮鴉歸」，《枕肱亭文集》《清風亭稿》作「八月清霜百草腓，殷檉幾樹暮鴉稀」。

〔七〕「從來」，《枕肱亭文集》《清風亭稿》作「交河」。

大小百戰餘，鐵券丹書尚何有？牙旗虎影凍翻風，匣劒虹光夜衝斗。披堅〔一〕執鋭亂紛紛，咆哮横行策異勳。君不見，田單能用命，援桴一鼓奮三軍。歌竟酒闌，天漸曙矣，守義辭謝而出，回首，則華屋不知所在焉。

【按】本文當爲明周静軒《湖海奇聞集》佚文。明西湖碧山卧樵《幽怪詩譚》卷五《明妃訴衷》載之，情節、文字多歧。

## 夜召韓生

紹興韓文盛，博学士也，齊軌韓歐文章，既已稱善；韓歐善文。而軼駕李杜聲詩，尤見其工。李杜善詩。於至元己卯一夕燈下閒坐，忽聞剥啄叩門之聲，文盛急起視之，乃見二女子容色絶人，以黄羅帕裹金釧一雙，致文盛前，曰：「主母奉邀。」文盛疑，不敢行，固却不敢受。〔眉批〕燈下叩門之聲，已致韓生之疑，而况加之以二女子之盛容，羅

---

〔一〕「披堅」，《枕肱亭文集》《清風亭稿》作「被堅」。

帕、金釧之儀禮，宜其不敢行而弗受也。二女强致其袖中，一牽衣，一挽帶，疾馳而進，約五里許，乃一荒原之地，見一巨室，華榱隆甍萌，珠簾翠幙，若世間王府之製。二女引文盛深入重門，直至殿下，遥見一美人端坐，霞冠玉帔，衮衣繡裳，侍妾數十人，各執掌扇，其容肅肅。文盛俯伏階下，二女復命，美人降階迎曰：「屈致文士，幸勿罪焉。」延生起，又延生以賓位坐，生固辭，始侍坐，側坐。美人曰：「今有所請，子勿駭異。妾非今世人，乃大宋度宗朝貴妃胡氏也。以子詩文甚高，特煩賦宮詞四律，以光蓬蓽耳，蓬，室；蓽，門。」〔眉批〕自稱大宋度宗朝貴妃胡氏，雖不敢必其爲真實，要亦少年女子靈爽不昧者乎？即命侍妾出紙筆於生案，一侍妾爲拂紙，一侍妾爲捧墨，生領命唯唯，不假思索，遂揮筆而成《宮詞》四律〔二〕，其一曰：

垂楊門巷嫩寒餘，銀鴨香清繞燕居。粧鏡窺紅春有態，黛娥分緑畫難如。雲飛巫峽頻牽梦，潮隔潯陽久曠書。惆悵碧欄干外月，梨花疎影倒窗虚。

〔二〕《宮詞》四律，爲明童軒《枕肱亭文集》卷六、《清風亭稿》「七言律詩」《和劉工部無題四首》。清錢謙益《列朝詩集》乙集卷五、曾燠《江西詩徵》卷五〇《明》等載之。

別是
翠幙雙垂美女殿前多衮繡
十七

天壹
宮詞四律書生筆下掃雲烟

其二曰：

金殿流螢月半沉，謾思當日寵恩深。風清香篋捐秋扇，露冷空閨急暮砧。別院頻翻鸑管玉，長門深鎖獸環金。可憐碧海青天外，誰識嫦娥夜夜心。

其三曰：

鈿合鸞釵跡〔一〕尚存，幾看新水化生盆。金魚戶鑰花千點，玉虎絲牽月一輪〔二〕。翠竹暝烟思帝子，緑蕪春雨怨王孫。愁來更上危樓望，江水無情〔三〕也斷魂。

其四曰：

簾外東風扇曉寒，碧桃香老共誰看平聲。金鈴犬卧紅綿毯，翠羽鸚啼白玉欄。花暗小磯〔四〕塵舊錦，草深回磴罷鳴鑾。晝長寂寞無人問，自起閑敲響玉盤。〔眉批〕宫中多幽寂，宫人多惆悵，故宫詞亦多嗟嘆之聲。

〔一〕「跡」，《枕肱亭文集》《清風亭稿》作「昨」。

〔二〕「輪」，《枕肱亭文集》《清風亭稿》作「痕」。

〔三〕「無情」，《枕肱亭文集》《清風亭稿》作「悠悠」。

〔四〕「小磯」，《枕肱亭文集》《清風亭稿》作「小機」。

生既書畢，二女婢進呈，美人覽之，大悦，誦之再四，稱讚不置，遂命侍妾設案待之。肴列珍饈，壺斟玉液，擬仙府之素，將非人間之具有，美人復命侍妾出蜀錦十疋，湘綾十段，金銀臺盞五對，即坐上賜生，曰：「姑充文士穎楮之費耳，穎，筆；楮，紙。未可以言謝，幸勿罪輕瀆焉。」禮畢，美人成詩一律，以贈别，詩曰：

宫詞四律識英才，惆悵何當一别催。千里輕勞雙舄至，舄，鞋也。兩樽忻對百花開。玉欄閑錦吾灰矣，寶劍沖星爾壯哉。此去定知鱗甲變，好從平地聽春雷。

〔眉批〕始出以錦綾金銀臺盞，復贈以詩律，志不忘美人知所以重又士矣

文盛不勝感悦，拜謝而回，遂致大富，至今稱之。

【按】本文當爲明周静軒《湖海奇聞集》佚文。明西湖碧山卧樵《幽怪詩譚》卷五《辭賞宫魂》載之，情節、文字多歧。

## 野婚醫士

鎮江褚必明，醫人也。少業舉子，弗偶，不遇。乃棄儒業醫學，深明岐黄之精藴，

岐黃，醫之宗。察藥餌之君臣。遠近迎接者，絡繹於道，一時稱國手云。醫國手。〔眉批〕褚生由儒而入醫，則其心胸已虛曠矣，故其醫稱國手，而得遠近之信從也。

正統乙巳，因視疾往遠村，歸抵中途，天色已暝，俄大雨如注，雷與電交作，風送雨聲凄。必明甚怖，不能前進。俄見路傍一叢林，蓊鬱可依，疾趨避之。至則昂然一居所，人所居室。且燈燭有光。必明見之，大喜過望，隨叩其門，忽見一丫環秉燭而出，問曰：「客何來？」必明曰：「夜深迷路，且值暴雨，欲假宿耳。」丫環喏喏，引至中堂，入報。少頃，一女盛粧出迎，花容壓西子，月貌賽姮娥，形容美貌。丰采動人，異香滿室，年可十八九。接必明叙禮畢，坐分賓主，言詞舉止，悉中矩度。茶罷，女起問曰：「官人尊姓？閥閱何居？」必明揖曰：「僕，本郡鄙人，以醫爲業。因遠視疾，迷路至此，暫借貴宅一止宿，未審容否？」女郎首肯之。以首示肯。既而泣下，曰：「妾早喪嚴君，父也。鴛帷失偶，未字。即今春秋十八矣。每因時而感嘆，恒覩物以傷情。《詩》云：『趯趯阜螽，喓喓草蟲。』微物遇時，尚能感興，矧人爲萬物之靈，反獨守閨房而空老耶？妾之慨嘆者殆此耳。」〔眉批〕設此端倪，亦善形狀，令人聞之有感。必明聞言大悟，乃徐言曰：「日月逝矣，歲不我與；青春易失，良晤難期。

且男女居室，人之大倫。故《詩》詠《關雎》，《易》首《咸》《恒》。河間女子輕合非不足稱，而西廂佳人尤企仰在耳。娘子年芳貌美，何患無配。倘不棄鯫生，敢效魚目之混珠也。」〔眉批〕謂男女居室，人之大倫，是矣。謂河間女子爲足稱，西廂佳人爲企仰，豈其然乎？女笑而謝曰：「誠良緣，事出天定，非人耳。」即攜生手，共至寢榻。見壁中掛《採蓮曲》一幅，曲乃女所自製者。生朗誦之，《曲》〔二〕曰：

採蓮朝下湖西曲，短袂輕綃鬬粧束。小紅艇子駕雙橈，盪破粼粼鏡光綠。荷葉荷花颭錦雲，鴛鴦兩兩護波紋。荷錢却喜似儂鈿，儂，我也。藕絲還愛似儂裙。湖頭昨夜西風雨，沙嘴新添三尺水。翠倒紅翻相向愁，波心半露青蓮子。採蓮復採蓮，回舩正迎浪。不惡去聲歸去遲，只嫌明月上。明月團團湖水秋，清光滿面照人羞〔三〕。郎家只隔湖南宅，咫尺橫波日夜流。湖南復湖南，彼岸石頭巖。欲上無

〔二〕本詩爲明童軒《枕肱亭文集》卷二《樂府歌行》、《清風亭稿》卷二「樂府歌行」《採蓮曲》。明曹學佺《石倉歷代詩選》卷三六九《明詩次集三》、清陳田《明詩紀事》乙籤卷一八、曾燠《江西詩徵》卷五〇《明》等載之。

〔三〕「照人羞」，《枕肱亭文集》《清風亭稿》作「照儂羞」。

曠野

失路醫生何幸再逢花燭夜

佳期
無人荒塚安知重度洞房春

由上，掩面空自慚。〔眉批〕《採蓮曲》中，亦不過淫蕩之思耳。閲誦既畢，深贊其妙。遂解衣就寢，亦極其歡矣，彼此繾綣之私情，固有不待言者。久之，女復請曰：「與君一夕夫妻，猶勝百年姻眷。君他日過此，毋忘舊情毋，古無字可也。」生心疑其言。

已而聞雞鳴聲，女辭起衣，生復就睡梦，梦中不覺，一張目，但見天色大明，日光映體，亟起視之，乃祖卧於一荒塚間焉。

【按】本文當爲明周静軒《湖海奇聞集》佚文。明王世貞《艷異編》卷一四「鬼部二」《褚必明》、胡文焕《稗家粹編》卷六「鬼部」《褚必明野婚》、西湖碧山卧樵《幽怪詩譚》卷五《假宿醫緣》、吴大震《廣艷異編》卷三三「鬼部」《褚必明》、《續艷異編》卷一四「鬼部二」《褚必明》、王會昌《詩話類編》卷一〇《鬼怪》等載之。

## 配合倪昇

乌程倪昇，敏士也，父曰倪老，居積饒富，愛昇英敏，爲擇師有專教焉，故昇以有教而專學，年十六補邑庠弟子員，於居宅東，開闢一園，極闊大，中搆書院一所，粉飾壯麗，命昇延師肄業其内。〔眉批〕搆居而擇師，見倪老之善教；十六補邑庠，見倪生之善學。

時成化丁酉歲春正月十有七日下午，忽狂風大作，黑雲蔽空，天將雨，俄而房門啞然有聲，昇疾視之，見一女，年方十六七，齒如瓠犀，膚如凝脂，巧笑倩兮，美目盼兮，極其窈窕，目昇拜之，昇怪，問其故，女曰：「妾之蔽廬，居舍。去此不遠，有故他出，阻雨而避，詎料有玷斯文也。」昇悦其貌，不能定情，揖女坐而挑之，曰：「素無紅葉之約，韓翠屏。乃有緑綺之奔，卓文君。竟不審蒹葭有倚玉之榮乎？」女怫然不悦，辭去者再，昇固留之，女怒曰：「爾言『紅葉之約』，其亦庶幾矣；若謂『緑綺之奔』，是賤妾也，何言之謬哉！」昇謝罪再四，女始以婉容答之，遂與交會，極其綢繆。〔眉批〕衝風冒雨，突入書院，無異緑人之私奔矣。乃聞言而怒，何哉？蓋好名，人情也，雖婦人亦然。女曰：「妾以君文學之士，輕棄千金之軀，甚勿漏言，以污清譽。自此妾當往來無間矣間去聲。」昇甚感之，以死自誓。由是果旦去暮來，殊無阻絶。昇固問其姓名，女復怒曰：「噫！吾知君之薄倖矣。若知吾之姓名，萬一漏言，則嚴君以妾爲

雨後

逢嬌
妖魔蕩志藍橋空喜路能通

何如人？宗族以妾爲何如人？鄉黨以妾爲何如人？妾心向君，非不專且固，所以踰墻相從者，爲此也。俟君交契年餘，倘不背前盟，妾當忍死以待，終奉君之箕帚。」昇以缺用憂，女即以金簪與之。

一日，昇與女獨酌窗下，女吟二律〔一〕，曰：

窗掩蟬紗怯晚風，梧桐〔二〕垂影曲房東。自憐燕谷無春到，誰信藍橋有路通。碧玉杯〔三〕擎鸚鵡緑，黄金帶〔四〕束荔枝紅。十年一覺繁華梦覺音教，羞見青銅兩鬢蓬。青銅，鏡也。

又云：

梦斷行雲會晤難，翠壺銀箭漏初殘。鴛衾捲繡香猶住〔五〕，雀扇題情墨未乾音

〔一〕兩詩爲明童軒《枕肱亭文集》卷六、《清風亭稿》卷六「七言律詩」《次韻李商隱無題》四首之一、二。
〔二〕「梧桐」，《枕肱亭文集》《清風亭稿》作「刺桐」。
〔三〕「碧玉杯」，《枕肱亭文集》《清風亭稿》作「藥玉杯」。
〔四〕「黄金帶」，《枕肱亭文集》《清風亭稿》作「團金帶」。
〔五〕「鴛衾捲繡香猶住」，《枕肱亭文集》同；《清風亭稿》作「小衾捲繡香猶在」。

干。滿院落花春事晚，一庭芳草雨聲寒。機中幾字回文錦，安得夫君一笑看平聲。〔眉批〕長吟二律，固以寄思慕之懷，亦以寫室家之怨。

吟畢，邀昇繼和去聲，昇答之[二]曰：

昨夜嫦娥下月宫，滿身香帶桂花風。書生何幸相親傍，透出文光射九重。

女與昇交往歲餘，父母怪其形容憔悴，問昇所由，昇秘而不言，但詭云：「罹時災而然耳，他無所事也。」其父謂其母曰：「昇所居幽邃，安無外情？吾當察之。」一夕，其父穴壁而窺，但見昇或語或笑，初若有人，熟視之，一無所見，父心知其爲妖邪也，召法師治之。法師伏劍至圃，掘地得人骨尺許，微動，法師揮劍砍之，中流鮮血，焚其骨於郊外，而昇之病亦尋愈焉。〔眉批〕人骨尺許而幻變若兹，此必少女骨也，精魄未散，故成祟耳。取人精血，久則成形，豈復能製耶？

---

[二]「滿身香帶桂花風」一句，當爲明戴顒所作詩一句。清宋長白《柳亭詩話》卷六《桂花風》載：「正德初，台州戴顒應試出闈口占曰：『夜半歸來月正中，滿身香帶桂花風。流螢數□樓臺静，孤雁一聲天地空。沽酒唤回茅店梦，狂歌驚起石潭龍。倚闌試看青鋒劍，萬丈寒光透九重』之語，識者知其必爲解頭，榜發果然。」亦見陶元藻《全浙詩話》卷三二《明》。

【按】本文當爲明周静軒《湖海奇聞集》佚文。明侯甸《西樵野記》卷三《法僧遺祟》、王世貞《艷異編》卷四〇「鬼部五」《法僧遺祟》、梅鼎祚《才鬼記》卷一三、祝允明《祝子志怪録》卷二《法僧遺祟》、王會昌《詩話類編》卷一〇《鬼怪》、詹詹外史《情史類編》卷二〇「情鬼類」《某樞密使女》、董斯張《吴興備志》卷三一、西湖碧山卧樵《幽怪詩譚》卷四《雨後佳期》、清吴樹新《大昭慶律寺志》卷八、《古今圖書集成》明倫彙編閨媛典第三六〇卷等載之。西泠狂者撰《載花船》第十二回「因薦舉圖繑假旨　惡慣盈誅奸重圓」卷首詩，載本文二律之一，詩作：「窗掩蟬紗怯晚風，碧桐垂路影西東。自憐寒谷無春到，誰信藍橋有路通。良玉杯擎鸚鵡緑，精金帶束荔枝紅。鴛鴦帳里空驚起，羞見青銅兩鬢蓬。」

## 留情慶雲

天水趙君錫，富而好禮者也。側室有一女，側室，謂妾。名慶雲，年及笄，未許字，字，許嫁也。聰明美貌，出於天然，父母鍾愛之。於後園中搆屋數椽，匾曰「百花軒」，女居其内。嘗題詩於白壁，曰：

千紅萬紫競芬芳，正值清明景豔陽。春意不容輕漏泄，任他蜂蝶往來忙。〔眉批〕搆室後園，父之所以處女者，已不善美，而況白璧之句，能無風前月下之想乎？

時深秋之節，草木黄落，景物蕭條。慶雲不勝悽愴勝平聲。因散步後園，用以自適。過太湖石畔，俄見隔壁一少年，聰明卓犖，休誇宋玉之才；俊雅風流，不下潘安之貌。問其年，可十六七而已。往來竊視，幽情瀟然。女雖不以介懷，然而春心飄蕩，亦有不能以自拘禁者。

自此慶雲日往園中，則少年日在窺瞯，私視。彼此目成，既久淫放。一日，慶雲以白羅香帕擲與少年，少年以水晶扇墜復之。吟曰：

花下遇喬才，令人倍愴懷。

女曰：

鵲橋今夜駕，專待粉郎來。〔眉批〕羅帕、扇墜，授受之極；五言詩句，聊和之私。

是夜，女獨俟於門側，侍妾悉屏去。甫漏盡，少年果至，相與攜手而入，解衣就寢，極其歡娛，雖世所稱魚水相投，膠漆孔固，堅固。莫是過也。

花間
軒對百花種種迎風成獨笑
花园

得意
歌殘一闋言言帶泪為誰愁

一夕，女與少年酌於花下，金風乍起，秋思爽然思去聲。少年乃歌《秋風詞》一闋〔一〕。詞曰：

秋風蕭蕭兮雁南歸，草木黄落兮夕露沾衣。明月皎皎兮照我帷，蟋蟀在壁兮吟聲悲。嗟予山中之人兮猿穴與居，悵獨處此兮情莫能娱。懷佳人兮路修阻而莫隨，涉川無梁兮登山無車。梁，橋也。歲冉冉其逾邁兮曷雲能來叶黎，念昔者之歡會兮今焉别離。愛而一見兮使我躊躇。

女亦口占一律〔二〕以答云，詩曰：

小衾孤枕興蕭然，蟋蟀微吟近枕邊〔三〕。千里有緣誰約信，九秋多病只高眠〔四〕。

〔一〕本詩爲明童軒《清風亭稿》卷一「四言古詩・騷體」《秋風辭》。明李培《水西全集》卷一等載之。
〔二〕本詩爲童軒《枕肱亭文集》卷六、《清風亭稿》卷六「七言律詩」《客中清明感懷》。清曾燠《江西詩徵》卷五〇《明》等載之。
〔三〕「蟋蟀微吟近枕邊」，《枕肱亭文集》《清風亭稿》作「况是清明到客邉」。
〔四〕「千里有緣誰約信，九秋多病只高眠」，《枕肱亭文集》《清風亭稿》作「千里有家憑遠信，一春多病但高眠」。

殘螢淡月梧桐影，孤雁西風蠟炬烟〔二〕。人道少年行處樂音洛，我今惆悵酒尊前〔三〕。吟畢盡歡。〔眉批〕一《秋風詞》，一七言詩，其寫心曲，曰是雅緻。

自是旦去暮來，倏□經半載。而慶雲日見其眉鎖春愁，臉消粉黛，神思恍惚，肌膚疲弱，病覺深矣。父母怪問其故，女終不答。忽云：「郎君至矣」，遂昏沉半晌。時也。君錫知其爲鬼祟所惑，乃潛於卧處窺之，直更餘，見一少年自外而入，撫女曰：「慎勿以此情，泄於汝父母。萬一不謹，不惟貽累於我，抑且取罪於汝。汝之症將久而自愈也。」女唯唯而已。臨别，少年曰：

會晤難先期，居諸不再得。日清月諸。

女應聲曰：

今日百花亭，明朝何地客？

相泣而去。〔眉批〕臨别短章、泣下似矣，知其將發尸、斬首、焚骨者。君錫尾之，至後園桑

〔二〕「殘螢淡月梧桐影，孤雁西風蠟炬烟」，《枕肱亭文集》《清風亭稿》作「梨花淡月秋千影，楊柳東風蠟炬烟」。
〔三〕「人道少年行處樂，我今惆悵酒尊前」，《枕肱亭文集》《清風亭稿》作「總是少年行樂處，只今惆悵酒尊前」。

下而没。

翌日，伐木發其地，得一伏屍，儼然若生者狀。君錫怒斬其首，而焚其肢骨，夷其故址。少年不復見，而女病亦尋愈矣。

【按】本文當爲明周静軒《湖海奇聞集》佚文。明胡文焕《稗家粹編》卷六「鬼部」《慶雲留情》、西湖碧山卧樵《幽怪詩譚》卷三《室女牽情》、吴大震《廣艷異編》卷三四「鬼部二三」《趙慶雲》、《續艷異編》卷一四「鬼部二」《趙慶雲》等載之。

## 詩動秦邦

太原秦邦，字本固，生而穎異，少業孔孟少，去聲，負豪邁，有膽略，嘗築室於城西北隅七里許，讀書其間，亦好舞劍好，去聲，每以劍自隨。堂中古畫一幅，中繪一婦人形，世傳爲羽人過此而相贈云。〔眉批〕古畫中繪一婦人形，不過穎楮之陳跡耳。顧一變而有形，復有語，復有律句，異哉！

邦勤學，夜分不寐。時宣德辛亥九月良夜，漏甫再下，覺神倦，將欲就寢，忽見一美人自外而至，立於燈下，素衣淡裝，舉動嫵媚，而微有嬉笑容，緩步進曰：「妾姓沈氏，字繪素，本鄉人也。念妾既以粉素爲先，不尚華彩之飾，賴松溪士之成肉血，松溪，士墨也。感毛中書之作坯胎。毛中書，筆也。既具人形，必知動履，先生不以槁木死灰爲嫌，賤妾須以握雨攜雲相待。」邦聆其言，心知其爲妖怪，而亦不之震怖，未及答阻，婦人復曰：「妾有《竹枝詞》〔一〕十首，敢獻於文士之前，得一郢正，可乎？」〔眉批〕雖曰求文士之郢正，而實所以動君子之好逑。遂朗誦焉。其一曰：

家住東吳白石磯，門前流水〔二〕浣羅衣。朝來繫着木蘭棹，舟楫。閒看鴛鴦作隊飛。

其二曰：

石頭城外是江灘，灘上行舟逆水〔三〕難。潮信有時還又至，郎舟一去幾時還？

---

〔一〕此十首《竹枝詞》，爲明童軒《枕肱亭文集》卷二《樂府歌行》、《清風亭稿》卷二「樂府歌行」《竹枝辭》十首。

〔二〕「流水」，《枕肱亭文集》卷二作「春水」。

〔三〕「逆水」，《枕肱亭文集》卷二作「候潮」。

畫像
懸像空堂素素一襟圖繪婦

呈靈
效靈深夜嬉嬉十咏竹枝詞

其三〔二〕曰：郎爲功名走九州爲去聲，妾愁日夜在心頭。無因得似白鷗鳥，隨著郎舟到處遊。

其四曰：勸郎切莫上巫峰，勸郎切莫往臨卭地名。臨卭少婦解留客，巫頂峰高雲雨濃。

其五曰：山桃花開紅更紅，朝朝愁雨又愁風。花開花謝難相見，懊恨〔三〕無邊愁殺儂我也。

其六曰：蜀江西來一帶長，江水無波鏡面光。長恨人心不如水，等閑好惡最難量好惡，并去聲。

〔二〕本詩清張豫章《四朝詩·明詩》卷七《樂府歌行四》載之。
〔三〕「懊恨」，《清風亭稿》作「春色」；《枕肱亭文集》卷二作「懊惱」。

其七曰：西湖荷葉緑盈盈，露重風多蕩樣〔二〕輕。荷葉團團比儂意，露珠不定似郎情。

其八曰：勸郎水底莫鋪綿，勸郎石上莫栽蓮。水底鋪綿綿易爛，石上栽蓮根不堅。

其九曰：油壁尋芳柳卒蛾〔三〕，名姬。春衫半臂試輕羅。海棠花嬌香不露，怕甚〔三〕狂蜂蛺蝶多。

其十〔四〕曰：燈花昨夜燦銀釭，鵲聲今日噪紗窗。可中三日郎相見，重繡麒麟錦帶雙。〔眉批〕十詠寓物興思，得列國風人之體，雖詞近於俚，無責也。

〔二〕「蕩樣」，《枕肱亭文集》《清風亭稿》均作「蕩漾」。

〔三〕「柳卒蛾」，《枕肱亭文集》《清風亭稿》均作「拂翠蛾」。

〔三〕「怕甚」，《清風亭稿》作「遮莫」。

〔四〕本詩明姚旅《露書》卷四載之。

吟迄，趨邦前，將扼腕調褻之，扼邦之腕。邦神色自若，不少爲動，但按劍疾視，厲聲叱曰：「何物妖媚，敢侮正人乃爾！苟不疾行，吾當斬首。」美人曰：「君將爲柳下惠乎？坐懷不亂。君將爲魯男子乎？閉户不納。能爲柳下惠，請容駐片時，無負冥夜相投之初意。若爲魯男子，則清議自公，又何拒妾嚴憚之若是耶？」邦大怒，捉劍逐之，環座而走，逐之益急，美人乃無所自容，疾趨壁上，而不見其形影矣。邦悟其所繪婦人能爲妖怪，遂毀其像而焚之，怪亦因之以不見矣。〔眉批〕天下陰不能以勝陽，鬼不能以勝人，邪不能以勝正，此美人終趨壁上而不能犯邦也。

【按】本文當爲明周静軒《湖海奇聞集》佚文。本文在流傳過程中，復轉型爲小説《桃花仕女》。依據明陳全之《蓬窗日録》卷八，其文曰：「紹興上舍葛棠，狂士也，博學能文，每下筆千餘言，未嘗就稿，恒慕陶潛、李白之爲人，事輒效之。景泰辛未，築一亭於圃，扁其亭曰：『風月平分。』旦夕浩歌縱酒以自適焉。亭壁張一桃花仕女古畫，棠對之戲曰：『誠得是女捧觴，豈吝千金？』夜飲半酣，見一美姬進曰：『久識上舍詞章之士，日間重辱垂念，兹特歌以侑觴。』棠略不計真，僞曰：『吾欲一杯一詠。』姬乃連詠百絶，如云：『梳成鬆髻出簾遲，折得桃花三兩枝。欲插上頭還往手，遍從人問可相宜。』『懨懨欹枕捲紗衾，王腕斜籠一串金。梦裏自家搔鬢髮，索郎抽落鳳凰簪。』『家住東吴白石磯，門前流水流羅衣。朝來繫着木蘭棹，閑看鴛鴦作對飛。』『石頭城外是江灘，灘上行舟多少難。潮信有時還又至，郎舟一去幾時還？』『潯陽南上不通潮，却筭遊程歲日遥。明月斷魂清靄靄，玉人何處教吹簫。』『山桃花開紅更紅，朝朝愁雨又愁風。花開花謝難相見，懊恨無邊總是空。』『西湖荷葉緑盈盈，露重風多蕩漾輕。倒折荷枝絲不斷，露珠易散似郎情。』『芙蓉肌肉緑雲鬟，幾許幽情欲話難。聞説春來倍惆悵，莫教長□倚欄杆。』餘皆忘之矣。棠沉醉而卧。晓間視畫上，忽不見仕女，少焉復在，棠大異，即碎裂之。」兩相比較，除了男主人之名秦邦與葛棠的區别外，其他故事情節，特别是文中的詩歌，也同出於童軒的《清風亭稿》。

文中的十首《竹枝詞》，明姚旅《露書》卷四「韻篇中」認爲是黄漢薦所作：「黄漢薦有《竹枝詞》云：『家住横塘白石磯，門前春水浣羅衣。朝來繫着木蘭棹，閒看鴛鴦作隊飛。』其二『燈花昨夜燦蘂釭，今朝喜鵲噪紗窗。可中三日郎相見，重繡麒麟錦帶雙。』按前一首桃花仕女詩也。景泰間紹興葛棠有《桃花仕女》古畫……中有一詩與首作同，只『横塘』作『東吴』，『春水』作『流水』，見《艷異編》。想好事者竄易二三字，託漢薦以眩人。第二首亦古作，但不記爲伊誰。嗟夫！漢薦真作爲人埋没，今徒盛傳其贋，安得起漢薦而問之！」清錢謙益《列朝詩集》《明詩綜》《滸墅關志》均認爲是邢參麗文所撰：「麗文，狷者，平生不事干謁，苦心讀書……麗文遺集罕傳，予從金處士侃借得手抄本，録《竹枝》一首，某氏《列朝詩》神鬼門載『桃花仕女詩』八絶，《竹枝》三首在焉。其二則『山桃花開紅更紅』『西湖荷葉翠盈盈』，皆麗文集中詩所云。紹興上舍葛棠《夜飲圖》中美人歌詩百絶侑觴，乃好事者爲之，不足信也。」實則，出自童軒《清風亭稿》。

所知文獻中，以《桃花仕女》之名，載録本文的，有明候甸《西樵野記》卷三《桃花仕女》、祝允明《祝子志怪録》卷二《桃花仕女》、陳全之《蓬窗日録》卷八「詩談二」《桃花仕女》、王世貞《艷異編》卷三五「妖怪部四」《桃花仕女》、施顯卿《奇聞類記》卷四、王路《花史左編》卷七「花妖」《桃花女》、鳩茲洛源子《一見賞心編》卷八「花精類」《桃花女》、姚旅《露書》卷四、自好子《剪燈叢話》（十二卷本）卷六沈仕《桃花仕女傳》、《緑窗女史》卷八「妖艷・幻妄」《桃花仕女傳》、《安雅堂重校古艷異編》卷十一「妖怪部」《桃花仕女傳》，清褚人穫《堅瓠集》七集卷二、錢尚濠《買愁集》「桃花女子」、張豫章《四朝詩・明詩》卷一一六《桃花仕女》、胡澹庵《新訂解人頤廣集》卷三、王初桐《奩史》卷三五《容貌門四》、《古今圖書集成》明倫彙編閨媛典第三六〇「閨艷部」沈仕《桃花仕女傳》、吴士玉《駢字類編》卷一九九《草木門二四》，民國《古今閨媛逸事》卷七「神怪類」《桃花女》等。以秦邦載録的，僅見西湖碧山卧樵《幽怪詩譚》卷六《壁妇联吟》。

本文復有演爲傳奇者。《曲海總目提要》卷一一記載，清吴炳《畫中人》「雜採趙顔、張擇、葛棠等事，爲此記」。

# 孔惑景春

臨安徐景春，富室徐大川之子也。年約二十餘，豐姿魁偉，綽約有聲，名也。善吟詠，美風調去聲，經營之計頗練，而山水之興亦高興去聲。時當暮春，春服既成，陽春惠我以佳境，大塊假我以良辰，景春乃命僕携酒，出遊西湖之上，南北兩山，足跡殆將遍焉。〔眉批〕暮春，時和矣；西湖，景勝矣，徐生之遊行，樂載！

少頃，日落西山，月生東海，興盡言旋，信步而歸。至漏水橋側，俄見美人随一青衣而行，雲鬟霧髪，裊裊婷婷，望之殆神仙中人也。景春顧盼間，神魂飄散，嗟歎久之。美人行且吟〔二〕，曰：

路入桃源小洞天，亂紅飛處有嬋娟。襄王曾赴高唐梦，始信陽臺雲雨仙〔三〕。

〔二〕本詩出自明李昌祺《剪燈餘話》卷二《田洙遇薛濤聯句記》。

〔三〕「襄王曾赴高唐梦，始信陽臺雲雨仙」，《剪燈餘話》作「襄王誤作高唐梦，不是陽臺雲雨仙」。

落花
遊客情豪緑水青山皆聖境
灞水橋

# 流水

佳人䰟遶雲鬟霧鬢擬僊姬

朝行雲，暮行雨。

吟成，嘆曰：「湖山如故，風景不殊，時移世換，令人空抱黍離之悲。」生趨前揖之，曰：「娘子何以孤行？果獨得其景趣乎？」美人曰：「妾與女輩同行踏青遊玩，士女雜沓，偶爾失群。乃欲取路而回，迷蹤失徑耳。」景春扣其姓氏居址，美人曰：「姓孔，小字淑芳，湖市宦家之女也。家事零替，父母早亡，既寡兄弟，又鮮族黨，止妾一身，獨與玉梅僑居西湖之側。」〔眉批〕父母兄弟稱家人焉。天下有一女子，無兄弟宗族而孑然僑居乎？景春但心悅其人，亦不暇察矣。生稱送之，美人笑曰：「君子能顧盼乎？敝居特咫尺耳。」於是，生女并肩而行，極其歡昵。徑至女室，設肴酒對酌西窗下，相與論詩，曰：「唐人喜作回文，近時罕見。」景春曰：「玉人柔情幽思去聲，談笑爲之，若予輩荒鈍，無復措辭。」美人笑曰：「請一題。」景春曰：「《四時》題可也。」美人即賦詩〔二〕，曰：

〔二〕此《四時四首》，宋桑世昌《回文類聚》補遺作薛濤《四時四首》；明曹學佺《石倉歷代詩選》卷一一三《唐一〇〇・閨秀》、清揆叙《歷朝閨雅》卷一二等載之。明李昌祺《剪燈餘話》卷二《田洙遇薛濤聯句記》、明梅鼎祚《青泥蓮花記》卷九《外編一》、凌濛初《二刻拍案驚奇》卷十七《同窗友認假作真 女秀才移花接木》、抱甕老人《今古奇觀》卷三十四《女秀才移花接木》等文本載之。

花朵幾枝柔傍砌，柳絲千縷細搖風。霞明千嶺西斜日，月上孤村一樹松。右春

凉回翠簟冰人冷，齒沁清泉夏井寒。香篆裊風清縷縷，紙窗明月白團團。右夏

蘆雪覆汀秋水白，柳風凋樹晚山蒼。孤燈客梦驚空館，獨雁征書寄遠鄉。右秋

天凍雨寒朝閉户，雪飛風冷夜關城。堆紅獸炭圍爐煖，淺碧茶甌注茗清。右冬

景春嘆其敏妙，即濡毫和[一]曰：

芳樹吐花紅遇雨，入簾飛絮白驚風。黄添曉色青舒柳，粉落晴香雪覆松。和春

瓜浮甕水凉消暑，藕疊盤冰翠嚼寒。斜石近堦穿笋密，小池舒葉出荷團。和夏

殘日絢紅霜葉赤，薄烟籠樹晚林蒼。鸞書可恨羞封泪，蝶梦驚愁怕念鄉。和秋

風捲雪蓬寒罷釣，月輝霜拆冷敲城。濃香酒泛霞杯滿，淡影梅横紙帳清。和冬

〔眉批〕四韻分四時，瞬息偶成，抑亦敏捷之足取。

美人亦稱善，徘徊久之，遂薦枕席之歡，共效於飛之樂，而其僕乃先歸焉。父母恐其或醉倒，或投楚館，命僕四出尋覓不得。

[一] 此四首和詩，出明李昌祺《剪燈餘話》卷二《田洙遇薛濤聯句記》。

翌晨，鄰人林世傑過新河壩上墳塋之側，見景春俯伏於地，知其爲鬼所欺也，急救回家，父母喜甚。墳中有亡女孔淑芳之碑在焉。〔眉批〕嗚呼！孔淑芳陽氣未終，興妖作孽，景春遇之，使無淫戀之心，則邪不犯正，能如是哉？

【按】明晁瑮《晁氏寶文堂書目》卷中著録《孔淑芳記》《新河垻妖怪録》兩種小説，田汝成《西湖遊覽志餘》卷二〇《熙朝樂事》：「杭州男女瞽者，多學琵琶，唱古今小説、評話，以覓衣食，謂之陶真。大抵説宋時事，蓋汴京遺俗也……若《紅蓮》《柳翠》《濟顛》《雷峰塔》《雙魚扇墜》等記，皆杭州異事，或近世所擬作者。」同書卷二六《幽怪傳疑》記録了徐景春與女鬼孔淑芳的故事，其中出現了「湖墅宦族」「孔淑芳」「雙魚扇墜」等小説關鍵要素。文中雖没直接寫出「新河垻」，但據魏標《湖墅志略》載：「孔二姐墳在東馬塍。」則《孔淑芳記》《新河垻妖怪録》《雙魚扇墜》等，當爲一書多名或一事多名，至於文體或有文言與話本兩類；因「幽怪傳疑」開篇言「弘治間」，則其産生時間則在弘治初到嘉靖二十六年之前。

作爲「杭州異事」，萬曆七年刊《（萬曆）杭州府志》卷九六、《（萬曆）錢塘縣志》外紀「徐景春」等方志，均記載了此事。而以小説文體形式出現的，則有萬曆十七年序刊的《清談萬選》卷二《孔惑景春》、萬曆二十二年序刊《稗家粹編》卷六《孔淑芳記》，以及萬曆時期熊龍峰所刊《熊龍峰四種小説》中的《孔淑芳雙魚墜傳》。《孔淑芳記》過録了《孔惑景春》的散體敘事部分，删除了《孔惑景春》九首詩歌，而此九首詩均出自於李昌祺《剪燈餘話》卷二《田洙遇薛濤聯句記》。熊龍峰刊《孔淑芳雙魚墜傳》，則在吸納「幽怪傳疑」、《孔惑景春》、《孔淑芳記》等敘事框架基礎上，在細部情節與具體文辭上，糅合與借鑒了瞿佑《剪燈新話》中的《滕穆醉遊聚景園記》《牡丹燈記》等小説作品，形成了獨特的擬話本體制。此爲文言小説與話本小説之間的互動提供了鮮活的例證。

孔淑芳事，在清代猶有演化。《湖墅小志》卷一在援引《西湖遊覽志》之後，有言：「又相傳孔淑芳即孔二姑，康熙年間時出爲祟。」《湖墅雜詩》卷下亦言：「寒燈無焰鬼磷青，幻結樓臺魅現形。聽説當年孔二姐，墳前奏樂召優伶。」其注釋曰：「孔二姐墳在東馬塍。康熙時，出爲祟，相傳有墳前奏樂事，今莫指其處矣。」因《孔淑芳雙魚墜傳》言：「妾姓孔，小字淑芳，湖市宦家之女，排行第二」云云，則此事當爲《孔淑芳雙魚墜傳》的遺響。

## 妓逢嚴士

徽州嚴景星，字天瑞，辭章士也。天順己巳間，一日駕舟訪友，放於中流，任其所之。天漸暝矣，時聞巨鱗跳躍於波間，宿鳥飛鳴於岸際，景星慨慨悲歌，若有所失。

忽一舟蕩波而來，中坐一妓，景星艤舟避之，妓笑曰：「天瑞，何拒妾也？」即促舟相聯，過嚴舟而拜，曰：「今夕有緣，與君一晤。會也。」遂命婢設酒對酌，景星意妓之誤認，不與分辨，唯唯而已。〔眉批〕放舟中流，不過自適耳。而胡有蕩波之舟與之相值，既呼其名，又促舟聯，接又設酒對吟，亦遇之奇者矣。

酒數行，妓曰：「君素善詩者，毋庸自作，庸，用也。各集唐人之句，以十首〔一〕爲率，何如？」〔眉批〕十韻雖集詩蹈舊，各各敘懷亦自切，當令人不厭。景星曰：「然。」妓先吟曰：

芙蓉肌肉緑雲鬟，幾許幽情話欲難〔二〕教平志。聞説春來倍惆悵，莫教長袖倚闌干。

嚴曰：

雲想衣裳花想容，未知何日得相從〔三〕。身無彩鳳雙飛翼，只有襄王憶梦中。

---

〔一〕本詩明童軒《枕肱亭文集》卷一〇、《清風亭稿》卷八「七言絶句」《無題集唐句十首》。清張豫章《四朝詩》明詩卷一一六《七言絶句》一六録其八首。

〔二〕「話欲難」，《枕肱亭文集》作「欲話難」，《清風亭稿》作「欲晝難」。

〔三〕本句明毛晉《六十種曲》《龍膏記下》引用。

高唐梦。

妓曰：萬轉千回懶下床，門前月色映横塘。無情不似多情苦，一曲《伊州》淚數行

音杭。

嚴曰：粉霞紅綬藕絲裙，倏忽還隨霖雨〔二〕分。一自高唐賦詞後，梦來何處更爲雲。

妓曰：潯陽南上不通潮，却算遊程歲月遥。明月斷魂清靄靄，玉人何處教吹簫。

嚴曰：南陌愁爲落葉分，陰蛩切切不堪聞。晚來風落花如雪，忽到窗前疑是君。

妓曰：愁心一倍長離憂，紅樹青山水急流。門外晚晴秋色老，不堪吟倚夕陽樓。

〔二〕「霖雨」，《枕肱亭文集》《清風亭稿》作「霊雨」。

中流
清夜寂寥應恨嫦娥孤月殿

奇遇
輕舟遊衍喜逢織女下天津

嚴曰：

真成薄命久尋思，野寺尋花春已遲。何處相思不相見，九嶷雲盡緑參差。

妓曰：

與君相見即相親，默默無言幾度春〔二〕。别恨轉深何處寫，晚來幽獨恐傷神。

嚴曰：

愁聽寒螿泪濕衣泪，音淚，嗟君此别意何如。相思莫道無來使去聲，雙鯉迢迢一紙書。

吟畢，鼓掌大笑，解衣就寢，已而樂極樂，音洛。妓復言曰：「今以《浪花》〔三〕爲題，各吟一句，輳成一律，君意何如？」嚴曰：「得之矣。」妓先吟曰：

〔二〕「與君相見即相親，默默無言幾度春」，《枕肱亭文集》作「與君相見即相親，脈脈無言幾度春」，《清風亭稿》作「與君相見不相親，脉脉無言幾度春」。

〔三〕本詩爲明童軒《枕肱亭文集》卷六《七言律詩》、《清風亭稿》卷六「七言律詩」《浪花》。明李培《水西全集》卷四亦載之。

嚴曰：不欲〔一〕天邊帶露栽，

妓曰：只憑風信幾翻〔二〕催。

嚴曰：一枝纔見透迤動，

妓曰：萬朵俄經〔三〕頃刻開。

嚴曰：溢浦秋容和雨亂。

鏡湖春色逐人來。

〔一〕「不欲」，《枕肱亭文集》作「不用」。

〔二〕「翻」，《枕肱亭文集》《清風亭稿》作「番」。

〔三〕「俄經」，《枕肱亭文集》《清風亭稿》作「俄驚」。

妓曰：

分明一幅西川錦，

嚴曰：

安得冰刀〔二〕爲剪裁爲，去聲。〔眉批〕寫懷惜别，宛然唐人面語口吻。

妓起而拊其背，曰：「奇才也。」嚴亦嘆曰：「卿之才，亦可肩白雲而駕薛濤矣！白雲、薛濤皆善吟。予雖駑鈍，敢不效顰一律以贊其美乎？」〔眉批〕白雲、薛濤之才，亦稱奇才，不知蕩舟之妓果如若人否？妓曰：「不敢請耳，固所願也！」嚴曰：

盈盈仙子不尋常，絶勝當年王四娘名妓。眉黛乍描欺柳葉，朱唇半啟破榴房。

吟風醉月情何厚，握雨攜雲趣更長。分付傍人須着眼，蘇州曾斷使君腸使，去聲。

妓笑而謝曰：「蒙君過美，何以克當？此意此情，深銘肺腑。」

未幾，狂風大作，雲霧晦暝，失妓所在，竟不知其爲何怪也。

【按】本文當爲明周静軒《湖海奇聞集》佚文。明胡文焕《稗家粹編》卷四「妓女部」《嚴景

〔二〕「冰刀」，《枕肱亭文集》《清風亭稿》作「并刀」。

星逢妓》、西湖碧山卧樵《幽怪詩譚》卷二《放流遇妓》載之。

本文有《太湖金鯉》的衍變之文。其文曰：「衢州鄒德明，江湖士也。弘治中，曳舟至太湖，泊椒山之下。夜見碧天無翳，月色朗然，豪吟二絶，云：『一湖烟水緑於羅，蘋藻涼風起白波。何處扁舟歸去急，滿川殘雨夕陽多。』『浦口風回拍浪沙，天涯行客正思家。歸舟疑是洪都晚，孤雁低飛帶落霞。』吟畢，聞溪上笑語聲。望之，一錦衣美女。德明疾趨岸鞠之。女曰：『妾生於斯，長於斯，今當良夕，遨遊此耳。』德明曰：『予舟中無客，肯過訪否？』女即攜手同行，對酌蓬下。女曰：『今以《浪花》爲題，聯成一律，可乎？』德明曰：『不欲天邊帶露栽。』女曰：『只憑風信幾番催。』德明曰：『一枝纔見蓬迤動。』女曰：『萬朶俄驚頃刻開。』德明曰：『盆浦秋容和雨亂。』女曰：『鏡湖春色逐人來。』德明曰：『分明一幅西川錦。』女曰：『安得良工仔細裁。』詩成，鼓掌大笑，拍肩撫背，極其歡謔。已而，就寢。比及天曙，女忽披襟急投水中，視之一大金鯉，悠然而逝。」

《太湖金鯉》中的詩歌，出於童軒《清風亭稿》。《太湖金鯉》文本，明候甸《西樵野記》卷五《太湖金鯉》、王世貞《艷異編》卷三四「妖怪部三」《太湖金鯉》、吴大震《廣艷異編》卷二五「禽部」《陶必行》、詹詹外史《情史類略》卷二一「情妖類」《鴛鴦白鷗》、清褚人穫《堅瓠集》三集卷二《金鯉賦詩》、《香艷叢書》十集卷三《物妖志》「禽類」《鴛鴦白鷗》等均載録。

## 旅魂張客

餘干縣鄉民有張客者，因行販商販入邑，寓旅舍。夜甫更盡時，碧天雲杳，皎月無塵，樹影橫窗亂，梅香人梦清。張以孤宿，始繾綣不成寐，繼而神思恍惚似寐，而心則醒然。乃梦一婦人鮮衣華飾，求薦寢席，朗朗有聲。既覺音教，其婦人宛然在傍，到明始辭去。

次夕，方合户，燈猶未滅，又立於前，復共卧。〔眉批〕始得之於梦時，虛幻耳；且既見其形，且同枕席，何遇之奇也？張問其所從來，婦曰：「我，鄰家女子也，去此舍甚邇，知君貴客，故敢相從。」因行吟〔二〕曰：

東鄰少女碧玉梭少，去聲，雪縷鳳機成素羅。雨意雲情肯輕許，縱然折齒將如何？

〔二〕本詩爲明李昌祺《田洙遇薛濤聯句記》薛濤所作《折齒曲》中的四句。其中「碧玉梭」《折齒曲》作「紅玉梭」。

張意甚悦，亦短吟曰：

翠袖紅裙窈窕娘，鴛鴦衾擁麝蘭香。高唐有梦巫山近，孤館誰云只断腸？

彼此情濃，遂經旬日。外人覺之，疑焉。疑其爲怪。或告曰：「此地有娼家女，曾縊死，屢晝見形。〔眉批〕屢晝見形，蓋沉寃滯恨，罔克自伸，故其英魂積而不散耳。君所與交，意者爲彼所惑。」張秘不肯言。自後夜與婦狎，亦不畏懼。一夕，婦復來，張委曲扣之，婦略無諱色，應聲曰：「是也，我故娼女，與客楊生素厚，取我貲貨二百斤，財貨。約以禮娶我，而三年不如盟。我怏怏成疾，投環而死。今此旅店，實吾故居，吾是以尚眷戀不忍捨去。且楊生，君鄉人也，君識之否？」張曰：「識之。聞其娶妻貨殖，家計日饒裕。」婦人悵然，因吟〔二〕曰：

人生住世兮，連理并頭奇。何處空題葉，誰家謾結縭？漆膠當自固，衽席只余知。慎勿萌嫌隙，空教惜別離。

〔二〕本詩爲明李昌祺《田洙遇薛濤聯句記》田洙、薛濤所作《月夜聯句》中的四句。原作爲「未夸連蒂好（田），只羡并頭奇（薛）。何處空題葉（田）？誰家謾結縭（薛）？漆膠當自固（田），衽席只余知（薛）。慎勿萌嫌隙（田），毋令惜別離（薛）」。

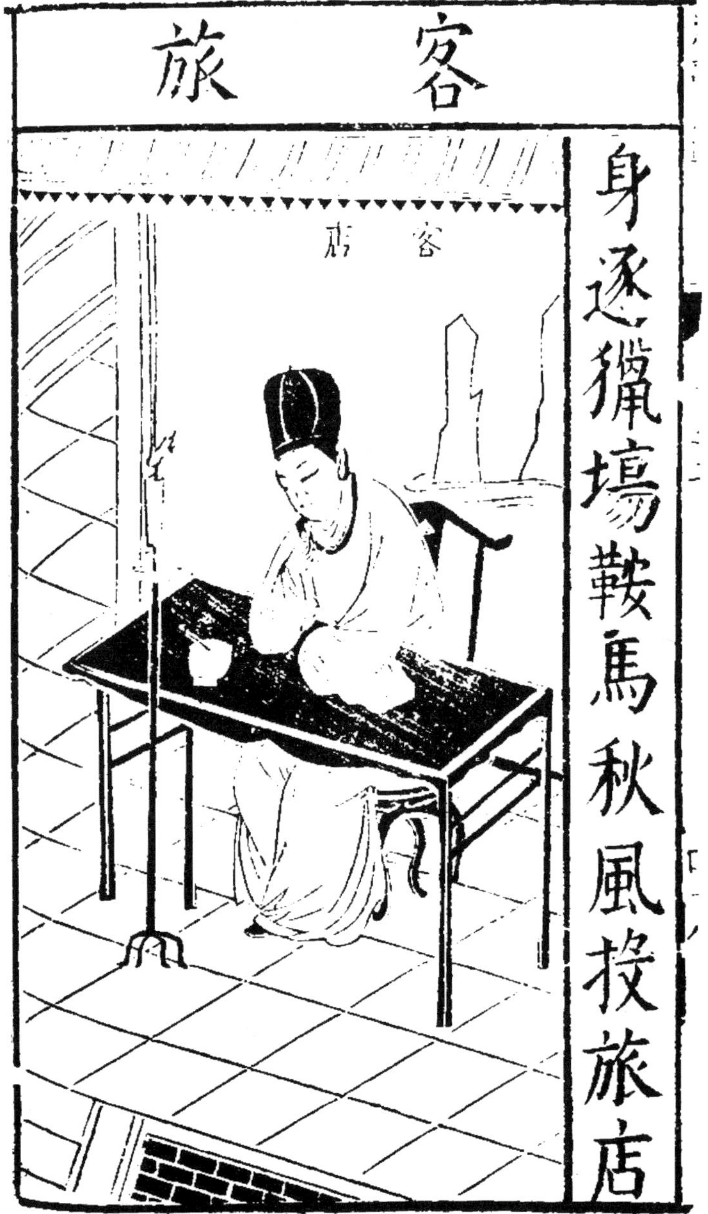
客旅
客店
身逐獵塲鞍馬秋風投旅店

良緣
名聯姻牘錦標春色出隣墻

張亦随答〔一〕曰：

邂逅遇仙姬，神清貌復奇。芝蘭同臭味，松柏共襟期。永作閨房樂洛，長陪楮墨嬉。太山如作礪，地久與天齊。

韻成，良久婦曰：「我當以終始託爾矣。昔嘗埋白金五十兩於床下，人莫知之，可取以助費。」張發地得金，如言不誣，虛誣。婦人於是雖晝亦出。〔眉批〕床下白金發之果得，所以堅張之心，其事之畢，亦與古取環相類。

一日，婦低語曰：「久留此無益，能挈我歸乎？」張爲首肯。婦曰：「可作一牌，上書某人神位，藏之笥篋中。遇所至，啟笥篋微呼，即出相見。」張悉從之。去旅舍，取道而還。人咸謂張鬼氣已深，必殞於道路。張殊不以爲疑，日日經行，無不共處上聲。及抵家，敬於壁間，設牌位事之。妻初意其爲神，瞻仰不怠。未幾，見一婦人出與張語，妻大驚，詰夫曰：「彼，何人也？莫非盜良家子乎？幸毋賈禍賈，音古。」

〔一〕本詩爲明李昌祺《田洙遇薛濤聯句記》田洙、薛濤所作《月夜聯句》中的詩句。原作爲「芝蘭同臭味（田），松柏共襟期（薛）。永作閨房樂（田），長陪楮墨嬉（薛）。太山如作礪（田），此志莫教虧（薛）」。

張以實封，妻始定。

同室凡五日，婦求往州市督債，張許之。達城南且渡，婦曰：「甚愧謝爾，奈相從不久何！」張泣下，莫曉所云。入城門亦如常。及彼，呼之再三，不可見。乃訪楊客居，見其慌擾殊甚。問鄰者，鄰答曰：「楊生素無疾，適七竅流血而死。」張駭怖，遽歸，竟無復遇。〔眉批〕故娼死於前，楊生死於後，雖冤之相報，亦天網之恢恢乎？

【按】本文原出宋洪邁《夷堅丁志》卷一五《張客奇遇》。明梅鼎祚《青泥蓮花記》卷一三外編五、吴大震《廣艷異編》卷一九「冤報類」《張客》、胡文焕《稗家粹編》卷六「鬼部」《張客旅中奇遇》、詹詹外史《情史類略》卷一六「情報類」《念二娘》等載之。與此故事相同者，尚有「穆小瓊」事。見明王同軌《耳談》卷一〇《穆小瓊》，亦見明宋風翔《秋涇筆乘》、清李世熊《錢神志》卷五等。

本文對明代擬話本也頗有影響。馮梦龍《警世通言》卷三四《王嬌鸞百年長恨》以爲入話；東魯古狂生《醉醒石》第十三回《穆瓊姐錯認有情郎　董文甫枉做負恩鬼》據爲本事。

## 髑髏釀祟

并州孔希吕，富商也。既在商場，每重錙銖之得失，已經利鎖，能無隴蜀之軀馳？一日，因商販道經太平，地名。客寓無聊，深切鄉思，常以一琴一劍自隨，號龜蒙後人，龜蒙，姓陸，江湖散人。〔眉批〕陸龜蒙自號江湖散人，而孔生號龜後人，則孔生之志可知矣。乃吟二律，其一〔一〕曰：

故鄉何處是并州，萬里關山不斷愁。野館夕陽人獨立，城邊〔二〕秋色水空流。宦情每愧今弘景〔三〕，姓陶。客况何如昔少游？姓秦。一夜西風吹帽破〔四〕，歸心遥寄楚江頭。

〔一〕本詩爲明童軒《枕肱亭文集》卷六、《清風亭稿》卷六「七言律詩」《秋暮至曲靖》。明曹學佺《石倉歷代詩選》卷三六九《明詩次集三》載之。

〔二〕「城邊」，《枕肱亭文集》《清風亭稿》作「邊城」。

〔三〕「每愧今弘景」，《枕肱亭文集》作「已愧陶弘景」、《清風亭稿》作「每愧陶弘景」。

〔四〕「帽破」，《枕肱亭文集》《清風亭稿》作「梦破」。

其二〔二〕曰：

青山萬里水漫漫，客裏應知跋涉難。草木變衰秋露重，湖湘漂泊晚風寒。天涯有客如張詠，江左何人是謝安？緑鬢朱顔今盡改，可憐惟有寸心丹。

吟訖，倚蓬少憩，俄聞哭泣者，聲聲哀痛，似甚不平。孔生舉目視之，則一婦人，淡妝雜服，縞素無文，而其天然姿態，覺甚穠麗可憐。至水滸水涯也，且泣且罵曰：「與汝半載夫妻，恩義兼盡，有何相負，而逐我耶？我一身不足恤，其如汝之薄倖何？我死九泉，決不自止，尚當告之司部，達之閻君，與汝一決，目豈自瞑耶？」言訖，將身赴水。〔眉批〕非泣、非訴，又非赴水，何以動孔生之手援乎？孔生惻然，馳往援之，邀至舡上，良久，問曰：「娘子何爲而輕生如此乎？抑有不平之事乎？請試言之。」婦哽咽而答曰：「妾，張氏之女，何氏之婦，因與夫不睦，被逐而出，將欲抱恨以沉渊，豈料垂憐而拯溺。」希呂撫慰再三，乃徐挑之曰：「中饋無人，肯相從否？」婦改容謝曰：「妾爲夫逐，恩義斷絶，非君手援，則溝瀆沉身，泥沙葬骨，魄逐魚蝦而

〔二〕本詩爲明童軒《枕肱亭文集》題《南行秋興》四首之四。

宛疑
琴歛相親自許壯心依旅次

美少
髑髏幻變恍疑少艾動人情

往復，魂隨流水以飄揚。今荷再生之恩，已無任矣，更蒙垂情，敢不願事箕帚？婦事。」孔生大悦，相與交會，恩愛殊深。婦即於枕上作《去婦詞》〔二〕以寫恨云：

剌促何剌促，出門不敢高聲〔三〕哭。憶初癡小嫁君時，自謂生死常相隨。誰知中道生乖阻，棄妾紅顔不如土。弓鞋窄小荊棘多，掩淚行尋舊路何。水流花謝杳無情，還到春時別恨生。静處閑階晴宿雨，竟日倚闌空嘆語。幾番春梦不分明，愁向秋來蟋蟀鳴。風南來兮復來北，君恩一失不再得。浮雲上天歸有時，君心一失那能回？糟糠不忘如舊，重磨荊釵與偕老。〔眉批〕《去婦詞》亦覺凄婉，悲切有味。

詞畢，孔生贊其妙，曰：「娘子此詞，深有《國風》忠厚之意矣。國風。」婦一日心有所怯，泣謂孔生曰：「妾幼時爲刀劍所恐，致成心疾，迄今未瘥。

---

〔二〕本詩前四句、後二句爲明童軒《枕肱亭文集》卷二《樂府歌行》、《清風亭稿》卷二「樂府歌行」《去婦詞》。明徐泰《皇明風雅》卷一三、姜南《蓉塘詩話》卷一五、李培《水西全集》卷一、清曾燠《江西詩徵》卷五〇《明》等載之。中間四句爲童軒《宮詞》集唐句。

〔三〕「高聲」，《枕肱亭文集》《清風亭稿》均作「分明」。

君有此器，可韞匵而藏之，毋令妾見，以貽後悔，君其識之乎？識，記也。」孔爲然之。後數日，孔偶醉甚，竟忘婦言，出劍而舞，婦遽失聲而走，孔疾馳挽留之，則惟有一髑髏而已。〔眉批〕一髑髏幻變人形，既能言，復能詞，調亦異哉！奇哉！

【按】本文當爲明周静軒《湖海奇聞集》佚文。明西湖碧山卧樵《幽怪詩譚》卷五《客途暫侣》載之。

## 玉簪示信

金華府義烏縣鄭氏子，娶舒姓女爲室，其女顔色絶美，聰慧能詩，春秋十有一六，而中饋克相，踰於老成，抑且孝舅姑、和妯娌，内外咸稱其得矣内助焉。

正統十四年己巳，處州狂賊葉宗流，哨聚山林，劫掠郡邑，舒亦爲所擄。〔眉批〕正統己巳，正土木之變，而處州亦有狂賊如葉宗者乎？賊悦其貌，挑之百端，終不從，後乘賊夜寢，潛出寨門，以羅巾自縊死，遺孤甫周歲，衣帶中有詩一律，曰：

雙垂玉筯涕淚也泣西風，好似昭君出漢宫。鄉梦不知何日到，家書難擬幾時通。

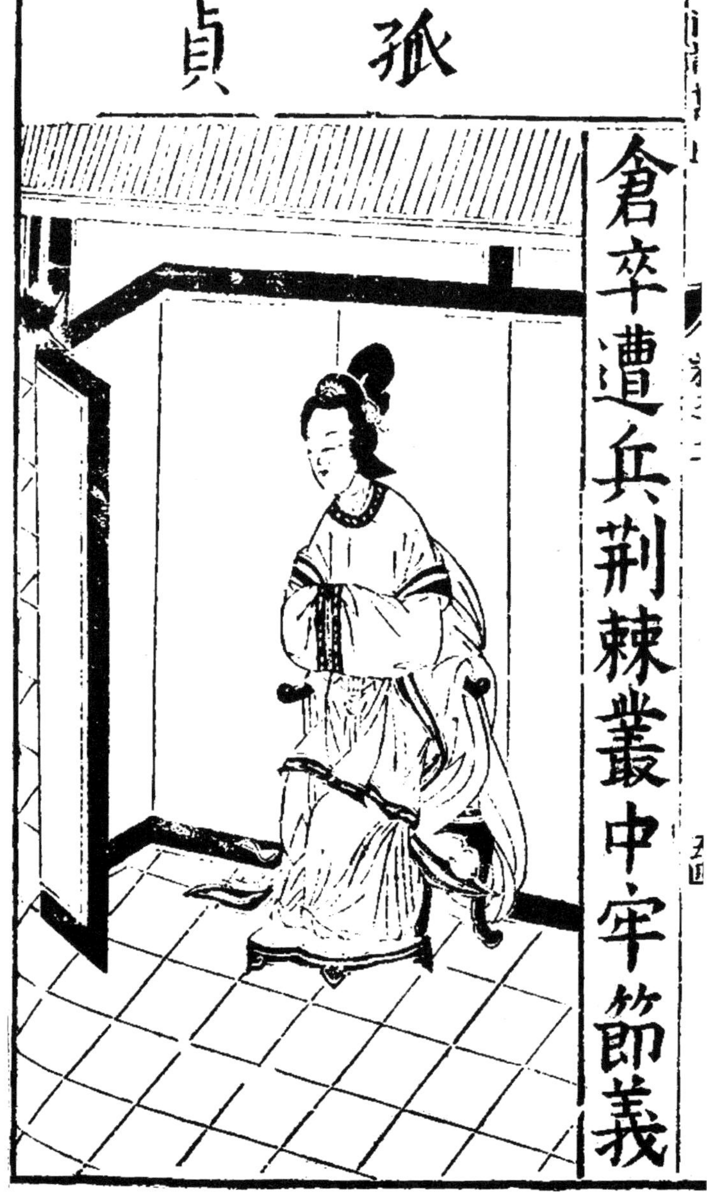
孤貞
倉卒遭兵荊棘叢中牢節義

自守
從容就縊香羅帕上繫綱常

一腔赤膽愁無限，兩簇顰眉恨不窮。擾擾干戈塵滿目，傷心都在不言中。

景泰三年，鄉人藍田道出舒氏喪處，時賊已平服，蕩無人居，昏黑時，見火光，趨前，見一華屋，田叩門，有一侍女出問故，田以實告，女入，頃之出曰：「主母邀茶。」田隨進，則堂上一美人降階而迎，延之賓坐，爲設醴，酒也。田問曰：「芳卿何姓？居此何因？」美人泣曰：「鄉親不識耶？妾與君同鄉，舒之女，鄭之婦，身死於狂賊者四年矣。天曹嘉妾貞烈，授雷府侍書，陰司官名。奈衷悃未伸，欲仗鄉親，達一家報。」〔眉批〕舒女死節，陰司重之，然則陰陽之理一也，偷生免死輩何如？田曰：「賊徒今何若？」美人曰：「此等逆賊，上負天地，下負君親，陽既伏誅，陰復罹罪，雖萬劫無爾人身也。」田曰：「幽冥信有果報乎？」美人曰：「有陽必有陰，有人必有鬼，何可言無？」田曰：「然則有善惡不報者。」美人曰：「特未即見耳，終不能逃也。請略言冥司之果報。〔眉批〕罰以牛，罰以馬，而僧道當知所戒。他如豕、羊、犬、雞、驢、騾、鼠之類，則彼兇殘不法者，其知懼哉！某僧貪淫不法，冥司罰以牛，贈之詩曰：

昔日修行志不堅，於今頭角勢昂然。他年隴上春耕足，芳草郊原自在眠。

某道士酣酒嗜色，冥司罰以馬，贈之詩曰：

前世何曾結善緣，今爲畜類有誰憐？他時穩步長安道，莫待王孫痛着鞭。

一人尅衆成家，冥司罰以豕，贈之詩曰：

損人肥己恣猖狂，飲酒千瓶食萬羊。今日好爲羸豕去，曲闌深處飽糟糠。

一人起滅詞訟，冥司罰以羊，贈之詩曰：

生平書算冠文房，利己妨人念不臧。善也。今作柔毛塵世内，剥皮烹肉萬人嘗。

一人不孝不悌，冥司罰以犬，贈之詩曰：

恣行隱惡亂天倫，日月無光照覆盆。飫食厠中人不潔，嘷嘷早莫謹防門莫，讀暮。

一人婦不孝公姑、不重夫子，冥司罰以牝雞，贈之詩曰：

不循婦道不修身，擅奪夫權惡六親。今作牝雞須自省，從今切莫再司晨。

一人飲酒鬬狠，冥司罰以騾，贈之詩曰：

半世英雄混草萊，貪淫樂禍可哀哉。欲知身掛毛衣褐，都是風流惹得來。

一萬石長尅民瞞官，冥司罰以鼠，贈之詩曰：

踢斛淋尖恣意求，官糧尅減作私謀。於今變化虚星去，百萬倉中莫妄偷。他如亂臣賊子，永墮沉淪，求爲畜而不可得已。」〔眉批〕諸惡有罰，則其到司之初，吾知其風刀撞磨之不能免也。言訖，出書一紙、碧玉簪一雙付田，曰：「家書煩爲轉達，不信當以玉簪示之。」田辭謝出。

馳書至鄭、舒二家，達其意，并玉簪，其舅姑、父母舉曰：「此亡靈故物也！」大驚異，乃閲其書，云：

竊惟綱常爲國家元氣，人身大經。國焉廢此，則戕其元氣，而傷敗彝倫之事與人焉；廢此，則喪其大經，而絶滅天理之俗作。是以孔子修《春秋》，朱子作《綱目》，皆所以扶天理而遏人欲，正名分以植綱常耳。〔眉批〕書起用「綱常」二字，有骨；且挈孔子《春秋》、朱子《綱目》，見其正大議論。矧女之事夫，猶臣之事君，女之事夫，其心惟一，而後謂之節；臣之事君，其心惟一，而後謂之忠。故《易》曰：『王臣蹇蹇，終無尤也。』婦人貞吉，從一爲終也。妾每見先有俯首以事賊者，河間美人。有踰墻以相從者，臨邛少婦。此皆無恥之恥，無恥矣。文山先生曰：文文山。『孔曰成仁，孟曰取義。惟其義在，所以仁至』。〔眉批〕舒以文山公之成仁成義自勵，故能植節完名如此也。故妾必無偷生之理也。《詩》曰：『哀哀父母，生我劬勞』，則知父母之恩，不可不報。《禮》曰：『婦事舅姑，如事父母』，則知舅姑之德，不可不酬。妾十五而笄，十六而嫁，顒望永偕乎琴瑟，詎意禍起於蕭墻，城狐社鼠之爲妖，封豕長蛇之作孽，霆驅電逐，膽戰心驚，開水面之鴛鴦，斷巫山之雲雨。嗚呼！秋日淒淒，百卉俱腓，亂離瘼矣。奚其適歸，徒望白雲而長歎；覩春樹以遐思，安能高舉遠逝，以效翰音之登天歟？妾每自念，曰：『詩人以深厲淺揭刺淫奔，以無别無義戒夫婦。要學三貞，須拼一死。寧潔身於珠碎，敢庸志於瓦全。故於荊棘叢中，魂昇魄降；香羅帕下，玉碎花飛，皆所以扶持綱常。而愧後世爲臣之不忠，爲婦之不節者也。』書不盡言，幸希尊照。」

舉家大慟。同藍田訪其故處，不過喬木林鬱，而華屋美人果安在哉！

【按】本文當爲明周静軒《湖海奇聞集》佚文。明候甸《西樵野記》卷七題《雷府侍書》載之，但删削太甚。清王崇炳《金華征獻略》卷一五「貞烈傳」《舒氏》，注出《西樵野記》，撮録其要，曰：「舒氏，義烏鄭經妻也。景泰中，處州狂賊葉宗留，劫掠郡邑，舒氏爲所獲，脅之不從，以羅巾自縊。家人收尸瘗之，顔色如生。後四年賊平，鄉人藍汝耕夜經葬地，見一少婦出，迓曰：

『妾，舒氏之女，鄭門之婦，與君同鄉，爲賊所掠，恐罹污辱，乃自縊。上帝以妾貞烈，命爲雷府侍書，奈衷悃未舒，煩君將書致姑嫜耳。』符書訖，更貽碧玉簪一雙，汝耕過鄭氏，呈書物，且悉其故。其姑嫜泣視之，果亡婦手札、舊簪也。」而清嵇曾筠《（雍正）浙江通志》卷二一二「列女十一」《鄭經妻舒氏》引《義烏縣志》曰：「年十六歸鄭。景泰中，處州狂賊葉宗留，劫掠郡邑，亦爲所擄。乘賊夜寢，潛出寨門，以羅巾自縊。家人爲收其尸瘞之，顔色如生。」已失小説韻味矣。

明胡文焕《稗家粹編》卷八「報應類」《唐珏循義録》，所載僧人化爲牛、馬、豬、犬、羊、驢等情節、詩句，與本文頗爲相似。周静軒《秉燭清談》載有此事，三者關係，尚待進一步考證。

# 卷之三

## 物匯精凝　凡十八條

### 公署妖狐

鈞州馬少師，諱文昇，當弘治間，官御史，按部外省郡邑，有山縣某縣一按察院，爲妖狐所據，久無人居。馬臨縣，必欲居之，官吏率以前事進諫，馬不聽，毅然啟鑰居其間。〔眉批〕馬少師必居久無人居之察院，英氣乎？抑有所憑藉而然乎？暮獨坐室中，以巨觥自酌，觥，爵也，以角爲之。因漫興一律〔二〕。詩曰：

〔二〕本詩爲唐郎士元《送彭偃、房由赴朝因寄錢大郎中、李十七舍人》。宋李昉《文苑英華》卷二七二、明曹學佺《石倉歷代詩選》卷五〇《中唐四》、高棅《唐詩拾遺》卷六、清曹寅《全唐詩》卷二四八載之。原爲五言律詩，本文改易爲七言律詩。原詩爲：「衰病已經年，西峯望楚天。風光欺鬢髮，秋色換山川。寂寞浮雲外，支離漢水邊。平生故人遠，君去話潸然。」

正直
正氣漫漫應有鬼神知佑護

名臣
英風凜凜更無妖孽不消磨

淹淹羈病已經年，極目西風望楚天。不任風光欺鬢髮，獨憐秋色换山川。

功名寂寞浮雲外，世事支離漢水邊。憶昔故人相話别，有思。昨宵雨過淚潸然。

吟餘再酌，略無難色，監吏皆揣揣然，蹲屏後，寂不敢聲息。馬坐久，酒微酣，旋繞室前後，燈燭中見一屏圖繪老松樹狀，奇崛蒼古，即揮筆對燭光題之〔二〕，曰：

倚空高樹冷無塵，往事閒徵梦欲分。翠色本宜霜後見，寒聲偏向月中聞。啼猿想帶蒼山雨，歸鶴應和〔三〕紫府雲。莫向東園競桃李，春光還是不容君。

復就室中酌飲。至一鼓後，陰風颯颯，有物在梁，惟見其口，磨牙張吻，大與棟并，馬視之若無。少頃，自梁下，更爲人形，猙獰極可怪惡，猙獰，鬼異色。顧馬曰：「公獨酌，寧無涓滴飲予？」馬取器酌授，怪接飲數次，馬屹然不動。將四鼓，其形漸小，俄而見本形，乃一老狐也。〔眉批〕馬舉器酌酒授怪，而怪接飲遂至數次，馬乃屹然不動，此

〔二〕本詩爲唐韓溉《松》。宋李昉《文苑英華》卷三二四、明曹學佺《石倉歷代詩選》卷一二一《晚唐拾遺八》、高棅《唐詩拾遺》卷一〇、王志慶《古儷府》卷一二、清曹寅《全唐詩》卷七六八、李調元《全五代詩》卷三一、汪霦《佩文齋咏物詩選》卷二七七《松類》、汪灝等《廣群芳譜》卷七〇《木譜》等載之。

〔三〕「應和」，《文苑英華》作「遥知」。

所謂心有主，則能不動矣。馬即縟而納諸巾箱。監吏言：「是怪久爲害，公既獲，宜亟斃之！」狐在箱中泣言：「吾雖得罪，非公一代名臣，百神擁佑，奚能免予之啖？啖，食也。公自今禄位名壽，卓冠一時，特顯達，中有蹉躓。當蹉躓時，必有奇建，方聳群望。斯時，有人以某姓名來謁者，即予。予言公從斯獲奇見，是予所以報公也。」〔眉批〕老狐巾箱受縛之言，安知他日蜀省征夷之日爲必驗乎？馬曰：「汝惟去斯地，吾方釋汝，餘非所計也。」狐言：「謹受公教。」馬乃啟箱，解縛縱之。監吏猶以爲言，謂公不宜輕放。狐乃復人形，言：「予不敢肆毒者，以有名臣在爾，不然噬若輩充腹何難！公既縱予，若輩復譊譊，予當示若輩以舊形。」即跳入梁間，見其狀，復與前同，少頃，化去，吏監始悔失言。時東窗欲曙，馬更吟一詩〔二〕，曰：

宦離〔三〕孤館一燈殘，牢落星河欲曙天。雞唱未沉函谷月，鴈聲新度灞陵烟。

〔二〕本詩爲五代韋轂《才調集》卷四《長安道中早行》。五代殷元勛《才調集補注》卷四、宋劉克莊《千家詩選》卷六《晝夜門》、金元好問《唐詩鼓吹》卷一〇、高棅《唐詩拾遺》卷一〇、清曹寅《全唐詩》卷七四二、李調元《全五代詩》卷二六、徐倬《全唐詩録》卷九七、嚴長明《（乾隆）西安府志》卷六八《藝文志中》等載之。

〔三〕「宦離」，《才調集》作「客離」。

浮生已悟莊周梦〔一〕，壯志仍輸祖逖鞭。當道豺狼今屏跡，老狐何敢任流連〔二〕？天明，官吏驚服，怪遂絶。

馬後爲汪直所陷，謫戍重慶衛。俄蜀省有征夷役，督兵者以馬望重中朝，請與偕行。至某地，有人以某姓名上謁者，謂馬：「明日師至某地，夷有劫營謀，宜備之爲上策。」言已即去，馬知其爲院狐。告諸督兵者，爲奇設按伏，至夜，夷來，俱遭挫衄。〔眉批〕劫營謀備，院狐之告，所以報巾箱不殺之意。馬望由是益重，召還後，官冢宰，歷三孤，果爲一代名臣。

【按】本文明胡文焕《稗家粹編》卷七「妖怪部」題《公署妖狐》載之。明謝肇淛《麈餘》卷三有篇當與《公署妖狐》所敘一事的小説，可補本文之不備。其文曰：馬端肅公文昇按晋，至汾州一驛，舊傳有祟，前後使者不敢居，公至獨命啟之，明燭置酒，危坐中堂以俟。夜二鼓，陰風颯颯，起尸牖間，内外門一時俱闢。倏見一怪立堂前，面大如箕，電目狼吻，長及屋脊，從人震怖四散。公色不動，飲酒不顧，怪瞪視，久之曰：「何不飲我？」公笑曰：「汝能飲，趣來共酌。」

〔一〕「莊周梦」，《才調集》作「莊周蝶」。
〔二〕「當道豺狼今屏跡，老狐何敢任流連」，《才調集》作「何事悠悠策羸馬，此中辛苦過流年」。

怪漸漸縮小，纔及案平，則固如常人耳。公亟命巨觥，酒行無算，有頃，怪醉仆地不能興，公取一空箱，舁怪内之，封以監察御史之章，而已坐其上。至四更以來，怪酒醒，跳躍不得出，知爲公所責，大怒，索出聲如雷，公若不聞。既漏將盡，窘急哀鳴，繼以號泣，曰：「公，大貴人，吾誤犯公，何將置我極地？若放我出，我當遠避，不敢復欄官舍矣。」公始許之。揭封而怪從隙飛去，竟不知其何怪也，自是驛中遂安。

## 新鄭狐媚

新鄭驛卒黄興偶出，夜歸，倦憩林下，見一狐拾人髑髏戴之，向月拜。俄化爲女子，年十六七，絶有姿容，哭新鄭道上，且哭且行。興尾其後覘之，覘，視也。狐不意爲興所窺，故作嬌態，興心念曰：「此奇貨可居。」乃問曰：「誰氏女子，敢深夜獨行乎？」對曰：「奴，杭州人，姓胡，名媚娘，父調官陝西，適前村被盜，父母兄弟俱死，財貨一空，獨奴伏草莽幸存。今孤苦思死，故哭耳。」〔眉批〕胡媚娘設成孤苦狀態，似可令人辛楚。興曰：「汝能安吾家乎？」女忍淚隨興歸。至家，妻見其婉順，亦

内子
美女婧婚奇禍已藏新鄭驛
五

得妖
新鄭驛
妖狐震死此身重判耀州城

善視之，而興終不言其故。

時進士蕭裕者，八閩人，閩有八道。新除耀州判官。過新鄭，與新鄭尹彭致和爲中表兄弟，因訪之，致和宿之館驛。黄興供役，見裕年少迭宕。豪放貌。且所攜行李甚富，乃語妻曰：「吾貧行脱矣。」計動裕，數令媚娘汲水井上，裕見之，果喜，即求娶爲妾。興曰：「官人必慾娶吾女，非十倍財禮不可。」裕不吝，傾資成之，攜以抵任。

〔眉批〕黄興貪財，蕭裕溺色，一舉而二失也。

媚娘賦性聰明，更復柔順，上自太守之妻，次及衆官之室，各奉緑羅一端，臙脂十貼。事長撫幼，皆得其歡心。由是内外稱譽，人無間言。其或賓客之來，裕不及命，而酒饌之類，隨呼即出，豐儉舉得其宜。暇則躬自紡績，親繰蠶絲，深處閨房，足不履外閾。裕有不決事，輒以咨之，即一一剖析，曲盡其情。裕自詑得内助，而僚寀之間，益信其爲賢女婦也。

未幾，藩府聞裕才能，檄委催糧於各府。媚娘語裕曰：「努力公門，盡心王事。閨闈細務，妾可任之。當重千金之軀，以圖涓涘之報萬一耳。」裕首然之而别。因進宿重陽宫，道士尹澹然見之，私語裕吏周榮，曰：「爾官妖氣甚盛，不治，將有後憂。」榮以告，裕叱之。

〔眉批〕尹澹然先事知妖，果明魂乎？亦習聞乎？無乃假此以繳利府乎？

是冬，回公署，攝州事。明春，疾作，醫藥罔成功。周榮憶尹道士之言，具白於太守。守即遣請尹，尹至，屏人告守曰：「蕭府宅眷，乃新鄭北門老狐精也。若不去，禍實叵測不測也。」守愕然曰：「蕭君内子，衆所稱賢，安得遽有此論哉？」澹然曰：「姑俟明日，便可見。」乃就州衙後堂結壇。次午，澹爲按劍書符，立召神將，俄而黑雲滃墨，白雨翻盆，霹靂一聲，媚娘已震死闑闠矣室有垣門。守率僚屬往視，乃真狐也，而人髑髏猶在其首。各宅眷亟取其所贈物觀之，其緑羅，則芭蕉葉數番，臙脂，則桃花瓣數片，出以示裕，裕始釋然。尹爲焚其尸，而絶其祟。

裕疾始愈，遣人於新鄭問黄興，興已移居，家積殷富，不復爲驛卒，蓋得裕聘財所致云。〔眉批〕狐媚，一也。驛卒黄興遇之而得其利；州判蕭裕遇之而罹其災，何遇同而所以遇者顧不同耶？

【按】本文據明李昌祺《剪燈餘話》卷三《胡媚娘傳》删節成文。明楊爾曾《狐媚丛談》卷五《胡媚娘》、王同軌《耳談》卷一〇《黄販鬼》、馮本《燕居筆記》卷九、何本《燕居筆記》卷七等載之。

# 洛中袁氏

廣德中，有孫恪秀才者，因下第，遊於洛中。至魏王池側，見一大宅，林木壯麗，路人指云：「斯袁氏之第也。」恪徑往叩扉，户羽也。無有應者。户側有小房，簾頗潔，恪謂伺客之所，遂褰簾而入。良久，忽聞啟關者，一女子光容鑒物，艷麗驚人，珠初滌其月華，柳乍含其烟媚，蘭芳靈濯，玉瑩塵清。恪疑主人之處子，但潛窺而已。女摘庭中之萱草，凝思久立，遂製詩曰：

彼見是忘憂，此看同腐草。青山與白雲，方展我懷抱。

吟次，容色慘然，因褰簾，見恪，驚慚而入，〔眉批〕「既已慚入，即當屏跡中庭，胡爲而有青衣之詰問，盛容之出見也？」使青衣問之，恪謝沖突，更陳請見意。女子盛容出見之，命侍婢進茶果，且曰：「郎君既無第舍，便遷囊橐於此廳院中。」指青衣謂恪曰：「小有所需，但告此輩。」

既入，恪語青衣曰：「誰氏之子？」青衣曰：「故袁長官之子，少孤，幼失怙。更無姻戚，惟妾輩三五人據此第耳。」恪遂進媒而議婚，女欣然相受，遂納爲室。袁氏贍足，巨有金繒帛也。而恪久貧，忽車馬焕赫，服玩華麗，頗爲親友之疑，多來詰者，恪竟不語。日洽豪富，三四載不離洛中。〔眉批〕好貨好色，人情也。且孫生以貧士而得巨富，以鰥夫而得美妻，其歆美充溢，必有十倍於恒情者。後遇中表兄張姓者，謂恪妖氣甚盛，授以寶劍。歸却之，女得劍，寸折之，若斷輕藕。張聞之，亦懼而不入其室。淹延洛土竟十餘年，袁氏已鞠育二子，治家甚嚴，不喜參雜。

後恪之長安，謁舊友王相國縉，遂薦於南康張萬頃大夫，爲經略判官而往。袁氏每遇青山高松，凝睇久之，疑而視也。若有不快意。〔眉批〕青山高松，凝睇不快，老猿蓋不覺故態之復形。到瑞州，袁氏曰：「去此半程，江壖有泱山寺，我家舊有門徒僧惠，幽居於内。僧能别形骸，善出塵垢，倘經彼設食，頗益南行之福。」恪曰：「然。」爲辦齋蔬之具。及抵寺，袁氏欣然，易服理鬟，攜二子造於僧院，若熟其徑者。恪頗異之，遂一碧玉環獻僧，曰：「此院中舊物。」僧亦不曉。及齋罷，有野猿數十，連臂下於高松，而食於臺上。後悲嘯，捫蘿而躍。袁氏惻然，俄命筆題僧壁上，曰：

剖破恩情役此心，無端變化幾湮沉。不如逐伴歸山去，長嘯一聲烟霞深。

內助
帶綰同心端擬成家稱內子

閨怨
環遺碧玉誰知裂地化殘猿

乃擲筆於地，撫二子，咽泣數聲，語恪曰：「好住！好住！吾當永訣矣！」遂裂化爲老猿，追嘯者躍樹而去，將抵深山，而屢反視。〔眉批〕裂地化猿，雖物數之當終，而亦孫生之緣足矣。恪乃驚悸，震動貌。魂飛神喪。良久，撫二子一慟，乃詢於老僧。僧方悟：「此猿豢育於寺中者，其碧玉環者，本訶陵胡人所施，久於猿頸項中。」恪遂惆悵，艤舟數日不進，競攜二子回棹，而不復受經略判官之宦矣。

【按】本文據唐裴鉶《傳奇》中的《孫恪》刪節成文。宋李昉《太平廣記》卷四四五「畜獸一二」《孫恪》、曾慥《類説》卷三二、陸佃《增修埤雅廣要》卷三八《氣化門》、王象之《輿地紀勝》卷第九六、謝維新《事類備要》別集卷七九《走獸門》、祝穆《方輿勝覽》卷三四《廣東路》、《事文類聚》後集卷三七《毛蟲部》、明陸楫《古今説海》説淵一三「別傳一三」《袁氏傳》、王罃《群書類編故事》卷二四《鳥獸類》、王世貞《艷異編》卷三二「妖怪部一」《白猿傳》、鳩茲洛源子《一見賞心編》卷一三「妖魔類」《袁氏傳》、曹志遇《（萬曆）高州府志》卷一〇、陳師《禪寄筆談》卷九、李贄《初潭集》卷四《夫婦四》、彭大翼《山堂肆考》卷一八六《珍寶》、王會昌《詩話類編》卷一〇《鬼怪》、《緑窗女史》卷八「妖艷部・猿裝」《袁氏傳》、《合刻三志》「志妖類」《袁氏傳》、《安雅堂重校古艷異編》卷十一「妖怪部」《袁氏傳》、清褚人穫《堅瓠集》六集卷一、史澄《（光緒）廣州府志》卷一六〇《雜録一》、朱翊清《埋憂集》卷一〇《狐妖》附録《袁氏傳》等載之。

元鄭廷玉曾據本文，創作雜劇《孫恪遇猿》，已佚。

## 拜月美人

盱眙竇明，字晦之，年二十餘，美姿容，善詩賦。然而冰人滯沮，紅葉沈淪，尚未有室也。男以女爲室。

洪武中，攜貲殖貨商以遨遊。一日，長江順流，孤帆掛日，乘風而輕颺數百里，過三山，趨留都，暮泊瓜步口。是夜，久雨新霽，微月淡淡映孤舟，四聽闃然，闃，静也。益覺清耿。久之，風聲撼竹木號號，鳴犬聲狺狺而苦。狺狺，悲號也。〔眉批〕清夜月明，景獨佳勝，宜竇生之不成寐也。明不成寐，捨舟披襟閑行，遂吟一絶[一]：

荇帶蒲芽望欲迷，白鷗來往傍人飛。水邊苔石青青色，明月蘆花滿釣磯[二]。

吟訖，復行。聞遠寺小大鼓声淵淵不絶。忽有懷，復吟一律[三]，曰：

---

[一] 本詩明童軒《枕肱亭文集》卷一〇題爲《淮陰西湖即景》。

[二] 「明月蘆花滿釣磯」，《枕肱亭文集》作「疑是王孫舊釣磯」。

[三] 本詩爲唐武元衡《南徐別業早春有懷》。明曹學佺《石倉歷代詩選》卷六七《中唐二一》、高棅《唐詩拾遺》卷一〇、清曹寅《全唐詩》卷三一七、徐倬《全唐詩録》卷五七等載之。

舟次
偕老客舟萬里風傳紅葉信
卷之三
十一

叙婚
合卺月夜一天星様紫霞杯

生涯擾擾竟何成，幾欲〔一〕幽居隱姓名。遠雁臨空翻夕照，殘雲帶雨轉春晴〔二〕。花枝入户渾多影，泉水侵堦覺有聲〔三〕。虚度年華不相見，離鄉懷土并關情。

吟吟再行，俄見一美人望月而拜，拜罷而吟〔四〕，〔眉批〕望月而拜，拜罷而吟，妖狐銜玉求售也。曰：

拜月下高堂，滿身風露涼。曲欄人語静，銀鴨自焚香。昨宵拜月月似鐮，今宵拜月月始弦。直須拜得月兒〔五〕滿，應與嫦娥得相見。嫦娥孤悽妾亦孤，娑羅〔六〕涼影墮冰壺。年年空習《羽衣曲》，不省三更〔七〕再遇無？

---

〔一〕「幾欲」，《石倉歷代詩選》作「自愛」。

〔二〕「春晴」，《石倉歷代詩選》作「春城」。

〔三〕「花枝入户渾多影，泉水侵堦覺有聲」，《石倉歷代詩選》作「花枝入户猶含潤，泉水侵堦乍有聲」。

〔四〕本詩爲明童軒《枕肱亭文集》卷二《樂府歌行》、《清風亭稿》卷二「樂府歌行」《拜月詞》。亦見明李培《水西全集》卷一。

〔五〕「月兒」，《枕肱亭文集》《清風亭稿》作「月輪」。

〔六〕「娑羅」，《枕肱亭文集》《清風亭稿》作「桂花」。

〔七〕「三更」，《枕肱亭文集》《清風亭稿》作「三郎」。

明見其貌，喜不自禁平聲，更謂暮夜無知者，遂趨前而問之，曰：「娘子何爲而拜月乎？」美人從容笑而言曰：「欲得佳婿，拜祝月老耳。月老，主姻牘者。」明曰：「娘子所願何如佳婿？」美人曰：「得君足矣。」明曰：「世之姻緣有難遇而易合者，今宵是也。請偕至予舟而合巹焉。」美人無難色，欣然從之。攜手登舟，相與對月而酌。既而與生交會，極盡歡娛。〔眉批〕竇生、美人敘婚禮於舟内，不待父母之命，不由媒妁之言之謂也。

翌日，促舟还盱眙，明以美人見於父母宗族，紿曰：「娶於瓜步某鉅氏者。氏，族也」。美人入竇門，勤紡績，調饋餉，舅姑曰孝，宗族曰睦，妯娌曰義，鄰里婢侍曰和曰恕，上下内外，翕然稱得賢内助焉。時嗣天師張真人朝京，道之盱眙，指竇氏之宅，曰：「此間有妖氣，當往除之。」衆聞駭異，不甚信。先是美人泣謂明曰：「三日後，大難已迫，妾其死矣。」明驚問其故，美人蔽而不言，惟曰：「君無忘妾此情，即死九泉猶含笑也。」計四日後，而天師倏至，仗劍登門，觀者如市。美人錯愕失措，將欲趨避之。天師叱曰：「妖狐復安往？」美人遂俯伏於地，泣吟一律〔二〕，曰：

一自當年假虎威，山中百獸莫能欺。聽冰肅肅玄冬沍，走野茫茫黑夜遲。千岁變時成美女，五更啼處學嬰兒。方今聖主無爲治，九尾呈祥定有期。

天師揮劍斬之，乃一狐耳。明禮謝之。〔眉批〕美人見天師，不克趨避，竟成刀下之慘，亦邪不勝正焉。

【按】本文當爲明周静軒《湖海奇聞集》佚文。明胡文焕《稗家粹編》卷七「妖怪部」《拜月美人》、西湖碧山卧樵《幽怪詩譚》卷六《瓜步娶耦》、楊爾曾《狐媚丛談》卷五《張明遇狐》等載之。明安遇時《百家公案》卷三《訪察除妖狐之怪》，據以衍爲公案。

## 東墻遇寶

成化辛卯，永平府雷生，名起蟄，早失怙恃，父母也。從事儒業，坐寒毡，操彤

〔二〕本詩明舒芬輯《玉堂詩選》卷八題吴梦舍撰《狐》。明劉敕《歷乘》卷一二「鳥獸」《狐》，引「千岁變時成美女，五更啼處學嬰兒」一聯。

管，足不履户外，生殖無資，日久，家益窘迫，將杜門自守。如此身之餒，何將仰面告人；如此心之愧，何乃至不能存活。〔眉批〕雷生先貧後富，命也。宿廟求死，而因致珠玉金錢之歸，遇也，亦命也。由人乎哉？〕

城西有一古廟，往往妖魅出入，至廟投宿者，骸肢無自而覓，遠近憚之，而愛身君子未嘗一失足於其地。起蟄自恨艱苦，惟求所以速斃，乃夜宿於廟，因禱祝於神之前，曰：「起蟄，城中居民也。草茅賤士，一芥儒生，冬一裘，夏一葛，未嘗有望外之求。渴則飲，飢則食，安敢有出位之想？奈何命途多舛，貧屢弗堪，甑生塵而欲破，釜游魚而將穿。冬則煖矣，而兒之號寒者如常；年則豐矣，而妻之啼飢者若故。乞垂日月之明，指示可生之路，則起蟄幸甚。如其終身困乏，寧早歸於九原，目猶先自瞑也。」〔眉批〕大抵貧之累人，即哲傑英俊，無能自脱，從古已然，不特今世。祝罷，淚覺潸潸，更復自吟〔一〕，曰：

〔一〕兩詩爲明童軒《枕肱亭文集》卷二、《清風亭稿》卷三「五言古詩」《感寓》六十八首之三十九、四十。明李培《水西全集》卷一亦載之。

范貧

後富
東墻致富陶朱嬉笑樂春風
卷之三
十五

昔云遺壽耇，稽謀無自天。如何鮐背者，徒抱犬羊年。賈生洛陽少，叔度漢室賢。高風灑六合，古今無間言。荆山産奇璞，不惜屢獻之。苟懷刖足憂，至寶横路岐。卞和事。如何〔一〕南陽卧，謳吟梁父餘。終然致三顧，可使大名垂。諸葛孔明。

吟迄，伏於神案下，心既憤惋，體復箕踞，鬱鬱不克成寐。但見有四人從外來，一人黄袍幞頭，一人白袍紅巾，一人紫袍革帶，一人素服道巾。黄袍者入廟，疑有生人氣，紫袍者亟止之曰：「吾主人在，勿多言！」素衣人首倡曰：「某請先吟一律，若輩毋隱。」詩〔二〕曰：

數顆圓明寶氣祥，鮫人捧出貴非常。若非老蚌胎中産，應是驪龍頷下藏。粲粲媚淵朝吐采，煌煌照乘夜生光。還歸合浦無求索，廉潔存心效孟嘗。

白衣人吟〔三〕曰：

名爲至寶德温然，無玷無瑕素質堅。荆石鑿時輝映日，藍田種處煖生烟。連

〔一〕「如何」，《枕肱亭文集》《清風亭稿》作「何如」。
〔二〕本詩結句，《圓機活法》卷一四《珠・品題》作「自從合浦歸還日，民到於今感孟嘗」。
〔三〕本詩《圓機活法》卷一四《玉・品題》題「顔潛庵詩」。

城價重求無匹〔一〕，韞匱深藏已有年〔二〕。尤憶楚人曾泣獻，遭刑刖足竟〔三〕堪憐。

紫袍人吟〔四〕曰：

麗水生來色燦然，雙南價重世相傳。沙中揀出形何異，爐内鎔成質愈堅。孟子受時因被戎，燕王置處爲招賢。埋兒郭巨天應賜，青簡留名幾萬年。

黄袍人吟曰：

方圓製出可通神，不似黄金不似銀。自古習錢名學士，只今白水號真人。方兄積聚堪爲富，母子收藏不患貧。若使如泉流徧地，普天之下足吾民。〔眉批〕珠玉金錢四詩，亦各自道而已。

吟畢，四人偕行至東墻而没。起蟄發之，得珠數斛，玉數匣，金百錠，錢一窖，後至

〔一〕「求無匹」，《圓機活法》作「從教售」。

〔二〕「已有年」，《圓機活法》作「豈用術」。

〔三〕「竟」，《圓機活法》作「意」。

〔四〕本詩當爲集句詩。「麗水生來色燦然，雙南價重世相傳」，《圓機活法》卷一四《金·起句》同；「沙中揀出形何異，爐内鎔成質愈堅」，《圓機活法·金·聯句》作「沙中採出形何異，爐裹鎔成質愈堅」；「埋兒郭巨天應賜，青簡留名幾萬年」，《圓機活法·金·結句》作「埋兒郭巨天公賜，青簡留名幾萬年」。

富甲縣邑，至今人稱頌之云。〔眉批〕至東墻之没，而起蟄發之，財始有所主矣。

【按】本文當爲明周静軒《湖海奇聞集》佚文。明胡文焕《稗家粹編》卷八「報應部」《雷生遇寶》、西湖碧山卧樵《幽怪詩譚》卷三《財富逼人》等載之。

## 古塚奇珍

静江有阮姓，名文雄者，家積饒裕，性恢廓，耽嗜山水佳趣。紹定己丑秋，莊舍當租課時，阮生乘機圖遊賞之樂，乃攜一二蒼頭，棹一葉小航，舟之小者。沿水濱而輕棹發，時則白蘋紅蓼，敗芰殘荷，晴嵐聳翠籠雲，遠樹含青掛日，聽鳴禽，觀躍鯉，凡景屬意會，罔不收賞，停衎飄颻。〔眉批〕阮生富矣，而性嗜遊衍，玩樂亦得古醉翁之意興。舟至七里灣，不覺天色已暝矣。四顧寂無人居，俄而前有樓閣，作巋然狀，即命僕移舟近之。舟甫艤定，忽聞樓上啞然有聲，生竊視之，乃三美人倚欄顰笑。生一見，不能定情，遂於舟中朗聲吟〔一〕曰：

---

〔一〕本詩爲明童軒《清風亭稿》卷七「五言絶句」《倚樓》。清張豫章《四朝詩》明詩卷九六《五言絶句一》載之。

愁倚溪樓望，還因見月明。月明如有約，偏照別離情。

美人聞之，樓上吟曰〔二〕：

細草春來緑，閒花雨後紅。思君不能見，惆悵畫樓東。

生愈添悒怏，惜不能效馮虛之禦風也。

已而美人以紅絨繩墜於舟中，生乃攀援而上，美人笑曰：「郎君將爲梁上君子乎？」生笑曰：「將效昔人之折齒也謝鯧事。」遂諧衾枕歡笑。周且復始，情覺倍濃。一美人曰：「守媒妁之六禮，而許字者，人之道也；保太和之元氣，而待時者，物之情也。妾輩非山雞、野鶩之能馴，順，習也。路柳、牆花之可折，蓋因時感興，物既能然，覩景傷情，人奚免此？故寧違三尺之法，以恣六欲之私，君倘不嫌噬膚之易合，而守金梶之至堅，毋鄙綏綏之態，得遂源源而來之情，則妾輩夕死可矣。」〔眉批〕羞惡之心，人皆有之。美人自敘之言，近之矣。一美人曰：「『窈窕淑女，君子好逑。』今日之樂是矣。可無詩乎？」僉謂諾諾。〔眉批〕阮生故逸，三樂化妖苟合甚矣。□□曰淑女君子

〔二〕本詩爲明童軒《清風亭稿》卷七「五言絕句」《感興一首》。

移
遊客汀洲細草謾從春裡綠

樓閣
美人樓閣閑花偏向雨中紅

乎？美人乃先吟〔一〕，曰：

嶧陽才古重南金，製作陰陽用意深。靈籟一天孤鶴唳，寒濤千頃老龍吟。奏揚淳厚羲農俗，蕩滌邪淫鄭衛音。慨想子期歸去後，無人能識伯牙心。

一美人吟〔二〕曰：

雲和一曲古今留，五十絃中逸思稠。流水清冷湘浦晚，悲風瀟瑟洞庭秋。驚聞瑞鶴沖霄舞，静聽嘉魚出澗游。曾記湘靈終二句，若人科第占鰲頭。

末後一美人吟〔三〕曰：

龍首雲頭巧製成，螳螂爲樣抱輕清。玉纖忽綴一聲響，銀漢驚傳萬籟鳴。似訴昭君來虜塞，如言都尉憶神京。征人歸思頻聞處思去聲，暗恨幽愁鬱鬱生。

〔一〕本詩當爲集句詩。「慨想子期歸去後，無人能識伯牙心」，明楊淙《圓機活法》卷一七《琴·結句》同。

〔二〕本詩當爲集句詩。「流水清冷霜浦晚，悲風蕭瑟洞庭秋」：《圓機活法·瑟·聯句》作「流水清冷霜浦晚，悲風蕭颯洞庭秋」。

〔三〕本詩當爲集句詩。「龍首雲頭巧製成，螳螂爲樣抱輕清」，明楊淙《圓機活法》卷一七《琵琶·起句》同；「似訴昭君來虜塞，如言都尉憶神京」，《圓機活法·聯句》作「如言都尉思京國，侶訴明妃厭虜廷」。

未幾，夜色將闌，晨光欲散，美人急扶生起，曰：「郎君速行，毋令外人覺也。」生倉皇歸舟，命僕整頓裝束，思爲留久計，忽回首一望，樓閣美人，杳無存矣。生大驚駭，乃即其處訪之，但見一古塚累然，旁有穴隙，爲狐兔門户，見内有琴、瑟、琵琶，取歸而貨之，得重價。〔眉批〕始而得樓閣美人之綢繆，繼而得琴、瑟、琵琶之重價，阮生之遇，不幸之幸者也。

【按】本文當爲明周静軒《湖海奇聞集》佚文。明西湖碧山卧樵《幽怪詩譚》卷二《遺音動聽》，吴大震《廣艷異編》卷二一「器具部一」《阮文雄》、《續艷異編》卷九「器具部」《阮文雄》、詹詹外史《情史類編》卷二一「情妖類」《琴瑟琵琶》、《香艷叢書》十集卷三《物妖志》「音樂類」《琴瑟琵琶》等載之。

## 窗前琴怪

鄧州金生，名鶴雲，美風調，樂琴書，爲時輩所稱許。〔眉批〕敘事處先點樂琴書，下面便有張本。洪熙間，薄遊秀州，館於富家，其卧室貼近招提寺，寺名。隔牆每有歌聲，乍遠乍近，或高或低，初聞疑之，自後夜復如是，遂不爲意。

良晤
書館初逢春日野花嬌滴滴

成空
金陵再晤秋風荒草恨悠悠

一夕，月明風細，又静更深，不覺歌聲起自窗外，窺之，則一女子，約年十七八，風鬟露鬢，綽約多姿，料是主家妾媵私出者，不敢啟户，側耳聽其歌，曰：

音、音、音，你負心，你真負心。孤負我，到如今。記得當時低低唱，淺淺斟，一曲值千金。如今寂寞古墻陰，秋風荒草白雲深。斷橋流水何處尋？淒淒切切，冷冷清清，教奴怎禁？

女子歌竟，敲户言曰：「聞君倜儻秀才，故冒禁以相就。今乃效古人閉户不納者耶？魯男子。」金生聞言，不能自抑。纔啟户，女子已擁至榻前矣。金生曰：「如此良夜，更會佳人，奈何燭滅樽前，不能爲一款曲也？」女子曰：「得抱衾裯，以期薦枕席，期在歲月，何必泥於今宵？況醉翁之意不在酒乎？」乃解衣共入帳中，極盡繾綣之樂。〔眉批〕六禮備而後貞女行，豈有抱衾裯，以期薦枕席者？迨隔窗雞唱，鄰寺鐘鳴，女子攬衣起，曰：「妾歸矣。」金生囑者再，女子曰：「弗多言，管不教郎獨宿。」遂悄悄而去。

次夜，金生具酒肴以待，女子果迄邐而來，相與并酌酣暢。女子仍歌昨夕之詞。金生曰：「對新人，不宜歌舊曲；逢樂地，詎可道憂情？」因賡前韻而歌之，曰：

音、音、音，知有心，知伊有心。勾引我，到於今。最堪斯夕窗前偶，花下斟，一笑勝千金。俄然雲雨弄春陰，玉山齊倒絳帷深。須知此樂更何尋？來經月白，去會風清，興益難禁。持也。女子聞歌起而謝，曰：「君真轉舊爲新，翻憂爲樂也。」彼此歡情，覺濃於昨。自是，無夕不會。

荏苒半載，鮮有知者。忽一夕，女子至而泣下。金慰問之，女子曰：「妾，本曹刺史之女。幸得仙術，優遊洞天。但凡心未除，遭此謫降。感君夙契，久奉歡娛，今宵數已盡矣。然君前程遠大，金陵之會，夾山之從，殆有日耳。幸惟善保！」生亦不勝悽愴。〔眉批〕自稱曹刺史女，得仙術，遊洞天，而遭謫降，皆怪精之自飾。至四鼓，贈女子以金。別去未幾，不久。大雨翻盆，霹靂一聲，窗外古牆，悉震傾矣。金生神魂飄蕩。明日，遂不復留此。

二年後，富築牆，於基下掘一石匣，獲琴與金，竟莫曉其故。時聞金生宰金陵，念其好琴，使人攜獻。金生見琴光彩奪目，知非凡材，欣然受之，置於石床。遠而望之，則前女子；就而撫之，則依然琴也。方悟女子爲琴精，且驚且喜。後遷夾州，金生得重疾，臨終，命家人以琴從葬。秀州之言，驗矣。〔眉批〕金陵復會，夾山猶且相從，是可見人有定數，怪可先知矣。

【按】本文據明周紹濂《鴛渚志餘雪窗談異》帙上《招提寺琴精》刪節成文。琴精事，爲嘉興地區流傳已久的傳説。元郭霄鳳《江湖紀聞》卷一《琴聲哀怨》，已經寫成小説文本。作爲地方傳説，故明李賢《明一統志》卷三九《曹珪宅》、趙文華《（嘉靖）嘉興府圖記》卷二〇、《（萬曆）嘉興府志》卷一六、《（萬曆）嘉興縣志》卷五「古跡」《曹珪宅》、《秀水縣志》「叢談」卷一等方志多有記載。

作爲小説作品，明胡文焕《稗家粹編》卷七「妖怪部」《招提琴精記》、吴敬所《國色天香》卷七「客夜瓊談」《琴精記》《繡谷春容》《琴精記》、詹詹外史《情史類編》卷二一「情妖類」《琴精》、吴大震《廣艷異編》卷二二「器具部二」《招提嘉遇記》、《續艷異編》卷九《招提嘉遇記》、清陶越《過庭紀餘》卷下、陳銘《醉裏耳餘録》卷三、《香艷叢書》十集卷三《妖物志》「音樂類」《琴》等，也轉相載記。文中琴精所詠之詩詞，雋永深情，故明陳耀文《花草粹編》卷一四中調「千金意·琴精」、清沈季友《檇李詩繫》卷三六《曹刺史女》等詩詞選集，也多摘録其詞。又因所記爲琴事，明蔣克勤《琴書大全》卷一七、清王初桐《奩史》卷五四《音樂部二》等亦復有録。

琴精故事，在演化過程中，也有衍變。如清褚人穫《堅瓠集》四集卷一《古琴化女》、程允基《誠一堂琴談》卷二「紀事」引《賣愁集》，均言此爲蘇东坡宿靈隱山房之事。又清朱麟應《續鴛鴦湖棹歌》一百首之中，寫到「郎行莫傍古墻陰，郎舟莫逐秋水深。白雲衰草埋香處，怕听曹家一曲琴」，也可視爲本文的風俗之力。

## 月下燈妖

易州梁生，名楝，字大材，家世業儒，無能營逐，玉粒桂薪，屢告空乏，昔人謂三旬九食、瓶無積儲者近之矣；且所居竹籬草舍，漏日穿星，不蔽風雨。楝不獲已，得里中一廢宅而暫居焉，然其志在魁大廷多士，故案頭墳典，披閱靡寧，即寒暑亦罔或問去聲，昔人謂磨穿鐵硯者近之矣。至於貧迫，終置之勿問爾也。

一日獨坐，將夜分，體微倦，乃自吟一詩，曰：

獨坐雞窗燈半篝，照開心曲萬般愁。愧無昇斗供朝夕，空有豪光射斗牛。明月五湖留度外，青雲萬里掛心頭。掀天揭地男兒事，何必區區萬户侯！

忽有六人繞屋後而至，各持一燈，明朗若晝間狀，楝驚問之曰：「公等何自，而夜深至此乎？」六人揖曰：「予輩舉此屋人也。聞有青雲客在鋭志功苦，故特貢燈燭以備

廢宅
廢宅居身尋尺愧無朝夕計

燈妖
燈妖滿眼豪光高射斗牛墟

繼日之資耳夜以繼日。」

棟揖謝而坐，乃徐徐曰：「僕中饋無主者，茗供廢矣，公等勿讓，何如？」六人笑曰：「清話已足，何至外慮？」一人曰：「文士前毋雜語，請各賦一詩，可乎？」

韓敬木先吟〔一〕曰：

韓公八尺太高强〔二〕，二尺相親便且光。不避膏油從潤澤，每承〔三〕燈火自熒煌。用來提挈明時出，舍則拋離暗處〔四〕藏。富貴他年應不棄，綺筵移上照壺觴。〔眉批〕韓敬木，即韓檠燈也。竹明龍，即籠字，亦燈也。晝用光，則書燈。僧以明，則佛燈。漁元亮，則漁燈。至蜀光炬，乃一燭字，亦莫非燈也。凡此，皆拆字命名之意，人所易曉者。

竹明龍吟〔五〕曰：

〔一〕本詩明舒芬輯《玉堂詩選》卷四題「范狀元」作《燈檠》；明楊淙《圓機活法》卷一七同。今人王鴻鵬選注《中國歷代狀元詩（明代卷）》題爲范應期作《燈檠》，昆侖出版社，二〇〇六年，第二〇九頁。

〔二〕「太高强」，《玉堂詩選》《圓機活法》作「大高長」。

〔三〕「每承」，《玉堂詩選》《圓機活法》作「每求」。

〔四〕「暗處」，《玉堂詩選》《圓機活法》作「暗地」。

〔五〕本詩明舒芬輯《玉堂詩選》卷四題「陳會云」作《燈籠》。

空虛圓薄〔一〕更輕清，信是良工巧結成。外面千窗〔二〕雖障隔，中心一點自〔三〕光明。月華寒映白雲母，霞彩煖含〔四〕紅水晶。幾度玉樓春宴罷，照歸紫陌夜三更。

書用光吟〔五〕曰：

窗下銀缸一尺長，終朝伴我習文章。煌煌照徹千行字行音杭，燦燦燒來一寸長。焰吐每因篝夜雨，花開不爲媚春陽。當年映雪囊螢者，好結芳林過孔堂。

僧以明吟〔六〕曰：

〔一〕「圓薄」，《玉堂詩選》作「員薄」。

〔二〕「千窗」，《玉堂詩選》作「十窗」。

〔三〕「自」：《玉堂詩選》作「獨」。

〔四〕「含」，《玉堂詩選》作「回」。

〔五〕本詩當爲集句詩。「窗下銀缸一尺長，終朝伴我習文章」，明楊淙《圓機活法》卷一七《讀書燈·起句》作「窗下寒檠一尺長，終日伴我習文章」；「焰吐每因篝夜雨，花開不爲媚春陽」，《讀書燈·聯句》同；「當年映雪囊螢者，好結芳林過孔堂」，《讀書燈·結句》作「當年映雪囊螢者，好結芳鄰過孔堂」。

〔六〕本詩明舒芬輯《玉堂詩選》卷四題「潛庵」作《佛前燈》；明楊淙《圓機活法》卷一七《佛燈·品題》題「顏潛庵詩」。

一點長明古佛前，沉沉紺雨〔一〕夜如年。紅光吐滿琉璃碗，絳焰開成菡萏蓮。爍破冥途宜進步，照開〔二〕法界好參禪。老僧坐對更闌後，誦遍《楞迦》尚炯然。

漁元亮吟〔三〕曰：

一點松膏夜似年，紅光映水水如天。幾番暗雨經嚴瀨〔四〕，長梟寒烟過渭川。波底照殘紅鯉躍，沙邊驚起白鷗眠。孤舟有客推蓬玩，疑是流星燦爛然。

蜀火炬吟〔五〕曰：

崖蠟融成一片銀，數枝澆出最圓匀。淚流滴滴如愁夜，花結煌煌不待春。照徹綺筵斟酒客，相親瓊館讀書人。唐朝聖主多嘉惠，尤把金蓮賜近臣。

〔一〕「雨」，《玉堂詩選》《圓機活法》作「宇」。
〔二〕「照開」，《圓機活法》同；《玉堂詩選》作「照通」。
〔三〕本詩明舒芬輯《玉堂詩選》卷四題「明楊英」撰《漁燈》；明楊淙《圓機活法》卷一七《漁燈·品題》題「楊月軒詩」。
〔四〕「幾番暗雨經嚴瀨」，《玉堂詩選》作「初燃暗雨經嚴瀨」；《圓機活法》作「幾燃暗雨經嚴瀨」。
〔五〕本詩明舒芬輯《玉堂詩選》卷四題「陳進士經邦」撰《燭》；明楊淙《圓機活法》卷一七《燭·品題》題「陳會元詩」。

未幾，鐘殘古寺聲傳萬井，簾籠雞唱山村，驚散一天星斗，各散去，不知所之。後棟學日益，德日進盛，舉進士，遂及第焉。〔眉批〕梁生始苦貧窘，寄跡廢宅，而厥後進士及第，信乎貧賤憂戚庸玉汝於成也。

【按】本文出處待查。明西湖碧山卧樵《幽怪詩譚》卷四《廢宅青藜》載之。

## 燈神夜話

嘉興張翼者，字南翔，簞瓢晏如，篤學好古，博極群家言。涉獵諸子。雖負魁天下志，而時恒不逮。

至元秋，方夜讀書，忽燈花一穗，飛落書間，張急拂去，再三復至，若燭蛾之投焰者，〔眉批〕《燈妖夜話》舊矣，今復録之者何？蓋其議論宏闊，詞調汪洋，足以解溺功名者之惑，足以褫貪富貴者之魄，亦詞林之不可廢者，遂及之。張自念曰：「是矣！是矣！爾之與我，相助有年，今不得一展文光，而猶羈身齋館寒宵冷落中，心灰者幾矣，無怪其有是也。吾當作詩謝之，何劳激我爲耶？」遂作詩云：

燈前
黄卷潛心自謂窮經躋聖域

譏議
青衫悞我豈知遺議在燈妖
十二

一點長明意獨親，幾年伴我夜論文。寒窗細焰和烟展，破壁香膏带雨焚。揭罷残編神獨對，乞將新火手先分。時來光彩成消漫，争若随漁泛水雲。

二曰：

半世相知不厭貧，寒帷燦燦引孤吟。占花浪喜無真意，戀主空憐有热心。一味薺鹽烧已徹，幾宵鐘鼓聽殊深。清光猶可資勤讀，何必劳劳鑿壁寻？

三曰：

照劍鳴琴亂拂屏，儒家風味爾知真。梅窗閃爍雨初歇，竹户微茫月正新。學薄未酬吹杖老，時窮番感聚螢人。可憐懶伴笙歌席，只戀伊唔聲裹春。〔眉批〕三律亦近躰，非泛泛苟作者。

三律既成，將敲四韻，神思頗倦，方欲假枕於肱，曲肱。寄梦於蝶。梦蝶。忽一女子從燈後展出，綽約多姿，爲像恍惚。張起而叱曰：「何方妖孽，敢唐突君子乎？」美人斂首答曰：「妾與君有故，已非一夕之雅。今君苦吟，榮及鄙拙，故來側聽，何訝之深也？」張復謂曰：「幽居僻寂，性復踈庸，荆識無因，胡得妄言行詐？」美人撫掌笑曰：「君忘之乎？親昵日久，而一旦自諱，誠亦異矣。」張倉皇不能憶，姑應曰：

「既爾，子知我何爲者？」美人顰蹙而言，曰：跪，足跪也。「噫吁嗟哉！孰君之行久矣。今言若此，似以所執自誇，豈知功名兩字，魔人魅耳。君之業，君之累也，於我何多？」〔眉批〕功名兩字，得之者，如拾芥；不得者，如登天，誤人多矣！燈妖之言雖過，抑亦有足取與？張益念惑，竊念空齋中，且當暮夜，有此美人，必祟也，陰挾利劍以俟，且謂之曰：「請詳其寔，可乎？果當理則爾，否將有說。」美人從容言曰：「今之操觚之士，孰不欲梯雲霄，紆青紫哉？但其文衡在有司，窮達由人命，所以壯年勤苦，迄老無成者恒多。求其朱衣暗點，朱衣點頭。於百中能幾人也？我嘗習見誤儒冠者，懸鶉敝履，席户繩床，食不當飢，衣不勝冷，仰無所給，俯莫能周，嗟怨啼號之聲，牵心逼耳，捨之無所事事，安之難以自存，進退不能，志力俱困，英雄束手，告乞無門，古人謂『飢來一字不堪煮』，可哀也已！一段。〔眉批〕朱晦翁曰：『爲學以治生爲先。』然一心以治生，又一心以爲學，未免作輟之弊，安能搦管抽思，吐水雲花月之句乎？間有寄食富貴，教授生徒者，書館如囚，無繩自鎖。仰主人之意以爲屈伸，揣弟子之情以行喜怒。勤惰關心，出入難便。成矣，則父當其榮；廢矣，則師任其咎。至若炎窗早起，雪案無眠，小帳棲神，寒燈吊影。烏啼花落，徒增萬斛之愁；水緑山青，誰遣一林之興？家園萬里，僅憑梦寐以相通；風雨半窗，徒爾吁嗟而自惜。勞苦凄凉，心嘗身歷。嗚呼！此雖重有所得，猶不足以自償，而况館禄有常，卒難以供家給之費。古人謂『满腹文章不療貧』，可哀也已！一段。〔眉批〕摹寫士君子館穀之狀，宛然身親之者，令人赧然。又有年富學優，選列上等者，大言侈服，傲貌輕人，獵譽射名，奇才自負。奈何棘屢厄，薦外孫山；黯頟年還，伴人登第。由是時馬漸失，事焉漸改，志衰氣阻，故態盡消。一旦寒暑且迫其肌膚，衣食又撓其念慮，伶仃淹蹇，愁病交侵。傭作，則碍乎衣冠；盜賊，則奪乎廉恥，壯心磨滅，夙望成空。夙望在昔時者。此時譏笑任人，途窮身老，日將待瘠溝中，古人謂『富貴不來年少去』，悲夫！一段。君又不見余生乎？〔眉批〕余生、許生、馮生，皆張同時人也，故燈妖引之以爲證，惜其名不傳。美少年也，父性偏愛，課督甚嚴，晝夜勤劬，致成癆瘵，學未竟而先亡，悔悼無及。君又不見許生乎？力學人也，家儲貧屢，玉粒桂薪，每告空乏空去聲，書札充几，何救飢寒？其當艱迫無措時，則與妻子向隅對泣，以致憂忿攢心，抱鬱而死，遺孤及寡，至今凍餒無依。君又不見馮生乎？富家子也，因文師歲校，名第失意，掩淚頓足，嘔血數口，歸家日吐不止，巫醫满堂，百計罔效，病亟之夕，取平日筆硯文章，悉焚於前，召其子指示曰：「此奪命物也，汝其慎之！」。言迄而逝。之三子者，未足死也，而儒卒死之。君業類三子，妾將謂君虞之不暇，君足誇耶？不惟是，又有功成名就，挽銅章，立當路，赫赫然逃三子外累矣，謂可以榮矣。一旦有忤君者，則死於朝；有犯事者，則死於獄；有冒風霜、涉險害者，則死於官。此其死時，豈愛身不若三子哉？求爲田舍翁不可得耳，是赫赫與陸沉同也。儒又可恃耶？〔眉批〕此一段論功成名就者之害，蓋極言儒之不足恃也如此。故與其執筆而饑寒，孰若操鉏而飽煖？與其明經而取禍，孰若就藝而遺安？〔眉批〕互講益見儒之不足恃也。况人以百年爲期，七十則古稀矣，今君春秋過半，機會且未逢，寒毡猶戀，縱有所遇，妾恐此身不能有待矣。嗚呼悲哉！以有窮之歲月，博難望之功名，以不足之精神，易未來之富貴，竊爲君不取也。且功名富貴，傀儡一場，過眼成空，徒令人老。試觀今日丘中之骨，俱是當年鬪智之人。君試思之，何不自愛而自苦耶？」〔眉批〕一篇狀儒家貧苦之態曲彈盡矣！苦是業者，當爲之酸鼻痛心！

張聽訖，大怒曰：「丈夫家反爲妖女子所數！」密揮劍砍之，美人應手連燈傾滅，呼童秉燭而逝，但見几上之燈，斬爲兩截矣。張因悟曰：「此燈祖父所傳，幾二百年，物久能化，固如此夫！」因備記之。

【按】本文當爲明周紹濂《鴛渚志餘雪窗談異》帙下《燈妖夜話録》佚文。明胡文煥《稗家粹編》卷七「妖怪録」題爲《燈妖夜話》。

## 筆怪長吟

沅州屈生，諱復伸，林居無營，經營也。自惟丈夫所樹立，亦善詞賦，遐時每引曲自適，上而慕古，下不肖俗，高竹林之賢而醜其放，竹林七賢。懷三閭之忠而過其沉，屈原也。智鴟夷之逝而迂其富，范蠡也。遇景物會意，輙命酒自歌，酒不盡量，歌不盡調；倦則偃卧，卧不爲梦厭苦；俗途寧獨，無與江湖乘興，漲則不舟。雅好雲嶠，苔滑磴危，鮮不綏却，殆孤介士也，而名亦稱重。〔眉批〕摹寫屈生爲人之大略，如親見之者。

一日家居，秉燭閒坐，忽蒼頭持報，曰：「門外有毛中書來訪。」復伸命蒼頭引進。及至，見其人，一老叟，其帽員且長，而身則青衣素素耳。復伸與之揖遜而坐，徐啟之，曰：「敢問老丈尊姓？」叟曰：「予姓毛，諱元穎，中書，其官銜也。因子有斯文之雅，故暮夜所不辭而相訪。切念吾祖昔仕秦始皇，封中書，與蒙將軍極厚。蒙恬始造筆。迨至吴，與陸穎，其道大行。陸穎製筆極佳。其他賢人君子，往往愛重，如江淹之得彩，李白之梦花，梦筆生花。又皆吾族之盛傳也。」乃吟一律〔一〕，云：

銛鋒如劍付儒家，象管霜毫〔二〕製作佳。紫玉池中涵霧雨〔三〕，白銀箋上走龍蛇。江淹喜見吟邊彩，李白祥開梦裏花。曲藝誰云無大補，九重金闕草〔四〕黄麻。〔眉批〕歷敘筆之顛末已顯著甚矣，此曲生知之也。

復伸聰悟知其爲筆怪也，蔽而不言，紿之曰：「一介寒儒，過蒙垂顧，聆君言論，殆非凡人，再有佳章，復求一誦，惟不吝見寵。」叟沉思良久，乃徐言曰：「予賦《田家雜興》四首〔五〕，請君聽之。」〔眉批〕《田家雜興》四首，誦之覺有古風，視他作，隔霄壤

---

〔一〕此詩明舒芬輯《新刊古今明賢品匯注釋玉堂詩選》卷三題《筆》，注「集詩學」。

〔二〕「霜毫」，《玉堂詩選》作「生毫」。

〔三〕「紫玉池中涵霧雨」，《玉堂詩選》作「碧玉池中含霧露」。

〔四〕「草」，《玉堂詩選》作「篆」。

〔五〕此爲明童軒《枕肱亭文集》卷三、《清風亭稿》卷三「五言古詩」《田家雜興》四首。明曹學佺《石倉歷代詩選》卷三六九《明詩次集三》、清曾燠《江西詩徵》卷五〇等載之。

筆妖
夜靜聯詩未若江淹吟得彩

落帽
天明落帽何 如李白夢生花

矣。乃爲朗誦，其一曰：

東風扇微和，百草萋以緑。林間鴿鶘鳴，正爾春景煥。田夫喜春到，相率殖佳穀。時雨夜來過平聲，新苗青簇簇。老翁負薪回，稚子飯黄犢。幸逢官府閑，近日少徭役。努力事耕耘，毋爲餓空谷毋，音無。

其二云：

步履出東谷〔一〕，南風溪午時。偶來松樹下，竚立澹忘機。野老見我至，情親與〔二〕依依。桑柔蠶已熟〔三〕，麥深雉初飛。俯仰玩物理，逍遥詠而歸。寄謝王良子，虚名徒爾爲。

其三云：

田家無外求，所願營一飽。今秋幸小豐〔四〕，處處熟禾稻。租賦輸官倉，里胥

〔一〕「東谷」，《枕肱亭文集》《清風亭稿》作「東郭」。
〔二〕「與」，《枕肱亭文集》《清風亭稿》作「語」。
〔三〕「已熟」，《枕肱亭文集》《清風亭稿》作「已浴」。
〔四〕「小豐」，《枕肱亭文集》《清風亭稿》作「少豐」。

夜不到。張筵會賓朋，雞黍雜梨棗。相對陶一觴，頽然玉山倒。

其四云：

茅檐冬日晴，懷抱良不惡。柴門晝始開，雞犬散籬落。今朝無客至，婦子相聚樂。床頭熟新酒，聊復堪共酌[一]。高歌亦自慰，焉知死溝壑。

不覺斜月西沉，殘星錯落，而東方之曙色已微茫矣。彼此別，復伸即其後以石投之，叟失聲而走，落其一帽，就視之，乃筆帽也。〔眉批〕筆，文房一物也，亦能成怪，大抵物久則化，理固然耳。

【按】本文當爲明周静軒《湖海奇聞集》佚文。明西湖碧山卧樵《幽怪詩譚》卷一題名《江筆眩士》載之。

## 四妖顯世

保定有華陽觀，中殿巍立，前以重門，後以層堂，左右各翼以五柱三室。其殿北

[一]「聊復堪共酌」，《枕肱亭文集》《清風亭稿》作「聊復共斟酌」。

户來陰風，徂暑防矣；南甍納陽日甍音萌，祁寒虞矣。木斲已，也不加丹；墻圬已，也不加白。礠堦用石，幕窗用紙竹簾，殿上素屏、木榻、經卷率稱備。其外修竹森然以高，喬木蓊然以深，翕然稱大觀也。但其簾棟錯雜，室多空虛，相傳夜有妖魅，人不敢往。〔眉批〕此首段鋪敘華陽觀之製作，具象摹寫之美。

時有一道士名熊飛，有胆略，且習閑符呪。一夕毅然謂：「人不敢往，我獨往！」乃持劍，伏於側室窺之。昏黄，闃無蹤跡，甫更盡，忽見一人黄衣三足，跳舞外來，自稱盧以火。後三人繼至，曰金竟之、石子見、黑道士，皆長尺餘，狀貌各辨理，四人相見，環坐笑語自若。〔眉批〕四物自敘姓名，皆拆字寓意。中一人，作悄然不悦狀貌，衆慰問之，答曰：「吾輩將出爲世用，不免淪落他人之手，是故不悦。」衆復問其：「決於何時？」答以：「斷在明日。」獨盧以火曰：「出處有時，修短有數，何必鬱鬱，先多爲之慮耶？」乃自吟〔二〕曰：

〔二〕本詩明舒芬輯《玉堂詩選》卷四題明「潛庵」作《香爐》。明楊淙《圓機活法》卷一五《香爐·品題》題「顔潛庵詩」。

丁諼製作不知年，古怪清奇世共傳。乾數列來三尺短〔一〕，山形卓起一峰圓。紅漆寶鴨心中火，清噴金獅口內烟。數縷遊絲飛不到〔二〕，晨昏常在〔三〕玉堂前。

金竟之吟〔四〕曰：

軒後紅爐舊鑄成，工夫磨洗色澄清。鑒形易見妍媸面，照膽難知善惡情。寶匣開時蟾窟瑩，瑤臺掛處月輪明。佳人喜把朱顔整，騷客驚看白髮生。

石子見吟〔五〕曰：

鍊得南溪石骨堅，蟾蜍新樣費雕鐫。馬肝潤帶滄溟水，鴝眼清涵碧澗泉。金殿貴妃曾捧侍，玉堂學士昔磨穿。儒生相近爲鄰久，永作文房至寶傳。

---

〔一〕「乾數列來三尺短」，《玉堂詩選》作「乾數列來三尺斷」；《圓機活法》作「乾數列成三足斷」。

〔二〕「數縷遊絲飛不到」，《玉堂詩選》作「萬縷遊絲飛不盡」；《圓機活法》作「數縷遊絲飛不斷」。

〔三〕「常在」，《圓機活法》作「長在」。

〔四〕本詩當爲集詩而成。「軒後紅爐舊鑄成，工夫磨洗色澄清」，《圓機活法》卷一五《磨鏡·起句》作「軒後洪爐獨鑄成，蘚痕磨落月輪呈」。

〔五〕本詩當爲集詩而成。「馬肝潤帶滄溟水，鴝眼清涵碧澗泉」，《圓機活法》卷一六《硯·聯句》作「馬肝紫潤尤宜沐，鴝眼清圓恰似生」。

掃蕩

束髮頂冠已息凡心歸道教

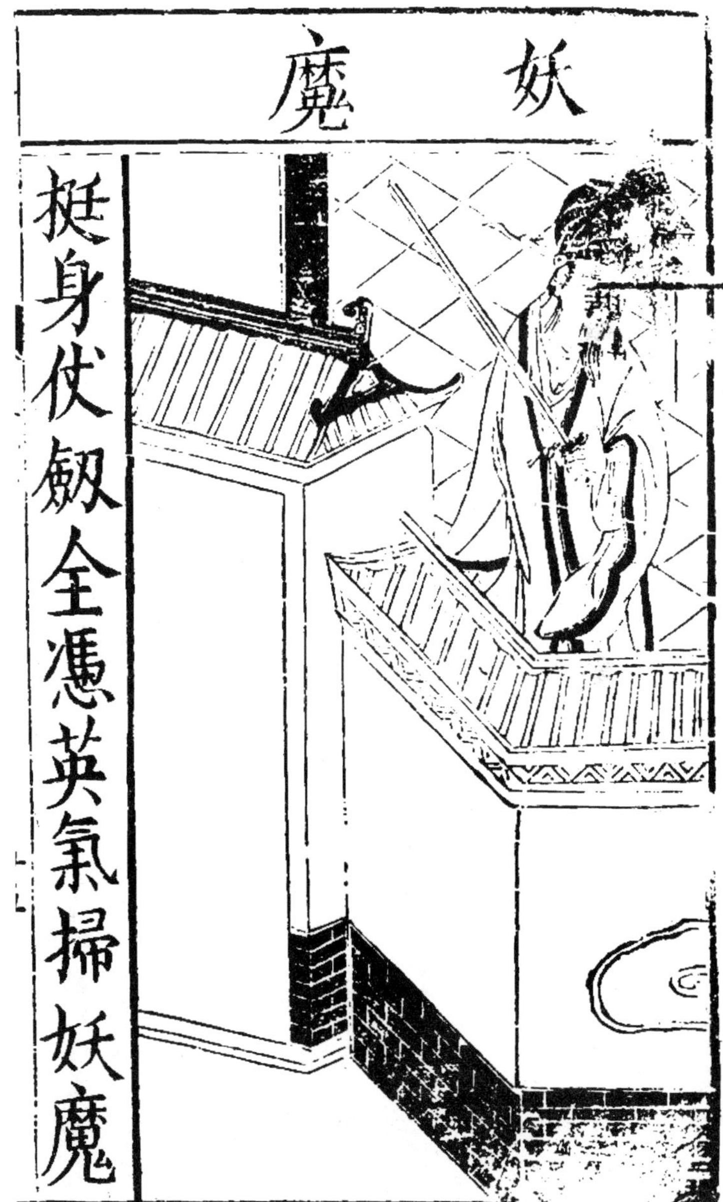
妖魔
挺身伏劔全憑英氣掃妖魔

黑道士深讚其妙，遂作七言古風〔一〕，曰：

徂徠斵碎青松骨，竹屋搆烟〔二〕香馥馥。道人曉起探床頭，掃得玄霜二三斛。空山鐵杵聲相鳴，日暖風和擣應熟。忽看滿案走蛟龍，疑有虹光射人目。文章高士〔三〕才且賢，寶我擬重黄金錢〔四〕。韞匵既久發長嘆，蹈光長日真堪憐〔五〕。我慚無能將奈此，鎮日文房浸池水〔六〕。楯端草檄屬何人，辭後〔七〕濡毫竟誰氏？有時窗下試一磨，淋漓雲霧蕩〔八〕江波。

興來枝戰老□□，□抹稍頭隸與科〔九〕。恨無山陰九萬紙，練裙多年不堪洗。

〔一〕本詩爲明童軒《清風亭稿》卷四「七言古詩」《謝龍太守惠墨》。

〔二〕「搆烟」，《清風亭稿》作「篝烟」。

〔三〕「高士」，《清風亭稿》作「太守」。

〔四〕「寶我擬重黄金錢」，《清風亭稿》作「贈我誼重黄金錢」。

〔五〕「韞匵既久發長嘆，蹈光長日真堪憐」，《清風亭稿》作「開緘捧櫝發長嘆，瑩然至寶真堪憐」。

〔六〕「我慚無能將奈此，鎮日文房浸池水」，《清風亭稿》作「我慚無才將奈此，鎮日臨池弄池水」。

〔七〕「辭後」，《清風亭稿》作「醉後」。

〔八〕「蕩」，《清風亭稿》作「生」。

〔九〕「興來枝戰老□□，□抹稍頭隸與科」，《清風亭稿》作「興來枝□老鴉手，塗抹稍類隸與科」。

呼童掃壁且題詩，苔色滿墻秋正雨。〔眉批〕黑道士七言古風，猶覺勝前幾律。

吟罷，娟然共笑，不知東方之已白矣。見天明，於是相率而散，没於東墻下，熊飛識其處。

翌日，令人發掘之，下土僅僅二尺許，得古銅秀爐一、告青銅鏡一、端溪硯一、松溪墨一，而觀中怪祟，亦不復有焉。〔眉批〕東墻發掘之後，則「明日出爲世用」之言信矣。

【按】本文當爲明周静軒《湖海奇聞集》佚文。明西湖碧山卧樵《幽怪詩譚》卷三題名《華陽翰孽》載之。

## 三老奇逢

邳州項生，名奇，幼穎異，既長就外傅，知勤敏，長詞賦，常同友人遊俠於淮陰韓侯祠。信也。一友人謂奇曰：「子善詩，盍賦一律以觀志？」奇不苦思索，揮筆而題其壁間，云：

夜逢

昏黑荒郊鶴唳風聲添寂寞

三老
蒼黃老叟月明星朗共吟哦

英雄遺像儼千秋，廟貌菓涼古木幽。仗劍曾驅秦氏鹿，論功豈在漢庭侯？春深芳草淒仍遍，日落長淮咽不流。往事悠悠何足問，青天怨血到今愁。〔眉批〕詩律中有吊淮陰者。

諸友人嘖嘖歎服。

一日，訪故，謂舊交也。出近郊，回至中道已暮。是時，淡月微明，颯颯風動，草木成響，十里餘蕩無人居止，烟霧棲神，荊棘亂目，奇方籌思，無善策，忽見三老嬉笑而來，形狀各別，迎奇於道，揖而謂之曰：「子來何暮？」奇應之曰：「訪友故也。」三老乃與奇共班荊而坐，一老曰：「如此良夜，更得高朋，無以爲樂音洛，請各賦一詩，可乎？」僉然之。〔眉批〕三叟吟詠，亦自敘其出處。於是，一叟先吟，曰：

何年天匠鑄蒼虬，流落人間不計秋。破虜必歸良將手，致君先斬佞臣頭。寒光出匣明霜雪，紫氣沖天射斗牛。今日太平無用處，請君攜向五陵遊。五陵，地名。

又一叟吟〔一〕曰：

燕角麟膠楚木堅〔二〕，國家惟用助兵權。箭頭飛處如星急，弦勢開來似月圓。

虎隊驚回胡兵塞，上烏墜落鼎湖邊〔三〕。而今白手〔四〕閑驄馬，高卧〔五〕扶桑老樹顛。

又一叟吟〔六〕曰：

皂纛高張畫戟中，面開八陣總元戎〔七〕。勢翻鵰鶚飛秋塞，影動龍蛇捲朔風。

千里指揮兵隊〔八〕肅，一時摇曳將心雄將去聲。太平收斂渾無用，胡羯於今掃地空。

〔一〕本詩明舒芬輯《玉堂詩選》卷四題「毛尚書伯温」作《弓》；明楊淙《圓機活法》卷一六《弓·品題》題「毛伯温詩」。

〔二〕「燕角麟膠」，《圓機活法》同；《玉堂詩選》作「幹角筋膠」。

〔三〕「虎隊驚回胡兵塞，上烏墜落鼎湖邊」，《玉堂詩選》作「狼懼驚鳴沙塞上，烏號墜落鼎湖邊。」《圓機活法》作「虎隊驚行關塞上，烏號墜落鼎湖邊。」

〔四〕「白手」，《玉堂詩選》《圓機活法》作「白首」。

〔五〕「高卧」，《圓機活法》作「高掛」。

〔六〕本詩明舒芬輯《玉堂詩選》卷四題「李自華」作《旗》；明楊淙《圓機活法》卷一六《旌旗·品題》題「李自華詩」。

〔七〕「面開八陣總元戎」，《玉堂詩選》《圓機活法》作「圖開八陣統元戎」。

〔八〕「兵隊」，《玉堂詩選》《圓機活法》作「兵陣」。

奇深善之。叟曰：「予三人拙，益甚不工詩久矣。願聞子之教，何如？」奇乃作《燕歌行》〔一〕一闋〔眉批〕項生《燕歌行》，亦就贊三叟而云然。，因以贊三叟云：

黄榆白葦連塞北，眼底穹盧皆虜賊。屯空殺氣連雲飛，壯士相看失顔色。元戎奉詔玉門闕，錦帳牙旗壘陣間。獨把一麾專節鉞，儔能三箭定天山。單于生長樂邊土，繞帳牛羊牧秋雨。閑中聚唱《凉州詞》，醉後起爲胡旋舞。魚龍川頭古樹腓，紇干山前飛鳥稀。紫髯胡兒眼雙碧，大腹匈奴腰十圍。徐君遠戍邊庭久，况復東海簪纓後。伐敵能諳虎豹韜，次功應位麒麟首。序功臣於麒麟殿。慣時〔二〕氣節人不知，唾手功名今未有。秋清長劒倚南天，夜半孤城臨北斗。莫言白眼衆紛紛，佇看高垂竹帛勲。君不見鄭侯知國士，登壇終拜大將軍。

已而，天漸明矣，三叟相顧錯愕散去。奇尾其後，見其没於泥中，令人發之，得寶劍一口、雕弓一張、旌旗已朽腐者。

〔一〕本詩爲明童軒《枕肱亭文集》卷二一「樂府歌行」《再和燕歌行》，《清風亭稿》卷二一「樂府歌行」作《燕歌行》。明徐泰《皇明風雅》卷一三、李培《水西全集》卷一亦載之。

〔二〕「慣時」，《枕肱亭文集》《清風亭稿》作「憤時」。

及詢父老，乃古戰場也。〔眉批〕古戰場中尸横蔽野，殺氣漫漫，無惑乎三器之成妖魅也。

【按】本文當爲明周静軒《湖海奇聞集》佚文。明西湖碧山卧樵《幽怪詩譚》卷三題名《戰場古跡》載之。

## 禪關六器

正德初，信州僧人龐履仁出外，暮歸，抵中途而雨，遥見一古寺，委身投之。至則蒿艾滿目，無一人跡，乃廢寺也，惟中堂獨巋然一佛像，金身奕奕，佛前一燈微有明。履仁不得已，憩於其中，假寐待旦。〔眉批〕以僧人入古寺中，宜也。但其過六器之妖，則出於意想之外矣。

是時月散晴輝，星環斗次，陰風颯颯，冷氣覺之襲人。履仁不自安，因口占律詩[一]，曰：

---

〔一〕本詩爲唐司空曙《題凌雲寺》。宋李昉《文苑英華》卷二三五、王安石《唐百家詩選》卷八、祝穆《方輿勝覽》卷五二、明曹學佺《蜀中廣記》卷一一、《石倉歷代詩選》卷五三《中唐七》、高棅《唐詩拾遺》卷一〇、周復俊《全蜀藝文志》卷一四《詩》、清曹寅《全唐詩》卷二九二、黄廷桂《（雍正）四川通志》卷三九《藝文》等載之。

六 器

廢寺棲身且喜一燈堪作主

成妖
閑吟聒耳何當六噐反成妖

荒蕪〔一〕古寺遶滄波，石磴盤空鳥道過平聲。百丈金身開翠壁，一龕燈焰隔烟蘿。雲生客到侵衣濕，花落僧禪履地多。不與同袍相結社〔二〕，下歸塵世竟如何？頃之，更盡，見一人黄衣烏帽一足叫跳而來。履仁懼將欲避之，其一人曰：「勿恐，吾共子一家也。今夕雨，故爲子作伴。」言未已，又五人攜手而來，一人縷衣而身方，一人玄衣而身細，一人細腰而上下方圓，一人方體而周匝闊大，最後一老白衣翩翩，揖遜而坐，各敘情況，因共論詩。〔眉批〕六詩不佳，但就題各敘其實而已。黄衣烏帽人吟〔三〕曰：

竹作坯胎紙作衣，不憂風雨灑淋漓。伴行有影隨千里，舒卷無期任四時。輪闊當頭從庇覆，柄長入手費〔四〕扶持。聲寒〔五〕碎玉芭蕉響，此景此情知未知。

〔一〕「荒蕪」，《題凌雲寺》作「春山」。

〔二〕「不與同袍相結社」，《題凌雲寺》作「不與方胞同結社」。

〔三〕本詩明舒芬輯《玉堂詩選》卷四題「時人夏寅」作《雨傘》；楊淙《圓機活法》卷一五《雨傘·品題》題「夏寅詠詩」。

〔四〕「費」，《玉堂詩選》作「貴」。

〔五〕「聲寒」，《玉堂詩選》作「風寒」。

縷衣身方人吟〔一〕曰：

珠箔銀鉤繫彩繩，玲瓏瑩潔四時清。畫堂高捲琉璃滑，朱户低垂翡翠輕。晝永涼通風陣細，夜深晴漏月華明。昔聞賈氏窺韓椽，千載人間尚有名。

玄衣身細人吟〔二〕曰：

採得蓬萊九節藤，尋常傴老任隨行。鳩頭削出過眉巧，鶴膝擕來入手輕。挑月尋僧歸野寺，撥雲採藥入山城。勸君莫向陂間擲，會見蒼龍變化成。〔眉批〕晉費長房擲杖於葛陂化龍而去，故詩云云。

細腰人吟〔三〕曰：

〔一〕本詩當集明楊淙《圓機活法》卷一五《簾》詩句而成。「畫堂高捲琉璃滑，朱户低垂翡翠輕」，《圓機活法》《簾·聯句》作「斜陽色映琉璃瑩，明月光浮翡翠輕」。「晝永涼通風陣細，夜深晴漏月華明」，《圓機活法》作「夜闌高捲月尤朗，晝永低垂風自清。」

〔二〕本詩當爲集詩而成。「勸君莫向陂間擲，會見蒼龍變化成」，《圓機活法》卷一五《拄杖·結句》作「勸君莫向陂間擲，會見蒼龍變化成。」

〔三〕本詩當爲集詩而成。「虎卧蛟横」，同明楊淙《圓機活法》卷一五《枕·起句》；「形彎曉月珊瑚潤，骨冷秋雲琥珀香」，《圓機活法·聯句》作「形彎夜月曉猶在，骨冷秋雲凍不飛」；「十洲三島」，《圓機活法·結句》同。

虎卧蛟横架象床，閑愁不到黑甜鄉。形彎曉月珊瑚潤，骨冷秋雲琥珀香。圓木警來宵不寐，黄粱熟處晝何長。十洲三島須臾見，一覺仙遊思渺茫思，去聲。

方體人吟〔二〕曰：

斵竹編成籍象床，渾如薤葉照人光。潤涵玉枕五更雨，冷沁紗廚六月霜。紋蹙半泓湘水皺，陰凝一片野雲長。商窗不遣炎威逼，亭卧從教萬慮忘。

白衣人獨後吟曰：

天地爲爐酷暑蒸，誰將紈素巧裁成？蒼龍骨削霜筠勁，白鶴翎裁雪楮輕。摇動半輪明月展，勾來兩腋好風生。秋深只恐生離别，争奈炎涼不世情。

履仁聽之，各各音韻不爽，心疑其人，則廢寺杳無人，心疑其鬼，則詩聯不似鬼。頃待雞漸鳴，天漸曉，六人亦從容散去。履仁即其團坐蹤跡之，但見破傘、敝簾、一杖、一扇、一枕、一席，舉塵埋委地者久矣。履仁大悟，疾行不復回視焉。〔眉批〕

〔二〕本詩當爲集詩而成。「斵竹編成」，同明楊淙《圓機活法》卷一五《簟·起句》；「潤涵玉枕五更雨，冷沁紗廚六月霜」，《圓機活法·聯句》作「潤漓玉枕三更雨，冷心紗廚六月霜」；「紋蹙半泓」，《圓機活法·聯句》同。

六器能幻變成人，月下賦詠如此，何體質之仍舊也？

【按】本文出處待查。明西湖碧山卧樵《幽怪詩譚》卷五題名《古寺朽報》載之。

## 淥河五妖

無錫藍松，字挺秀，齠年時，少小時也。業舉子。舊有精舍，僻處錫山之陽，牌曰：「錫山精舍」。其處閑遠，水石清明，高巖數匝，修竹幾竿，舍乃積石成，基憑林起，棟蘿生映，宇泉流遶，堦月松風，草緣庭綺合，日華雲竇，傍照星羅，流烟共霄氣而舒卷，桃李雜松柏以蔥菁。〔眉批〕形容書舍清幽雅麗，曲盡不遺矣。松讀書其間，未得而憤，有得而嬉，亹亹不自知倦怠，學遂成，且以博古著。及仕，歷官籍田令，時萱堂八十餘，松謂：「親不能事，何急君焉？」即致政南還。舟次淥河，八月一日也，因吟一律〔二〕，云：

〔二〕本詩明童軒《枕肱亭文集》卷六「七言律詩」題《七月一日經淥口河》，《清風亭稿》卷六「七言律詩」作《經淥口河》。

宦餘
錫里迢遙親舍白雲魂夢杳
清談萬選
卷之三
四三

情貺
淥河清冷旅途黄草利名賒

八月〔二〕移舟出淥河，客行又是半年過平聲。宦情在我薄於水，時序催人急似梭。鴈鶩江湖秋雨積，牛羊郊野夕陽多。平生雅有桑弧志，華髪星星奈老何？

韻就，倚蓬窗閑眺，〔眉批〕倚蓬窗而閑眺，詎意有五人之怪而偶見乎？忽見五人長可尺餘，相聚於堤，一人曰：「若等樂則樂矣，如我之高潔何？昔在陋巷，共顔生而笑浪；又在箕山，叨許子以遨遊。許白也。」一人曰：「爾自論高矣，能如我乎？我乃方員，正直、規矩、準繩，毫無偏曲，且所與親者，盡一世之文士也。」一人曰：「爾二人誇矣。乃我生於溪壑，清浄高潔，製而爲用，利安萬民，亦庶乎博施濟衆之道矣。」一人曰：「良賈深藏若虚，君子之盛容貌。若愚何自誇乃爾？寧無議其後者乎？」一人曰：「當此良夜，恣言自高，胡不即韻敲推，尤足稱賞？」衆共然之。〔眉批〕五器各吟一詩，亦各敘本器，無他異也。一人先吟曰：

生長山林水岸頭，空空拐腹幾春秋。甘貧陋巷惟顔子，習隱箕山是許由。旅客征途惟器用，禪僧度海作杯浮。自從剖破圓形後，一半乾坤我自收。

〔二〕「八月」，《枕肱亭文集》作「七月」。

一人吟〔一〕曰：

良木裁成數尺〔二〕長，日間利用〔三〕在文房。壓書挺挺一條直，鎮紙楞楞四角方。蹈履準繩無曲意，從橫簡册任分行音杭。墨奴也解持成律，號令鴉兵〔四〕不出疆。

一人吟曰：

剪取溪藤密密編，周遭工巧樣團圓。石床閑展輕如砥，木榻頻鋪軟似綿。道院最宜時□席，僧房足稱夜安禪。機回獨坐忘言處，一個天君自泰然。

一人吟曰：

就地爲爐舊鑿成，從渠風雪滿山城。柴荊蔽處輕烟散，榾柮添時沾火生。蟹眼湯烹雲滿鼎，龍牙茶煮雪盈鐺。一家老稚團欒坐，誰識山居樂太平。

〔一〕本詩明舒芬輯《玉堂詩選》卷四題「潛庵」撰《界方》；明楊淙《圓機活法》卷一六《界方·品題》題「顔潛庵詩」。

〔二〕「數尺」，《玉堂詩選》《圓機活法》作「二尺」。

〔三〕「利用」：《玉堂詩選》《圓機活法》作「常用」。

〔四〕「鴉兵」，《圓機活法》同；《玉堂詩選》作「邪兵」。

一人吟曰：

長於瓶樣巧於笙，量小須知水易盈。活火添時翻蟹眼，清泉沸處度蠅聲。漱殘石齒和波碎，呼徹天風竅竹鳴。雪屋幾回人静夜，泠泠洗耳到三更。

松細聆五詩，心甚異之，亟趨而視，則一無所見焉。〔眉批〕五器俱久而化者，故目呈其形於松，亦無所損也。

【按】本文當爲明周静軒《湖海奇聞集》佚文。

## 邪動少僧

景泰中，浙之靈隱寺有一少年僧，名湛然者，性覺明敏，貌復瑰瑋，俊偉狀。而所居僧房，更爾幽閑僻寂。

一夕，方暑，獨坐庭中，見一美女，瘦不〔一〕長裙，行步便捷，丰姿約約襲人，其

〔一〕「瘦不」，《鴛渚志餘雪窗談異》作「瘦腰」。

妝亦不多飾。僧欲進問，已前去矣。明夜如廁，又過其前，急起視之，則又無及。〔眉批〕始而過其前，欲進問之無及；繼而過其前，急起視之又無及。蓋欲惑之而故先難之如此。他人處此，必不能堪，况僧乎？况少年僧乎？自是惶惑殊深，淫情交引，苦思不置。越兩日，又徐步於側，僧急牽其衣，女乃佯爲慚怯之態，懇之再三，方與入室。及敘坐，僧復逼體近之，漸相調謔間，竟成雲雨。湛然從容問其居止、姓字，女曰：「妾乃寺鄰之家，父母鍾愛，嫁妾之晚。今有所私於人，故數數潛出。不意經此，又移情於汝焉，然當緘密其事，則交可久。不然，彼此玷矣。」〔眉批〕自敘其來歷處，亦欺人以理之所有者。僧喜，唯唯從命。於是，旦去暮來，無夕不會。將及期。周一歲。少僧不覺容體枯瘦，氣息懨然，漸無生意，雖同袍醫治端百，罔功。寺中一老僧謂曰：「察汝病脈，勞瘵兼攻，陰邪甚盛，必有所致。苟不明言，事無濟矣。」湛然駭懼，勉述往事。衆曰：「是矣。然此祟不除，則汝恙不愈。今若復來，汝當伺其往而蹤跡之，則治術始可施也。」是夕，女至，少僧仍與交會。將行，欲起送，女止之曰：「僧居寥落，夜得美人歡處，是亦樂矣，與願足矣，何乃自惑如此？」〔眉批〕巧言自飾，令人不知其妖，此妖之所以爲妖也。湛然不能强而罷。翌日告衆，衆爲忖計曰：

少僧
釋子與狂禪學不知空是色

失守
美人夜宿僧居何事暗藏春

「明夜彼來，當待之如常，密以一物置其首。吾輩避於房外，俟别時，擊門爲約，吾輩協當追尾，必期得而後止，則祟可破矣。」少僧一一領記。越二夕，湛然覺神思恍惚，方倚床獨卧，女乃推門復入。僧與私褻，益加款曲。雞鳴時，女辭去。僧潛以一絨花插女鬢上，又戲擊其門者三。衆僧聞擊門聲，俱起追察，但見一女冉冉而去。衆乃鳴鈴誦呪，執錫持兵，相與趕逐，直至方丈後一小室中乃滅。

此室傳言三代祖定化之處，一年一開奉祭，餘時封閉而已。衆僧知女隱跡，即踴躍破窗而入，一無所見。但西北佛廚後，爍爍微光，急往視之，則竪一弊箒耳。竹質潤滑，枝束鮮瑩，蓋已數十年外物也。方且疑惑，但見絨花在柄，少僧所潛插者。因共信之，乃持至堂前，抽折一筅，則水流滴地。衆僧益駭異，再折之，亦然，以至筅筅皆如之，衆僧仍明燈細視，筅中所滴瀝者，非水，類寔精也。湛然見之，悔悟驚懼，不能自制。於是，悉敲焚烈，揚灰於湖。調少僧以良劑，久之，乃獲痊愈焉。〔眉批〕孽怪迷人，數固當滅，而少僧幸免，人亦可鑒矣哉！

【按】本文據明周紹濂《鴛渚志餘雪窗談異》帙上《弊箒惑僧傳》删節成文。明吴大震《廣艷異編》卷二二「器具部二」《搴絨志》、《續艷異編》卷九「器具部」《搴絨志》、胡文焕《稗家粹編》卷七「妖怪部」《弊箒惑僧傳》、吴敬所《國色天香》卷七「客夜瓊談」《箒精傳》；《繡谷春容》「箒神記」、馮本《燕居筆記》卷九、詹詹外史《情史類略》卷二一「情妖類」《苕帚精》、《香艷叢書》十集卷三《妖物志》「雜類」《笤帚》等俱載之。

本文與候甸《西樵野記》卷八《掃箒精》、祝允明《祝子志怪録》卷二《箒精》相似，撮録於下，以廣其聞：蘇城王某，行貨紙花爲業。成化初，行至府庠西側，驟雨如傾，憩一浄室廊下。未幾，一女子啟扉而出，肌體纖弱，腰肢瘦而衣粧亦淡雅，謂王：「買花二枝」，王與之，女子曰：「汝姑坐俟我，造面議之。」王自午自酉望之窅然，王乃恚詈，訴諸鄰，曰：「此室向無人止矣。」王弗信，偕衆排扉而入，杳無人蹤，視至廁中，豎一敝箒，蓋數十年物，首簪二花，衆愕然。出此箒斧之，呻吟有聲。

## 怪侵儒士

黎陽儒生，姓紀名綱，字廷肅。幼負大志，稍長嗜學，因葺舊廬爲書舍，前則疏渠引泉，清流見底；後則高峰入雲，兩岸石壁，五色交輝，青林翠竹，四時具備，曉

託擟

雪案螢窗一任野花堆曲徑

隣女
雲情雨意半疑春色在隣家

霧將歇，猿鳥和鳴，夕日欲頹，沉鱗競躍，紀生日讀書其間，黄卷青燈，亹亹忘倦。

〔眉批〕葺室讀書，夜分不寐，紀生亦勤學士也。

一日，讀至夜分，覺微寒，披衣獨坐，忽懷吴門舊友人，因吟一律〔二〕，詩曰：

吴門烟月昔同往，楓葉蘆花并客舟。聚散有期雲北去，浮沉無計水東流。一尊酒盡青山暮，千里書來碧樹秋。何處相思不相見，鳳城宫闕望江樓〔三〕。

推敲未已，忽有扣門聲。啟視之，乃見一女子，體態輕盈，面瑩寒玉，笑謂綱曰：「妾，鄰家女也。聞君高韻，乃爾唐突，冒進也。意在請益也。」綱見之，大悦，與之攜手而入，并肩而坐。女曰：「願獻一詩。」綱曰：「善。」女誦詩〔三〕，曰：

---

〔二〕本詩爲唐許渾《丁卯集》卷上《京口閑寄京洛友人》。宋李昉《文苑英華》卷二六一、明高棅《唐詩拾遺》卷一〇、清曹寅《全唐詩》卷五三三等載之。

〔三〕「望江樓」，《丁卯集》作「楚江樓」。

〔三〕本詩明舒芬輯《玉堂詩選》卷四題「瞿存齋」作《砧杵》；明楊淙《圓機活法》卷一六《砧杵・品題》題作「秋夜聞砧聲」。

霜冷秋高白帝城，閨中力盡恨難平。西風庭院丁當響〔一〕，明夜〔二〕樓臺斷續聲。搗碎鄉心愁欲結，驚回客枕夢難成。惟應不入笙歌耳，空惱玉關無限情。〔眉批〕女獻一詩，亦所以自敘，宛碪杵也。

綱稱贊，將犯之，女佯拒之曰：「『聘則爲妻，奔則爲妾』，古人之格言也。妾非草木，豈不知貞潔之可嘉，而淫奔之可醜耶！君何易視妾而犯之耶？」綱懇請再三，女翻然改曰：「雲情雨意，人所同然，妾非不欲順從，第一身易喪，美譽難全，此妾所以寧拂君情而不改也。」於是，與綱就寢。女復吟〔三〕曰：

君住竹堋口，妾家桃花津。來往不相識，青山應笑人。

已而歡足，綱謂女曰：「三月不違仁，今違仁矣。」女答曰：「三月不知肉味，今知味焉！」〔四〕綱

〔一〕「丁當饗」，《玉堂詩選》《圓機活法》作「丁東韻」。

〔二〕「明夜」，《玉堂詩選》《圓機活法》作「明月」。

〔三〕本詩爲明童軒《清風亭稿》卷七「五言絶句」《竹堋口》。明曹學佺《石倉歷代詩選》卷三六九《明詩次集三》、清陳田《明詩紀事》乙籤卷一八、曾燠《江西詩徵》卷五〇《明》等載之。

〔四〕「三月」的兩句對話，出明李昌祺《田洙遇薛濤聯句記》。

又問以何里、何氏女也，女答曰：「妾姓石，名占娘。家坐午向，樹木爲記，與君爲同里人。君果不棄，明當訪之。」〔眉批〕姓石，名占，非砧乎？坐午向樹木，非杵乎？女子自露微意。綱曰：「汝能歌乎？」女曰：「僅爾供韻。」綱遂以《思君與別來》爲題，命女作歌歌之。女不思，乃口占一歌〔一〕以答。歌曰：

思君與別來〔二〕，兩見落葉黃。迢迢〔三〕隔千里，各在天一方。欲飛〔四〕恨無翼，欲涉川無梁。昔者固膠漆，今胡作參商。平平長安道，人馬自輝光。不念莫逆好，交也。虛名竟乖張。南箕豈堪簸，牽牛難服箱。憂來不可輟，撫膺獨彷徨。亮無金石心，與君永相忘。

已而，雞三唱而聲頻，鼓五敲而韻急，女聞之，遽起披衣，謂綱曰：「郎君珍重，明

〔一〕本詩爲明童軒《枕肱亭文集》卷三、《清風亭稿》卷七「五言古詩」《思與君別來》。明曹學佺《石倉歷代詩選》卷三六九《明詩次集三》、

〔二〕「思君與別來」，《枕肱亭文集》《清風亭稿》作「思與君別來」。

〔三〕「迢迢」，《枕肱亭文集》作「迢遥」。

〔四〕「欲飛」，《枕肱亭文集》作「欲往」。

當重來重，平聲，不待請矣。」綱執意留之，曰：「只此自匿，奚必去耶？」女怒曰：「家有父母，倘事露敗，罪將安歸？不惟有玷於妾，抑且不利於君。」綱不從，女力奔，綱以被裹而抱之。久之不動，及啟視，則一砧杵也。〔眉批〕砧杵，頑然一物也，視他動植百物，尤無知之甚，亦能化如此，慎之。

【按】本文當爲明周靜軒《湖海奇聞集》佚文。明吴大震《廣艷異編》卷二二「器具部二」《石占娘》、《續艷異編》卷九「器具部」《石占娘》、西湖碧山卧樵《幽怪詩譚》卷二《砧杵惑客》、詹詹外史《情史類略》卷二一「情妖類」《石砧杵》、清葆光子《香艷叢書》十集卷三《物妖志》「石類」《石砧杵》等載之。

## 湯媪二婦

光州杜生，諱希甫，生而穎異，父鐘愛之，甫長，爲延師訓詁，父嘗與其師對飲，師吴姓，父戲出對曰：「吴先生飲酒到口便吞，拆字取意。」，命希甫對，希甫即應聲曰：「謝大夫要錢抽身去討」，父大奇之。〔眉批〕一對不惟拆字停妥，且取義亦周，彼見聰敏處。後值花朝，同父出廓遊賞，見民居有揭，曰：「此房出賣」四字，父命破之，希甫破曰：「曠安宅而弗居，求善價而沽」，諸父益驚服。年十八，補州庠弟子員，屢見重於督學及諸名公，且端行檢，毫不草率。

一日遠行歸，暮至一村舍，已昏茫不辨識，將爲假寢謀，且四顧寥落，情思淒然，遂自吟一絕〔一〕，云：

光州〔二〕日晚少人行，風景蒼蒼感客情。村落渾如寒食節，野花無數生上墻。

又一絕，云：

竹底寒泉自在流〔三〕，穿雲噴雪響磯頭〔四〕。連宵肌骨清無寐，那更西窗〔五〕月正秋。

〔一〕本詩爲明童軒《清風亭稿》卷八「七言絶句」《暮至寧州》。
〔二〕「光州」，《清風亭稿》作「寧州」。
〔三〕「自在」，《清風亭稿》作「汨汨」。
〔四〕「磯頭」，《清風亭稿》作「床頭」。
〔五〕「西窗」，《清風亭稿》作「山窗」。

希甫不得已，往叩其門，少頃，見一老嫗秉燭而出，問曰：「官人從何來？」希甫曰：「僕，光州庠生，因夜，欲求假宿耳。」嫗許諾。希甫隨入，至後堂，分賓主坐，設酒與希甫對酌。希甫請其姓，嫗曰：「老身姓湯」。希甫問其子，嫗曰：「二子早喪」。希甫問日用，嫗曰：「二媳，一善機織，一長算度入聲，聊自活耳。」嫗遂呼二婦出見，淡妝素服，國色也。〔眉批〕三妖意在惑人，故先之以老嫗，次之以之婦一始二。命坐於兩傍，因奉酒，且令賦詩，嫗先自吟〔一〕，曰：

平生渾是熱心腸，曾被宮人號姓湯。深夜賜温寧用火，隆冬敵冷便回陽。徐娘老去情偏重，夜必湯。范叔親來寵不忘。捧晨湯。寄語山翁須愛厚，莫教他日變炎涼。

一婦吟〔二〕曰：

〔一〕本詩當爲集句詩。「平生渾是熱心腸，曾被宮人號姓湯」，明楊淙《圓機活法》卷一六《湯婆》出自《起句》「净洗鉛華淡淡妝，向人渾是熱心腸」「趨炎附勢得專房，曾被宮人賜姓湯」；「寄語山翁須愛厚，莫教他日變炎涼」，改自《結句》「寄語佳人莫相妒，主人自是愛炎涼」。

〔二〕本詩當爲集句詩。「往來不問金梭響，咿嚘頻聞玉軸聲」，明楊淙《圓機活法》卷一六《機杼·聯句》作「往來不聽金梭聲，咿軋頻聞玉軸聲」。「五花雲錦三千匹，多少工夫織得成」，《圓機活法》卷一六《機杼·結句》同。

寂寥

去路迢迢端為桃園親故友

村舍
歸心寂寂豈期村舍遇奇妖

素手纖纖弄不停，竹窗閨婦苦勞生。往來不間金梭響，咿嚘頻聞玉軸聲。孟母斷時因教子，公儀燔處尚留名。五花雲錦三千匹，多少工夫織得成？

一婦吟〔二〕曰：

製自軒轅黃帝時，伶倫裁律合其宜。畫成分寸應爲準〔三〕，不失毫釐立定規。比度公平皆有則〔三〕，度入聲，較量長短自無疑。古今天下知誰攄〔四〕，巧婦良工手每持。

〔眉批〕湯嫗、二婦三詩，各自詠其器。

吟既畢，湯嫗舉一巨觥至希甫前，曰：「老妾家寒，日用不給，蠢茲二婦，頗有芳姿，君如不棄，隨選一人以供綠衣黃裳之用，則老妾幸甚。」希甫乃敦厚士也，固辭之，曰：「蒙垂良念，欲續此緣，奈家有拙荊，義難苟取，是以不敢從命耳。」湯嫗呼二婦

〔二〕本詩明舒芬輯《玉堂詩選》卷四題「潛庵」撰《尺》；明楊淙《圓機活法》卷一六《尺·品題》題「顔潛庵詩」。
〔三〕「準」，《圓機活法》同；《玉堂詩選》作「法」。
〔三〕「則」，《玉堂詩選》《圓機活法》作「準」。
〔四〕「知誰攄」，《玉堂詩選》《圓機活法》作「知憑據」。

祝之曰：「勿失此郎君也！」二婦執希甫，强欲交會，希甫正色拒之，因作詩曰：

方寸應難昧，神明敢謂無？秉燭達旦者，何如是丈夫？〔眉批〕二婦强欲交會，杜生直拒之，而渠卒不能犯，是知心之正者，邪不能惑矣。

彼此分話，不覺天明。恍惚間，竟失所在，惟蔽屋一椽，并湯婆、機杵、一尺而已。

【按】本文當爲明周静軒《湖海奇聞集》佚文。明西湖碧山卧樵《幽怪詩譚》卷一《寄寓覩奇》載之。

## 建業三奇

茅生，名友直，吴人也，精儒業，熟聲詩，士人多善之者。洪武初，棹短舟之建業，夜宿石頭城下，旅思淒淒，鄉心切切，推蓬玩月，愈覺無聊，更值清明氣節，而四野多慘哭之聲，遂自吟之，其詩〔二〕曰：

〔二〕本詩爲明童軒《清風亭稿》卷六「七言律詩」《建業清明書事》。明陳仁錫《無梦園初集》干集四、清曾燠《江西詩徵》卷五〇《明》、張豫章《四朝詩·明詩》卷九五《七言長律四》等載之。

平地
建業春濃眼底艷陽三月景

風波
石城夜寂耳邉洶湧一江風

節物催人到客邊，江南風景迴堪憐。魚兒池館新生水，燕子人家又禁烟。寒食節。幾片落花寒食後，數株高柳夕陽前。春衫曉拭〔一〕香羅雪，駿馬嬌嘶白玉鞍〔二〕。綠水青山渾似畫，煖雲芳草最宜眠。松醪有客邀村社〔三〕，麥飯誰家洒墓田。自愧道傍揚子宅，十年閉戶蝨生氈。〔眉批〕旅思本淒涼，而況獨坐無興，情覺愈切，宜乎茅生之不成寐，而形之詩也。

吟甫畢，俄而□飈大作，風狂也。江水沸騰，浪若山疊，視之不見，聽之作猛烈聲，友直異之。迨少憩，友直於蓬窗中窺視，乃見水中三物，踴躍而來，一物尖首大腹而其身甚長，一物多目方身而其體甚黑，最後一物身細而長。〔眉批〕尖首大腹，即舟；多口方身，即網；身細而長，即釣竿。三詩亦自敘之實。已而忽作人言，曰：「我輩遨遊江湖，積有年矣。捕魚破浪，何所不能？惜乎今皆置之無用也。」一物曰：「吾輩則無恙矣，可酸辛，則吾主人之葬魚腹也。」一物又曰：「今夕月白風清，良夜甚佳，請各吟詠以

〔一〕「曉拭」，《清風亭稿》作「小試」。
〔二〕「白玉鞍」，《清風亭稿》作「白玉鞭」。
〔三〕「村社」，《清風亭稿》作「村舍」。

爲遊賞之樂，可乎？」於是，尖首大腹之物先吟〔二〕曰：

艀艋飄飄一葉浮，艀艋，小舟也。往來楚尾與吴頭。衝開渡口烟波曉，棹破江心水月秋。曬網穩維楊柳岸，鳴榔遠過荻花瀨。漁翁藉此爲生計，不願人間萬户侯。

多目方身之物吟〔三〕曰：

千縈百結密綢繆，長爲漁家事討求。眼目撒開江浦脱〔三〕，綱維率動海天秋〔四〕。腥風起處收沙外，碎日篩時曬岸頭〔五〕。多少魚蝦遭蠹害，不知誰作此計謀。〔眉批〕第二詩近鄙俚。

---

〔二〕本詩當爲集明楊淙《圓機活法》卷一五《漁舟》而成。其頷聯「衝開渡口烟波曉，棹破江心水月秋」，《圓機活法·聯句》作「衝翻渡口烟波曉，棹破江心水月秋」，其尾聯「漁翁」，同《圓機活法》的「結句」。

〔三〕本詩明楊淙《圓機活法》卷一五《漁網·品題》載之，無撰者姓氏。

〔三〕「脱」，《圓機活法》作「曉」。

〔四〕「秋」，《圓機活法》作「愁」。

〔五〕「腥風起處收沙外，碎日篩時曬岸頭」，《圓機活法》作「每隨柳岸閑將曬，幾向蘋頭醉不收」。

身細而長之物吟〔一〕曰：

一絲長繫碧琅玕〔二〕，多在洞江渭水間。楊柳陰中驚鯉躍，蓼花香裏伴鷗閑。

未看使者重徵聘，幾見漁翁獨抱還。長占烟波與明月，此身應得〔三〕出塵寰。

大笑共趨友直之舟，舟幾覆没，舟人大懼，慮禍出不測，友直乃正色拒之，曰：「吾本吴下儒生，與若輩無相違背，若輩何逞勢而讐我乎？」三物笑曰：「直戲君耳，非真欲害君也。」遂相率而没。

友直明日以其事白父老，咸曰：「去年有漁人覆舟於此，若類皆漁具也。」

【按】本文當爲明周静軒《湖海奇聞集》佚文。明西湖碧山卧樵《幽怪詩譚》卷三《建業漁蹤》等載之，敘事時間作「吴赤烏三年」。明候甸《西樵野記》卷八題《江濱三異》載之，其人作「餘姚儒士張幹甫」、其時爲「弘治庚申清明日」，亦見明陳梦錫《無梦園集·干集》卷四一《揚子江記跡》。

〔一〕本詩明舒芬《玉堂詩選》卷四題漢嚴光《釣竿》；楊淙《圓機活法》卷一五《釣竿·品題》題「嚴子陵詩」。

〔二〕「琅玕」，《玉堂詩選》《圓機活法》作「琅玕」。

〔三〕「此身應得」，《玉堂詩選》《圓機活法》作「此生赢得」。

# 卷之四

## 物匯精凝 凡十八條

### 睢陽奇藥

天順中，睢陽禹昌祚者，巨室也，田連阡陌，居擬王公，獨鐘睢水之靈，而富甲縣民之首。嘗擇山水環抱處，宏闢一囿，方六七里許，囿中森立亭榭，遍植嘉木，奇花異卉，無不悉有，且各暢達妍麗。昌祚暇則遊衍其中，或攜朋拉友，或弄盞傳觴。時晴見清風來爽，聞好鳥惠音；時陰雨，嘉池鯉躍，金聽澗泉潄玉，允兹勝囿矣。〔眉批〕開囿立亭榭，植花木種種，供遊玩，禹公亦樂哉！設役守之，名曰囿人。囿人日伺門扃，往往見有群女遊戲其中，色濃妖媚，態舞輕盈，但遇人則散去，杳無遺蹤，竟不知其何來也。具以告昌祚，昌祚不以爲然，自往視之。

花神
爲家錦繡輝煌凝醉眼

吟咏
睢昜托跡烟霞爍爛瘦詩腸

時日色將晡，殘霞微鮮，俄見衆女子各衣錦繡，自外而來，丰姿愈麗，笑語嬉如。一女曰：「良辰美景，萬物争妍，何必用羯鼓之相催也。梨園事。」衆女笑曰：「居今之世，何爲論古之道哉？請各賦一詩，以見意，庶無負此良辰可也。」衆唯唯，一女遂先吟曰：

年年開發向炎光，鐘愛令人實異常。翠葉幾枝含暑雨，丹心一點向朝陽。芳姿可比忠臣像，雅質渾如羽士裝。但見清高超衆卉，底須觀賞醉壺觴。自題其葵。

〔眉批〕一曰丹心，二曰忠臣像，則葵之品高出衆矣。

一女吟〔一〕曰：

紅刺青莖巧樣粧，連春接夏氣〔二〕芬芳。新含麗色懸高架，密佈清陰覆小堂。濃似猩猩憑露染，輕於燕燕逐風翔〔三〕。幾回白晝看明媚，疑是買臣歸故鄉。自題其爲薔薇。〔眉批〕所謂「買臣歸故鄉」，即取其姓乃朱，狀其色之紅也。

---

〔一〕本詩明舒芬輯《玉堂詩選》卷七題「明丘文莊」撰《薔薇花》。明楊淙《圓機活法》卷一九《薔薇·品題》未題撰人姓氏。

〔二〕「氣」，《玉堂詩選》作「正」。

〔三〕「風翔」，《玉堂詩選》作「飛翔」。

一女吟〔二〕曰：

東皇去後始開花，異種多栽富貴家。畏日〔三〕烘開紅噴火，薰風吹散〔三〕絳燒霞。煌煌不異猩心〔四〕血，灼灼渾如鶴頂砂。聞道舊生安石國，張騫移得到中華。自題其爲石榴。

一女吟曰：

不廢春工爲剪裁，奇花偏向夏時開。幽芳非是人寰有，異種原從佛國來。翠葉浮光涵雨露，冰葩瑩潔絶塵埃。老僧對此清如水，時有香生波若臺。自題其爲茉莉。

一女吟〔五〕曰：

---

〔二〕本詩見明楊淙《圓機活法》卷一九《榴花·品題》，無撰者姓氏。

〔三〕「畏日」，《圓機活法》作「夏日」。

〔三〕「薰風吹散絳燒霞」，《圓機活法》作「熏風吹綻絳燒霞」。

〔四〕「猩心」，《圓機活法》作「猩猩」。

〔五〕本詩明舒芬輯《玉堂詩選》卷七題「周時望」撰《紫薇花》。明楊淙《圓機活法》卷一九《紫薇花·品題》未題撰者姓氏。明劉敕《歷乘》卷一二「花草」《紫薇花》，引「日迎宮墀明雅麗，風傳省掖散清香」一聯。

一種靈苗在帝鄉，碧天霞彩煥文章。不隨春色開金谷，常沐〔一〕天恩近玉堂。日迎宮墀明雅麗，風傳省掖散清香。黄昏獨坐無人伴，吟對〔二〕穠華逸興長。自題其爲紫薇。

一女吟〔三〕曰：

雪魄冰姿俗不侵，阿誰移植小窗陰。若非月姊黄金釧，難買天孫白玉簪。曉色娟娟臨几席，秋香冉冉透衣襟。幽人自得林泉興，時挹〔四〕清香澀筆吟。自題其爲玉簪。

昌祚細聆之，知閫中無此，女子必妖物也。即挺身趨赴，放聲大喝，衆女子一時解散，竟不知其所之。

〔一〕「常沐」，《玉堂詩選》作「長體」；《圓機活法》作「長沐」。

〔二〕「吟對」，《玉堂詩選》作「只對」；《圓機活法》作「笑對」。

〔三〕本詩明舒芬輯《玉堂詩選》卷七題「唐末人羅隱」撰《玉簪花》。明楊淙《圓機活法》卷一九《玉簪花·品題》未署詩人姓名。

〔四〕「挹」，《圓機活法》作「把」。

後數日，再來圃中，但見葵、薔薇、榴、茉莉、紫薇、玉簪諸花皆死，昌祚異之，乃味其詩，始知衆女子即衆花之妖云。〔眉批〕自禹公喝散之後，衆花乃隨以死，亦邪不勝正之一驗也。

【按】本文出處待查。西湖碧山卧樵《幽怪詩譚》卷一《花神衍嗣》中的四處女葵英、榴奴、薇郎、蘭香所詠之詩，本文三見，即「自題其葵」「自題其爲石榴」「自題其爲紫薇」三詩，而蘭香所詠之詩，則見於本書卷四《泗水修真》。王路《花史左編》卷七「花妖」《繁花女》載之。

## 綏德梅花

景泰初，石總兵諱亨西征，振旅而還，凱旋日也。舟次綏德官河。維時息兵休士，捲甲偃旗，從容停駐，而不知日之西，天之暝矣。亨獨坐舟中，無可對譚論者，因扣舷朗吟二律，其一曰：

大明一統承平日，海宇蒼生敢不毛。天馬銜花開苜粟，野人獻酒熟葡萄。九重雨過江山潤，萬里雲收日月高。稽首犬戎應恐後，西行大將捲征袍。

驚散

綏德官河梅影夜隨明月轉

梅妖
長安石府妖魂時逐烈風飄

其二《懷古》〔一〕曰：

上吞巴漢控瀟湘，怒似連山浄鏡光。已識縫囊真戲劇，魏帝事。應知投箠更荒唐〔三〕。苻堅事。千秋釣舸歌明月，萬里沙鷗弄夕陽。范蠡清塵何寂寞，好風唯屬往來商。

吟罷，有自得狀。〔眉批〕朗吟二律，豪氣佚宕，石亦優於聲律者與？忽見一女子泝流啼哭而來，連呼救人者三，亨亟命軍士拯之，視其顔色窈窕非常態，問其故，女泣曰：「妾姓梅氏，芳華其名也。原許字同里之尹家，邇年伊家凌替，父母厭其貧，逼妾改字，妾不從，父母怒而箠撻甚，至弗克自存活，是故赴水，幸蒙公相憐而救之。此蓋生死而骨肉也。」〔眉批〕訴其原許字之家，及其改字不從之故，芳華欲以理動石也，所謂「欺以其方」，非與？亨詰之曰：「汝欲歸寧乎？將爲吾之側室乎？」女曰：「歸寧，非所願也；願爲公相箕箒妾。」亨大悦，易以新服，載之後車而還。

---

〔一〕本詩爲唐杜牧《樊川集》卷三《西江懷古》。亦見宋李昉《文苑英華》卷三〇八、金元好問《唐詩鼓吹》卷六、清曹寅《全唐詩》卷五二二、杜詔《唐詩叩彈集》卷六等。

〔三〕「已識縫囊真戲劇，應知投箠更荒唐」，《樊川集》「魏帝縫囊真戲劇，符堅投箠更荒唐」。

迨至石府中，以至恭事夫人，以至誠待媵妾，處童僕以恩，延賓客以禮，凡公私筵宴，大小饔飧，中饋之事，悉以任之，無不中節，亨甚嬖愛之，内外兢稱其能且賢，咸思一見其容色，即王孫公子、達官貴人至其第者，亨輒令出見，芳華唯唯如命，人愈贊美而亨愈寵幸。〔眉批〕芳華，一梅花妖耳，幻變成形，遂當一時之讚揚，石公之寵嬖，亦奇遘也哉！

是年冬，兵部尚書、太子少保于公諱謙偶至亨第，亨欲誇寵于公，爲設盛宴，因令芳華濃飾出見，芳華聞命，獨異於昔者，頓覺有難色，亨固命之，不從，亨命侍婢輩督催之，督催者絡繹於道，芳華競不出，于公乃辭歸，亨負慚沮，復自召之，芳華亦執不出，亨不得已，送于公歸。既退，大怒，責之曰：「汝於吾府中，凡往來尊貴所見者多矣，何至于公而獨不肯見耶？」芳華惟泣而已，不出一言。亨，武人也，怒甚，拔劍斫之，芳華遂走入壁中，言曰：「妾聞『邪不勝正，僞不得亂真。』妾，非世人，乃梅花之精，偶竊日月之精華，故成人類於大塊。今于公棟梁之材、社稷之器，正人君子，神人所欽，妾安敢見之？君不聞唐之愛妾不見狄梁公之事乎武三思事？妾亦於此永别而。」〔眉批〕所謂『邪不勝正，僞不得亂真』，亦至言也，不當以其人之妖而廢其言也。

乃長吟一詩，曰：

老幹槎牙傍水涯，年年先占百花魁。冰稍得煖知春早，雪色凌寒破臘開。疏影夜隨明月轉，暗香時逐好風來。到頭結實歸廊廟，始信調羹有大材。

女自是不復見矣。

【按】本文出處待查。小説構思似受唐袁郊《甘澤謡》中《素娥》影響。明候甸《西樵野記》卷五《桂花著異》、王世貞《豔異編》卷三五「妖怪部四」《桂花著異》、《弇州史料》後集卷六四、《弇山堂別集》卷二三、鳩茲洛源子《一見賞心編》卷八「花精類」《桂花女》、胡文煥《稗家粹編》卷七「妖怪部」《梅妖》、徐復祚《花當閣叢談》卷五、王路《花史左編》卷七「花妖」《桂芳華》、祝允明《祝子志怪録》卷一《柏妖》、嚴從簡《殊域周咨録》卷一八、西湖碧山卧樵《幽怪詩譚》卷六《媚戲介冑》、赤心子《更癸軒彙輯閑居筆記》卷三《異祥》，清葉鈐《明紀編遺》卷五、王初桐《奩史》卷九二《花木門一》、趙吉士《寄園寄所寄》卷五《滅燭寄》等載之。兩者的區别，在於花妖變桂花爲梅花。王世貞《弇山堂别集》卷二三按語曰：「此乃武三思之於狄梁公，今傳會之耳。且石公景泰中未嘗一日離京營，天順初始西征，則于肅愍爲所害久矣。」可見本文的小説源流與文本屬性。

本文對明代通俗小説也頗有影響。明安遇時《百家公案》第四回《止狄青家之花妖》據爲本事，衍化爲公案小説。署名「清虚居吉瞻仙客考，巫峽巖道聽野史紀略，棲真齋名道狂客演，凌雲閣鎮宇儒生音詮釋」《征播奏捷傳》第八十三、八十四回《楊應龍自縊身死　陳總兵遣使報捷》，則將本文「老幹槎傍水涯」七律，引爲入話詩。

## 渭塘舟賞

華亭稽生，諱士亨，文人也，與邑人毛龜年友善，亦同以文學稱。二生坐則促膝聯襟，尋章作句；遊則比肩合駕，撫景寫懷，鄉評擬以陳雷、管鮑焉。陳重、雷義、管仲、鮑叔。

一日，二生因事偕往渭塘。是時夏夜，天雖炎酷，微風覺清，更仰而月明星朗於上，俯而蓮荷貼水香郁於下，二子能無賞心乎？〔眉批〕嵇毛二生，以友善買舟渭塘之遊，同以賞心，亦同此樂事，宜哉！乃即舯設酌賞蓮，共賦回文詩體一律〔二〕，曰：

〔二〕本詩明童軒《枕肱亭文集》卷一〇、《清風亭稿》卷八「七言絶句」回文體《清浪道中書事》。

蓮舟
月白風清詩思忽飄塵世外

夜賞
山青露薄蓮舟移向渭塘東

山青露薄〔一〕亂雲飛，目極遥空半落暉。關映晚霞紅片片，水臨春樹緑依依。閑鷗睡傍漁舟小，倦馬蹄愁〔二〕客路微。蠻洞有樓高寨遠，病多時復更歔欷。

哀狀。

吟成，復移舟於塘之東。二生舉盞對酌，命僕者爲斟釀，忽起，目見一樓，高約數丈餘，連接霄漢，四面八窗，洞洞燭燭，中坐五女子，顔色佳麗，倚窗閑玩，嬉戲笑語，聲徹九天。（〔眉批〕五女子，五花神也。各吟一詩，亦各自陳其本花耳。）一女首倡曰：「值此月夜，更徹清爽，可無詩以自賞乎？」衆曰：「唯！」於是一女吟〔三〕曰：

翠袖黄冠玉作神，桃前梅後獨迎春。水晶宫裏朝元客，香醉山中得道人。羅襪輕盈微步月，冰肌冷淡迴離〔四〕塵。何時移向〔五〕紫宸殿，乞與宫梅作

---

〔一〕「露薄」，《枕肱亭文集》《清風亭稿》作「露處」。

〔二〕「蹄愁」，《枕肱亭文集》《清風亭稿》作「歸愁」。

〔三〕本詩明舒芬輯《玉堂詩選》卷七題《水仙花》，注「出《潛庵詩集》」；楊淙《圓機活法》卷一九《水仙花·品題》。題「顔潛庵詩」。

〔四〕「離」，《玉堂詩選》《圓機活法》作「雛」。

〔五〕「移向」，《玉堂詩選》《圓機活法》作「攜上」。

近鄰〔二〕。水仙自詠。

一女吟〔三〕曰：

亭亭静〔三〕植水雲鄉，不染淤泥異衆芳。映水霞標傾〔四〕國色，迎風雲錦妬宮妝。嬌嬈麗質如西子，綽約芳姿比〔五〕六郎。貌似蓮花。好向溪亭追勝賞〔六〕，爲渠開酒杷清香。紅蓮自詠。

一女吟曰：

馮夷捧出水雲中，無玷無瑕箇箇同。圓轉翠盤張曉露，輕浮羅襪步香風。凌

〔二〕本詩作者有兩説：一是明羅洪先《水仙花》。見王運鵬《中國歷代狀元詩（明代卷）》《歷代題畫詩雅集》等。二是明顔潛庵所做。《全清詞》鄭熙績《憶仙姿·水仙》在「獨探早春消息」句下，注釋「顔潛庵詩：翠袖黄冠玉作神，桃前梅後獨迎春。」另近人陶冷月《冷月畫識（别部）》，取爲水仙花的題詩。

〔三〕本詩明舒芬輯《玉堂詩選》卷七題「明丘濬」撰《蓮花》；楊淙《圓機活法》卷二〇《蓮花·品題》題「丘瓊山詩」。劉敕《歷乘》卷一二引「嬌嬈麗質如西子，綽約芳姿比六郎」句。

〔三〕「静」，《玉堂詩選》《圓機活法》作「净」。

〔四〕「傾」，《玉堂詩選》《圓機活法》作「開」。

〔五〕「比」，《圓機活法》作「似」。

〔六〕「勝賞」，《圓機活法》同；《玉堂詩選》作「勝負」。

波已作遮魚傘，滌暑堪爲吸酒筒。寄語浣沙人莫折，殷勤留蓋水晶宮。荷葉自詠。

〔眉批〕五詩俱各切體，不俗不浮，玩之各有風味。

一女吟〔一〕曰：

金氣稜稜澤國秋，馬蘭花發滿汀州。富春山下連漁屋，採石江邊〔二〕映酒樓。夜月叢深銀露浴，夕陽陰暝錦鱗游。王孫醉起應深怪，鋪看〔三〕紅絲毯不收〔四〕。紅蓼自詠。

一女吟〔五〕曰：

江天秋老物凋殘，花吐黃蘆華半幹。夜月一灘霜皎皎，西風兩岸雪漫漫。爲氈却羨漁翁樂，作絮誰憐孝子單。忘却扁舟叢裏宿，曉來誤作玉濤看。蘆花自詠。

---

〔一〕本詩明舒芬輯《玉堂詩選》題「舒芬」撰《蓼花》；楊淙《圓機活法》卷一九《蓼花·品題》無撰人姓氏。

〔二〕「江邊」，《玉堂詩選》《圓機活法》作「江頭」。

〔三〕「看」，《玉堂詩選》作「着」。

〔四〕「王孫醉起應深怪，鋪看紅絲毯不收」，《圓機活法》作「幾度遙瞻何所似，恍惚紅毯未曾收」。

〔五〕本詩當爲集句詩。「忘却扁舟叢裏宿，曉來誤作玉濤看」，明楊淙《圓機活法》卷一九《蘆花·結句》作「忘却蘆花叢裏宿，起來誤作雪天時」。

吟畢，五女子相對大笑，各極其歡。二生坐舟中大喜，謂遇之奇者，莫是過矣。少頃，聞樓上語云：「美哉！舟中二年少。惜咫尺天涯，而不能與之一語。」語未已，乃五女各抛擲微物下舟中，作嬉戲狀，聽之有聲，二生命僕燃炬覓之，則蓮子及藕節諸物而已。二生貪玩，樂而忘歸，返棹則不知殘角殘曙樓傳聲清禁，而滄吸已爲之微曦。

命僕記其地，翌日再往訪之，但見水仙灼灼，紅蓮焰焰，貼水荷葉，蘆白蓼紅，昔之樓閣、美人不復見矣，二生始大悟。〔眉批〕二生當是月良夜復遇五女子笑語於樓中傳奇也可與古人天臺藍橋並矣。

【按】本文當爲明周静軒《湖海奇聞集》佚文。明吴大震《廣艷異編》卷二三「草木部」《周蔣二生》、西湖碧山卧樵《幽怪詩譚》卷二《渭水攀花》、王路《花史左編》卷七《蘆蓼二花》、清褚人穫《堅瓠集》（續集）卷四《渭塘蘆蓼》、汪灝《廣群芳譜》卷之九〇《卉譜》、吴士玉《駢字類編》卷一八七《草木門一二》、王初桐《奩史》卷九二《花木門一》、《古今圖書集成》博物彙編草木典第一〇九卷《蘆部》、清宋犖《筠廊偶筆》卷五《渭塘二女》等載之。

本文與明王路《花史左編》以下作品，多有不同。如女子爲蘆、蓼兩人，而非水仙、紅蓮、紅蓼、蘆花等五女；兩生名稽士亨、江有年；兩人所詠亦非「山青露薄亂雲飛」的「回文詩體一律」，而是「夙有烟霞癖，翛然興不群。秋聲飛過鴈，水面洞行雲。逸思乘時發，詩名到處聞。扁舟涉方社，更喜挹清芬。」五律一首。

## 野廟花神

河陽，鉅邑也。去城八里許，舊有真君廟在，南向塑真君像，坐堂之中，衛以衆將，狀貌凜凜，類公署然。堂之階下兩傍，好事者爲植辛夷、麗春、玉蕊、含笑四名花。廟既偉傑，花復幽麗，觀者竊心賞矣。

一日，儒士姚姓諱天麟者，河陽人也，因訪友遠出，及歸，未獲入廓而天色已昏黑矣。退無所及，進無所之，倉惶引望，遥遥一古林，奔赴之，見林内有屋數椽，意必民居也，忙步謁其門。〔眉批〕姚生去城遠，天已幕，設非真君之廟少止息焉，或罹他患，未可知也。及至，有一蒼頭，貯立於門外。天麟揖而叩之，曰：「此非旅館乎？」蒼頭笑曰：「誤矣。堂堂巨室，胡旅館乃爾也！」天麟曰：「然則何居？」蒼頭曰：「河陽真君之宅。」天麟遂求蒼頭引見真君。蒼頭不拒，引天麟入重門。至階下，乃見一叟幞頭緋衣，緋，赤色。端坐堂上。〔眉批〕幞頭緋衣，即真君殿中常服者，獨此未變易也。天麟頓首，曰：「僕，河陽布衣，姓姚，名天麟，迷路至此，伏乞相容。」真君揖天麟起，謂曰：「文士勿過爲禮。」天麟起，真君掖之上堂，延坐以賓次，復命蒼頭進以酒，列以果，與天麟對酌。酒數行，真君沾沾喜，顧天麟謂曰：「家有四姬，長於歌舞，尤善吟詠，欲出以侑觴，恐見誚於大方文士也。」天麟避席謝曰：「重辱雅貺，敢謂誚乎？」真君召之。少頃，四姬出見，容色倍常態，纖纖若仙侶謫降者。真君首命賦詩，四姬請意，真君曰：「各以若名爲題可也。」其一姬，名辛夷，自吟曰：

桃杏飄殘春已終，芳芽新吐玉闌中。筆拖紫粉非人力，苞拆紅霞似化工。露染清香疑蘸水，風吹銛勢欲書空。何當折向文房裏，一掃千軍陣略雄。

其二姬，名麗春，〔眉批〕按麗春乃罌粟别種，即今之月月紅，有紅白二色。自吟〔二〕曰：

一種根株數種花，雨餘紅白静〔三〕交加。精神未數趙飛燕，顏色宛如張麗華。

〔二〕本詩明舒芬輯《玉堂詩選》卷七題「明羅念庵」撰《麗春花》；楊淙《圓機活法》卷一九《麗春花·品題》題「羅念庵詩」。俞鵬程《群芳詩鈔》卷七載之。

〔三〕「静」，《玉堂詩選》《圓機活法》作「净」。

河陽
清談萬選
一廟堂堂天府真君移地府

鎮
四花冉冉洛陽春色寄河陽

倦倚春風耽宿酒，濕涵曉露點靈砂。東君自是豪門客，吟對芳叢興覺賒〔一〕。

其三姬，名玉蕊，自吟曰：

瓊花柳絮與山礬，名品先賢辨别難。數朵粧成冰片皎，千枚刻出雪華寒。唐昌覓種分歸植，仙女尋香折取看。回首東君渾不管，狂風滿地玉闌珊。

其四姬，名含笑，吟〔二〕曰：

天與胭脂點絳唇，東風滿面笑津津。芳心自是歡情足，醉臉長含喜氣新。傾國有情偏惱客，向陽無語〔三〕似撩人。紅塵多少愁眉者，好入花林〔四〕結近鄰。

吟畢，真君命之歌，歌罷，真君命之舞，其歌麗曲，似鶯囀喬林；舞纖腰，即柳眠紫禁。天麟盡歡酩酊，少憩几席間，忽覺天已明矣。視之，不見真君、四姬所在，獨一

〔一〕「興覺賒」，《玉堂詩選》《圓機活法》作「逸興賒」。

〔二〕本詩明舒芬輯《玉堂詩選》卷七題「明陳一廉」撰《含笑花》。明楊淙《圓機活法》卷一九《含笑花·品題》無撰者姓氏。

〔三〕「無語」，《玉堂詩選》《圓機活法》作「欲語」。

〔四〕「花林」，《玉堂詩選》《圓機活法》作「花間」。

泥像儼然，廟中堂題曰「當境土地河陽真君廟」。兩傍四種花，則辛夷、麗春、玉蕊、含笑也。天麟驚歎而返，自此益修厥德云。〔眉批〕姚生既邁而益脩厥德，蓋始知舉頭三尺有神明矣。

【按】本文出處待查。明吳大震《廣艷異編》卷二三「草木部」《野廟花神記》、《續艷異編》卷一九「草木部」《野廟花神記》、胡文煥《稗家粹編》卷四「神部」《野廟花神》等載之。明笑笑生《金瓶梅詞話》第五十回「琴童潛聽燕鶯歡　玳安嬉遊蝴蝶巷」入話，引用花妖含笑所吟「天與胭脂點絳唇」詩。

## 和州異菊

和州之含山別墅，田盧也。四望寥廓，草木蕃盛，春花秋鳥，幾度歲華，人亦罕到之者。洪熙間，有士人戴君恩者，適他所，路迷，偶過其地。疊疊朱門，重重綺閣，烟雲縹緲，望之若畫圖然。君恩爲驚訝，謂不當有此華屋也。佇立久之，但見門内出二美人，一衣黄，一衣素，笑迎於君恩前，曰：「郎君，才人也。請垂一顧，可乎？」

籬邊
帶雨披霜彭澤籬邊心事舊

龝老
垂黃拽白含陽門外淚痕新

〔眉批〕美人，香閨艷質也，故古有以千金名者，亦取貴重之義，豈有迎之理乎？此妖態。君恩悦其人，從之。於是美人前導，君恩後隨，歷重門，登崇階，乃至中堂。敘禮延坐，羅以佳果，飲以醇醪，情極覺濃鬱。君恩時半酣，乃散步於中堂四壁，見壁間掛黃、白菊二幅，花蕊清麗，筆端秋色盈盈，君恩大悦，即顧謂美人曰：「壁間畫菊甚工，不可不贈以句，當各吟短律何如？」於是黃衣美人先吟黃菊[一]，曰：

芳叢燁燁殿秋光，嬌倚西風學道粧。一似義熙人採後，冷烟疎雨幾重陽。〔眉批〕道家粧服尚黃，故曰「學道粧」。

君恩吟曰：

平生霜露最能禁，彭澤陶潛舊賞音。蝴蝶不知秋已暮，尚穿籬落戀殘金。

白衣美人吟白菊，曰：

嫩寒籬落數枝開，露粉吹香入酒杯。却笑陶家狂老子，即潛也。眼花錯認白衣來。

〔一〕本詩爲明劉泰《詠黃菊》。明徐伯齡《蟫精雋》卷一一、《西湖遊覽志餘》卷一三《才情雅致》、曹學佺《石倉歷代詩選》卷四八七《明詩次集二一》、蔣一葵《堯山堂外紀》卷八四《國朝》、清官修《題畫詩》卷八九《花卉》、陸廷燦《藝菊志》六卷《詩》、汪灝等《廣群芳譜》卷五一《花譜》等載之。

君恩吟白菊，曰：

冷香庭院曉霜濃，粉蝶飛來不見蹤。寂寞有誰知晚節，秋風江上白芙蓉。

三人吟畢，撫掌大笑，彼此俱忘情矣。君恩乃從容言曰：「娘子獨守孤幃，寧無覩物傷情之感乎？」美人笑曰：「萬物之中，惟人最靈。吾豈匏瓜也哉？焉能繫而不食？其覩物傷情之感，寧能免乎？既見君子，我心則降。永偕琴瑟，復奚疑哉？」是夕，二美人與君恩共薦枕席，情愛尤加，美人戲曰：「紅葉傳情，非衒玉而求售。」君恩答曰：「素琴感興，非踰牆而相從。」〔眉批〕言言典籍，語語經傳，美人果何如人也。

翌日，君恩辭歸，美人泣曰：「恩情未足，衾枕未温，安忍棄妾而遠去乎？」君恩曰：「固不忍舍，其如家人之屬目懸切何？去而復來，庶幾兩全而無害矣。」於是黃衣美人出金掩鬢以贈別，白衣美人出銀鳳釵二股以贈別，僉曰：「好掌二物，聊見此衷。伏乞覩物思人，不忘妾於旦暮可也。」黃衣美人泣吟曰：

山自清清水自流，臨歧話別不勝愁。含陽門外千條柳，難繫檀郎欲去舟。

白衣美人亦泣且吟曰：

爲道郎君赴遠行，匆匆不盡別離情。眼前落葉紅如許，總是愁人淚染成。〔眉批〕二詩言別，雖近鄙俚，然寫離别之情，亦約而盡。

君恩欷噓，哀泣下。不及成韻慰答，三人各含淚而别。君恩歸第，時切眷注，或成梦寐，或形詠歎，私心喜不自禁矣。

迨明年，復有故他往，道經别墅。君恩謂可再見美人，訪之，則不知所在。君恩驚以爲神，急取掩鬢、鳳釵視之，皆菊之黄、白瓣也。

【按】本文出處待查。明吴大震《廣艷異編》卷二三「草木部」《菊異》、王路《花史左編》卷七、西湖碧山卧樵《幽怪詩譚》卷二《菊瓣争秋》、詹詹外史《情史類略》卷二一「情妖類」《菊異》、清葆光子《香艷叢書》十集卷三《妖物志》「花類」《菊》，《古今閨媛逸事》卷七「神怪類」《含山二美》等載之。小説主人，《幽怪詩譚》等作「戴君賜」，詞語亦多不同。

## 興化妖花

閩之漳州，俗尚巫祝，多幻杳。有術士姓蕭名韶者，其術尤精，喝茅俾之成劍，指杖俾之化龍，易易也，漳士大夫類禮遇之。時興化守郎姓時秀名，與之交，亦稱密厚，往來公署，視若無人。〔眉批〕韶一術士也，能動士大夫之敬，又能得郡守公之懽，亦諺所謂「藝術動公卿」者。

一日，時方仲春，韶從遠來，謁郎，郎喜甚，爲設宴於後園花臺下。酒數行，韶曰：「昨送友人遠行，偶成一律，言以志別，敢請君郢正。」郎曰：「願聞。」韶誦詩曰：

乾坤意氣信吾曹，清眼何當對濁醪。倚柱不彈齊客劍，爲漁且問楚人舠。小舟也。梅花江上三山梦，桂花淮南八月濤。回首異時應共惜，□令寒色到綈袍。

郎曰：「詩甚工，第其人恐未能當耳。」郎因動詩興，而未得其題，韶曰：「人率號不佞爲野外閑狂，敢求佳句。」郎曰：「可。」遂口占一律：

四顧茫茫草莽間，不濱緑水不濱山。九重紅日都門遠，十里清陰桑柘閑。風月就中無抵礙，乾坤何處有關闌。有莘起自犁鉏手，只爲阿衡事業難。伊尹事。

〔眉批〕野外一律，不惟切體，而且氣象冠裳，郎固長於聲詩也。

韶謝曰：「是足識不忘矣。」酒再行，得酣半，韶戲謂郎曰：「值此花辰，無以爲樂，欲召數伎侑觴，可乎？」郎亦笑曰：「吾意也，不能致耳。」韶曰：「此法最易，君試

四妓
爛熳百花任我品題供酒興
清談萬選
卷之四
十七

解吟
妖嬈四妓憑誰吟咏得詩材

觀之。」韶作密語狀，末復大聲曰：「疾來！疾來勿遲！」俄見四妓各攜樂器，丰姿冉冉，自後門中徐來，見郎成禮畢，郎命之坐而問其名，一妓應聲曰：「妾等以花爲名，妾名芍藥，三妹則梨花、杜鵑、荼蘼也。」郎曰：「汝能詩乎？」妓曰：「僅足供韻。」〔眉批〕花神能變而成形，已足異矣。又能吟詠種種皆然，此起舉之自人歟？得之自天歟？抑亦好事者文之歟？予不得而爲決之。郎謂韶曰：「但可各道本花耳。」芍藥〔一〕吟曰：

衆芳落盡始鮮妍〔二〕，似與東君別有緣。清氣未調金鼎内，紅光先映玉堦前。
芳姿挹露嬌如語，雅態依風〔三〕醉欲眠。曾記樂天薇省里，紫泥封罷賦詩聯。

梨花吟〔四〕曰：

〔一〕本詩明舒芬輯《玉堂詩選》卷七題明「楊英」撰《芍藥花》；明楊淙《圓機活法》卷一九《芍藥·品題》作「楊明軒詩」。

〔二〕「衆芳落盡始鮮妍」，《玉堂詩選》《圓機活法》作「群芳落盡獨暄妍」。

〔三〕「依風」，《圓機活法》作「欺風」。

〔四〕本詩明舒芬輯《玉堂詩選》卷七題「舒芬」撰《梨花》；楊淙《圓機活法》卷二〇《梨花·品題》無撰者姓氏。

紅紫紛紛共鬪春，何如潔白絶纖塵？一枝帶雨冰魂冷，幾樹含風雪色新。鶯入〔一〕金梭看易辨，蝶穿玉魄〔二〕認難真。洗粧樹底貪歡笑，猶記唐時對酒人。

杜鵑吟曰：

蜀帝飛身下九重，只因讓國恨難窮。啼來三月淚成血，染遍千山花盡紅。爛漫霞張春雨里，瀅煌火照夕陽中。鶴林二女今安在，回首人間事已空。

荼蘼吟〔三〕曰：

春歸紅紫盡飄揚，玉友〔四〕何如殿衆芳？名字元來〔五〕因酒得，風流真可助詩狂。青蛟密走千條潤〔六〕，紫麝濃熏一架香。幾度東風明月夜，眼前彷佛見何郎。

〔一〕「入」，《玉堂詩選》《圓機活法》作「擲」。
〔二〕「玉魄」，《玉堂詩選》《圓機活法》作「玉拍」。
〔三〕本詩明舒芬輯《玉堂詩選》卷七題「明夏桂洲」撰《酴醾花》。明楊淙《圓機活法》卷一六《酴醾花·品題》無撰人姓氏；蔣以化輯，姚宗儀增輯《花編》卷二，亦載本詩。
〔四〕「玉友」，《玉堂詩選》《圓機活法》作「韻友」。
〔五〕「元來」，《玉堂詩選》作「向來」；《圓機活法》作「固來」。
〔六〕「潤」，《玉堂詩選》《圓機活法》作「嫩」。

四妓吟而歌，歌罷而舞，鶯喉纖細，柳態輕盈。郎爲大笑，極其歡謔，所謂春宵一刻千金矣。郎動情將欲犯之，韶遽叱曰：「可以去矣！」四妓悉化爲花，乃芍藥、梨花、杜鵑、荼蘼四花而已。〔眉批〕韶命四妓至侑觴，能詩能歌舞，又命之去，悉化爲花，亦奇術也。

【按】本文出處待查。明西湖碧山卧樵《幽怪詩譚》卷二《術艷佐觴》載之。

## 花姬詩詠

嘉定間，平章韓侂胄勢傾内外，朝野側目，媚事者舉海寓奇産珍玩之物，無不供填相府矣，侂胄視之，蔑如也。獨天性嗜酒好色，略不知倦，結歡韓相，類以醇醪、絶色進，輒得美官。四川節度使程松進一美人號曰松壽，事韓獲寵嬖，程遂累遷顯秩，聞者兢曰：「情竇在是，而可鑽而入也。」於是有江淮都統者曰明珠，欲結韓相意，乃遍買絶色四姬以進，各隨花命名，曰木槿、金鳳、金錢、芭蕉。四姬色本殊絶，明珠又爲飾以鈿黛，文以錦綺，遂稱月殿嫦娥侶矣。進至韓府，侂胄見之大喜，嘆曰：「未識人間有此絶色也！」即日，陞明珠爲江淮宣撫大使。四姬周旋相府，日夕承歡，靡不當意。〔眉批〕侂胄惡狀，史籍彰彰，即此好色一端，有累相體大矣。

一日，侂胄壽旦，百官畢賀，儀帛錯陳，張筵設樂，聲動管弦，韓爲之豪飲幾酣。入内府宴，四姬捧觴上壽，各執己名之花而請，曰：「相公壽誕，妾輩獻花賦詩，以爲南山之祝，可乎？」侂胄許之。〔眉批〕侂胄壽旦，既有百官稱賀於外，復有四姬侑觴於内，昔人謂「三千珠履，十二金釵」，韓其兼之矣。一姬執木槿花吟曰：

紅白娟娟繞竹籬，繁華照眼不多時。露滋既逐晨光綻，花落何隨暮色萎。插鬢厭看兒女採，偷香先遣蝶蜂知。花中却是渠長命，换舊添新歲月遲。

一姬執金鳳花吟曰：

憑誰種在漫亭峰，奪得乾坤造化工。丹穴威儀能耀日，彩苞顔色欲翻風。枝枝映月堆瓊白，朵朵粧霞絢錦紅。花品稱名爲美瑞，最宜題品入詩筒。

一姬執金錢花吟〔二〕曰：

〔二〕本詩明舒芬輯《玉堂詩選》卷七題「羅一峰」撰《金錢花》；楊淙《圓機活法》卷二〇《金錢花·品題》無撰者姓氏。明劉敕《歷乘》卷一二，引「色濃已買三秋景，價重能供萬户貧」一聯。

媚茲
萬紫千紅色向洛陽呈富貴

相府
七言八句詩從相府逞精神

陰陽造化賦花神，鑄出金錢個個勻。日爍烟滋形不改，風磨雨洗様還真。色濃已買〔一〕三秋景，價重能供萬户貧。滿地若教〔二〕皆可用，蒼生盡作富豪人〔三〕。

一姬執芭蕉吟曰：

濃分新緑映庭除，一種靈苗體性殊。嫩葉緑排斜界紙，芳心香捲倒抽書。翻旗獵獵秋風惡，鳴玉蕭蕭夜雨疎。折取掌中爲小扇，班姬製作莫能如。〔眉批〕詩能發意，不拘拘於一字一句之奇者。

侂胄樂而沉醉。

翌日，侂胄偕四姬往西湖遊賞，親隨院童二人，年芳而美，四姬心愛之，二童亦屬意。已而侂胄大醉，卧於西軒，鼾聲覺濃重，四姬欺其熟睡，遂與二童私通，恣意謔浪，略無顧忌。韓既覺，似有聞者，欲罪之而不得其實。乃一日於府中設宴，命四姬侑觴，侂胄佯醉，作濃睡狀，二童、四姬遂於側室小齋交會焉。胄起密往視之，見四姬與二童裸體而卧，

〔一〕「已買」，《玉堂詩選》作「能假」；《圓機活法》作「能買」。
〔二〕「若教」，《玉堂詩選》《圓機活法》作「若堪」。
〔三〕「富豪人」，《玉堂詩選》《圓機活法》作「富家人」。

笑語唧噥，極其歡狎，侘胄大怒，即令武士縛二童并四姬於通衢，侘胄親臨斬之，二童之尸具在，至四姬，則惟見木槿、金鳳、金錢、芭蕉四枝梗及花蕊而已。侘胄大驚，遠近咸異。召明珠問之，亦不知其所自云。〔眉批〕按明珠後侘胄謂其欺己，收而斬之，哀哉！

【按】本文出處待查。明西湖碧山卧樵《幽怪詩譚》卷二《花奴狎相》載之，文字多歧。

## 五美色殊

合州之成紀縣，有富家者，辟一圃，植四時奇花於其內，名曰「百花園」。方圓計里許，州邑之簪纓貴客，罔不遊樂其中。

宣德七年春仲時，范生名徵者，詩人也，亦聞百花園之名，至而遊賞焉。〔眉批〕范生遊賞百花園，亦春日傍花隨柳之意。見百花競秀，萬卉爭妍，徵心悦懌，乃吟詩二律。其一〔二〕曰：

〔二〕本詩當爲集詩而成。「富貴昔歸金谷里，繁華又勝洛陽中」，楊淙《圓機活法》卷一九《花・聯句》作「富貴昔歸金谷裹，繁華金數洛陽中」。

花棚

剪翠裁紅金谷園中消日永

良晤
携雲握雨花棚陰處覺春濃

九十春光似酒濃，裁紅剪翠費天工。清香噴破胭脂國，麗色粧成錦繡叢。富貴昔歸金谷里，金谷園。繁華又勝洛陽中。洛陽城。一年一見東風面，回首那堪梦幻同。

其二〔二〕曰：

春園春色正相宜，少婦同行少婦隨。少婦春遊曲。竹裏登樓人不見，花間覓路鳥先知。櫻桃解結垂簷子，楊柳能低入户枝。山間醉來歌一曲，参差笑殺合州兒。徵合州。

詩成，酒興愈狂，豪飲自放，不覺盛醉，曲肱而卧於花棚之下。〔眉批〕人生大塊中，光陰代謝，老少迭催，一大梦也，奚止范生百花園花棚一梦而已。芳魄隨花香以馥鬱，遊魂逐蝶翅以飄揚，彷彿杳冥中，忽梦五美人嬉嬉然攜手而入，色皆殊絶，芳馨襲人。徵見而奇之，揖而問其所自來，且歷懇其名氏。五美人各自陳，一曰陶氏，二曰李氏，三曰杏氏，四曰唐氏。五曰牡氏。復自言：「見才郎在此，故來詢探耳。」徵喜甚，因以褻狎動，五美人不之拒，遂與交會於棚之下。其春心蕩漾，逸興遄飛，固倍常品上矣。

〔二〕本詩爲唐張謂《春園家宴》。宋李昉《文苑英華》卷二一五、明高棅《唐詩拾遺》卷一〇、陸時雍《唐詩鏡》卷二八《盛唐第二〇》、曹學佺《石倉歷代詩選》卷四六《盛唐一五》、鍾惺《唐詩歸》卷一六《盛唐一一》、清徐倬《全唐詩録》卷一九、張潛《詩法醒言》卷五等載之。

〔眉批〕范生得五美人，既沐其清光，復聆其詩語，奇遇矣。惜哉！徒形之於梦寐也。樂極，各爲賦詩自表，陶氏吟曰：

仙姿綽約絶纖埃，曾是劉郎去後栽。一種天工惟我愛，十分春色爲誰開？玉皇殿上紅雲合，金谷園中絳錦堆。好看化成三汲浪，蛟龍乘此起風雷。

李氏吟曰：

玉蕊銀英貯淡香，不隨紅紫競芬芳。冰霜骨格籠春色，水月精神縞夜光。魏武臺前含粉淚，漢皇宫内學梅粧。幽人雅性真清素，吟對瓊林逸興長。

杏氏〔一〕吟曰：

二月東皇〔二〕醉豔陽，靚粧倚遍〔三〕午橋莊。紅光照滿珊瑚樹，紫豔薰成錦繡裳〔四〕。

〔一〕本詩明舒芬輯《玉堂詩選》卷七題《杏花》，注「出《萬家詩集》。」；明楊淙《圓機活法》卷二〇《杏花·品題》無撰者姓氏。

〔二〕「東皇」，《圓機活法》作「青皇」。

〔三〕「靚粧倚遍」，《玉堂詩選》《圓機活法》作「杏花開遍」。

〔四〕「紫豔熏成錦繡裳」，《玉堂詩選》《圓機活法》作「紫顔粧成錦繡章」。

幾度晚香來酒店，一枝春色出鄰牆。書生對此多高興〔一〕，題品新詩入錦囊。

唐氏〔二〕吟曰：

江南二月好韶光，一種芳菲迥異常〔三〕。色艷〔四〕春風熏醉臉，淚凝曉露濕啼妝。絶憐西子偏貪睡，却恨東君不與香。何事當年杜工部，懶吟詩句入奚囊。

牡氏吟〔五〕曰：

落盡殘紅始吐芳，佳名號作百花王。兢誇天下無雙艶，獨佔人間第一香。醉態迎風嬌欲語，奇姿〔六〕含露濕啼粧。鬧花〔七〕浪蕊君休看，足稱栽培白〔八〕畫堂。

〔一〕「高興」，《圓機活法》同；《玉堂詩選》作「清興」。
〔二〕明楊淙《圓機活法》卷二〇《海棠·品題》載此詩，無撰者姓氏。
〔三〕「迥異常」，《圓機活法》作「在海棠」。
〔四〕「色艶」，《圓機活法》作「色麗」。
〔五〕本詩爲明舒芬輯《玉堂詩選》卷七題「唐皮日休」《牡丹花》，明楊淙《圓機活法》卷一九《牡丹·品題》作「皮日休詩」。明彭大翼《山堂肆考》卷一九七《花品》、清吴寶芝《花木鳥獸集類》卷上等載之，但僅是前四句。
〔六〕「奇姿」，《玉堂詩選》作「妖姿」。
〔七〕「鬧花」，《玉堂詩選》作「閑花」。
〔八〕「白」，《玉堂詩選》作「向」。

五美人吟畢，共爲懽躍。彼此牽紐，作攜手同行態，徵遂梦覺焉。舉目四顧，依然獨卧於花棚之下，寧復有所謂美人耶？因具録之。〔眉批〕百花園之遊，醉而卧，卧而梦，梦而覺，然則范生之神遇，天臺耶？華胥耶？南柯耶？

【按】本文出處待查。明吴大震《廣艷異編》卷一〇「情感部二」《范徵》、《續艷異編》卷七「梦遊部」《范徵》、西湖碧山卧樵《幽怪詩譚》卷二《桃李叢思》、王路《花史左編》卷七「花妖」《菊花》、清葆光子《香艷叢書》卷四《百花園梦記》等載之。明湯顯祖《紫釵記》第十六出《花院盟香》援引范徵所吟「春園春色正相宜」七律前四句，作：「名園春色正相宜，夫婿前行少婦隨。竹裏登樓人不見，花間覓道鳥先知。」吴偉業《秣陵春傳奇》卷上引「竹裏登樓人不見，花間覓道鳥先知。」一聯。

## 宛中奇瓣〔一〕

洛中有崔玄微者，處士也。建宅於洛苑東，棲真耽道，餌术茯苓三十載矣。因藥盡，

〔一〕「瓣」，底本正文目録作「辨」，誤。

東君

西苑為家一任英標濃國色

廣庇
東君作主免教紅紫襍苔痕

領僮僕入嵩山深處採之。〔眉批〕觀其棲真耽道餌朮，玄微蓋引□□也。迨畢，方回，及至宅中，久無人居，蒿萊滿院。

時春季之夜，風月清朗，花香襲人，玄微獨一院，家人無故輒不到，以故睡不成寐，輾轉間，忽樵鼓已報三更矣。俄有青衣人扣户，玄微啟户問之，青衣云：「在苑中住，宛洛密近。欲與一兩女伴過至上東門中表處，暫借此少憩歇，可乎？」玄微許之。須臾，乃有十餘人隨青衣人入，有緑裳者前曰：「某姓楊。」因指一人曰：「李氏。」又一人曰：「陶氏」。又指一緋衣小女曰：「姓石，名醋醋。」各有侍女輩。玄微相見畢，乃命坐於月下，問出行之由，對曰：「欲往封十八姨處。姨數日云：『欲來相看，不得今夕？』衆往看之。」坐未定，門外報：「封家姨來也。」坐皆驚喜出迎。楊氏云：「主人甚賢，只此從容數語尤勝，恐諸處未佳於此也。」玄微又出。封氏封，即風。言詞泠泠，有林下風氣，遂揖入坐，色皆殊絶，滿院芳香，馞馞觸鼻。〔眉批〕花各以其本名爲姓，宜也。乃風則謂之封十八姨，此尤巧於隱託也。處士命酒，各歌以送之。玄微志其一二焉。有紅裳人與白衣送酒，歌〔二〕曰：

〔二〕兩詩亦見清曹寅《全唐詩》卷八六七「怪」《洛下女郎歌》。

皎潔玉顔勝白雪，况乃當年對風月。沉吟不敢怨東風，自嘆容華暗消歇。

又白衣人送酒，歌曰：

絳衣披拂露盈盈，淡染胭脂一朵輕。自恨紅顔留不住，莫怨春風道薄情。

至封姨，持盞性輕佻，翻酒酒污醋醋衣，醋醋怒曰：「諸郎奉求，余不奉求也即相求也！」拂衣而起，十八姨曰：「小娘子弄酒。」皆起，至門外别。十八姨南去，諸子西入苑中而遠，玄微亦不致異。〔眉批〕酒污醋醋衣，而「醋醋」即拂衣起，是同此求庇，而彼獨不及庇也。

明夜又來，云：「欲往十八姨處。」醋醋怒曰：「何用更去封嫗舍乎？有事只求處士可矣。」玄微問故，醋醋曰：「諸女伴住苑中，每歲多被惡風所撓，居止不安，故常求封十八姨相庇。昨醋醋不能抵，卒歸受難爲風摇落。今借力處士，倘不拒，當有微報。」玄微曰：「某何力得及？」諸女、醋醋曰：「但處士每歲歲日作一朱幡，上圖日月五星之文於苑東立之，則免難矣。今歲已過，但請至此月二十一日平旦，微有東風則，并庶幾免於難也。」玄微許之，衆乃羅拜而去。

界期，玄微果如其言，立一幡，但見東風刮地，自洛南來，折樹飛沙，而苑中繁花不動如故，玄微乃悟諸女姓氏及衣服顔色之異，皆衆花之精也。緋衣名醋醋，即石榴也；封嫗，即風神也。後數夜，楊氏輩復來謝，各裹以桃李花數斗，謂崔曰：「服此可延年却老，願長作此地主，而某等亦獲長生也。」崔服之，果驗云。〔眉批〕玄微餌术，其意在長生，乃不得之。自養得之花神，勝於嵩山之行萬萬矣。

【按】本文出唐段成式《酉陽雜俎續集》卷三《支諾皋下》。亦見於唐鄭還古《博異記》、宋李昉《太平廣記》卷四一六《草木一一·花卉怪·崔玄微》、佚名《錦繡萬花谷》後集卷三七《衆花之精》、陳景沂《全芳備祖》前集卷二四《花部》、謝維新《事類備要》别集卷三四《花卉門》、曾慥《類説》卷二四、明王世貞《艷異編》卷三五「妖怪部四」《崔玄微》、陳耀文《天中記》卷二、王路《花史左編》卷一〇「花之味」《桃李花》、《緑窗女史》卷八「妖艷·鬼靈」《崔玄微記》、徐應秋《玉芝堂談薈》卷一四、鄭若庸《類雋》卷二六《花木類》、《删補文苑楂橘》卷一《崔玄微》、彭大翼《山堂肆考》卷四天文、鳩兹洛源子《一見賞心編》卷八「花精類」《崔玄微傳》、《（乾隆）偃師縣志》卷三〇「大事記」「逸事記」等載之。

明沈泰《盛明雜劇初集》卷一四《簪花髻》「石醋醋，姊妹行，把把花神酹。」引爲事典。

# 濠野靈葩

濠州有成器者，字廷用，處士也，賦性率直，嚴以持己，不少假借，至於待人接物，處藹藹一誠，家計亦覺饒裕。獨居一所，即家人無故不輕至焉。

一日，當暮夜閒坐，忽一蒼頭揖進，曰：「石處士奉邀。」器，直人也，竟不辯其處士爲誰，即與蒼頭偕往。〔眉批〕蒼頭有請，是君子可欺也。但不問處士爲誰，而遂偕往，此器之疎略□。行不里許，見喬林一望，華屋數間，宛然一鄉境也。至門，石處士縞衣策杖出迎，延之中堂，敘相見禮，坐以賓次，謂器曰：「坐邀隱君，幸勿見咎，爲陳魯酌，即魯酒。特屈駕臨。」於是引至中堂，則見其殽核已羅列矣。器謂處士曰：「胡爲而寵□招也？」石處士曰：「吾與宅上先人爲故交，特此酧之，君少趨庭，寧未聞耶？」遂彼此歡洽。酒及半闌，石處士曰：「家有四妓，不但謳歌間稱善，且吟詠亦覺有可取，當出以侑觴。」遂呼四妓出。四妓聞命，挾樂器冉冉而來，各以姓通，一應氏，又皮氏、楊氏、陶氏，視之，皆殊色也。〔眉批〕曰應、曰皮、曰楊、曰陶，非實有是

處士

嫩蘂奇葩已屬貴官潘縣去

奇英
香魂馥魄胡從處士石家來

姓也，特託詞耳，即莊子之寓言。由是發之，吹彈響遏行雲，雜之歌舞，梁塵飛半，繞梁。中堂極一時之樂事矣。酒又傳觥，情靡紀極，石處士曰：「彈歌，庸事也，不足爲故人樂。若輩須各吟律詩一首，以悦故人之聽，可乎？」四妓唯唯承命，石處士先命應氏，應氏〔二〕吟曰：

色染丹砂顆顆殊，極知品味勝醍醐。味甘美。蜀王國内栽多樹，王母堦前種幾株。野鳥啄時銜火食，山猿盜處落紅珠。時人未敢輕先食，摘取冰盤進帝都。

石處士次命皮氏，皮氏吟〔三〕曰：

盧家生質〔三〕姓名香，大葉籠雲似耳長。磊磊迎風千顆秀〔四〕，累累向日數株黄。

〔一〕本詩當爲集句而成。「蜀王國内栽多樹，王母堦前種幾株」，楊淙《圓機活法》卷二一《櫻桃·起句》作「王母堦前種幾株，水晶簾外看如無」。

〔二〕本詩明舒芬輯《玉堂詩選》卷七題《枇杷》，注「出《潛庵詩集》」；楊淙《圓機活法》卷二一《枇杷·品題》題「顔潛庵詩」。

〔三〕「生質」，《玉堂詩選》《圓機活法》作「仙果」。

〔四〕「秀」，《玉堂詩選》《圓機活法》作「聚」。

色匀〔一〕外面懸金彈，味養中心釀玉漿。五月園林渾似橘，也知不待洞庭霜。

石處士三命楊氏，楊氏吟〔二〕曰：

序屬朱明首夏天，楊家果熟滿林懸。枝頭顆顆朱丸小，果底〔三〕累累赭彈圓。鶴頂染成砂帶潤，籠睛攀下血猶〔四〕鮮。瑶池勝集神仙會，好與蟠桃獻壽筵〔五〕。

石處士末命而陶氏吟〔六〕曰：

丹砂爲骨菊爲衣，雨染烟蒸亞滿枝。圓實廣垂紅瑪瑙，酡顔新染〔七〕紫胭脂。七枚獻處稱王母，三度偷來憶漢兒。長壽仙人期共啖，何時攜手上瑶池？〔眉批〕

〔一〕「匀」，《玉堂詩選》《圓機活法》作「鋪」。

〔二〕本詩明舒芬輯《玉堂詩選》卷七題「楊國英」撰《楊梅》；明楊淙《圓機活法》卷二一《楊梅·品題》題「楊月軒詩」。

〔三〕「果底」，《玉堂詩選》《圓機活法》作「葉底」。

〔四〕「猶」，《圓機活法》作「還」。

〔五〕「好與蟠桃獻壽筵」，《玉堂詩選》《圓機活法》作「好共蟠桃薦壽筵」。

〔六〕本詩明舒芬輯《玉堂詩選》卷七題《桃子》，注出《念庵詩集》；楊淙《圓機活法》卷二一《桃·品題》題「羅洪先」。清方濬頤《梦園書畫録》卷一五載之，用爲題畫詩。

〔七〕「新染」，《圓機活法》作「新點」。

四詩無甚異，有櫻桃、枇杷，又次楊梅，末葡萄，各道其實而已。

石處亦自吟曰：

數仞崖峨號假山，四時不改秀蟠蟠。鳥從翡翠屏邊過，人在丹青畫裏看〔二〕。蒼雪籠陰迷曲徑，白雲拖影入詩壇。何當卜築層崖下，盟共松筠傲歲寒。

吟已大笑，盡歡而別，天已明矣。

翌日，器率僮僕攜酒看訪石處士，意在酬之。及至處士故宅，一無所見，惟假山峻峭，而櫻桃、枇杷、楊梅、葡萄諸果燦爛而已，器始悟其爲妖焉。〔眉批〕石處士自吟亦以道實，何器不悟，而有翌日之往酬耶？

【按】本文出處待查。明西湖碧山卧樵《幽怪詩譚》卷二《果石戀舊》載之，文字多歧。

## 荔枝入梦

閩越舊産荔枝，品奇絶。至六月成熟，味美可嘉，色紅可愛，世珍異之。元符

〔二〕本聯爲元張養浩《登會波樓》，「鳥飛雲錦千層外，人在丹青萬幅中」化而爲之。

末，建寧有譚徽之，文士也，一日，拉友人同遊附廓諸名山。攀梯逐磴，深入幽岑。至一谷，見石床坦峭，溪澗迂回，友人曰：「此商山乎？」徽之感懷，遂占一律，詩[一]曰：

南入商山松路深，石床溪水晝陰陰。雲中採藥隨旄節[二]，洞裏耕田映綠林。直上烟霞空舉手，回經丘隴自傷心。武陵花木應長在，桃源縣。願與門人[三]更一尋。

詩成，謂友人曰：「君無言乎？」友人亦占一律[四]，曰：

危岑[五]百尺樹森森，雖有山光未有陰。鶴侶正宜[六]芳景引，玉人那爲簿書沉。

[一] 本詩爲唐李端《送馬尊師》（一作《送侯道士》）。宋李昉《文苑英華》卷二二八、明高棅《唐詩拾遺》卷一〇、清曹寅《全唐詩》卷二八六等載之。

[二] 「旄節」，《送馬尊師》作「青節」。

[三] 「門人」，《送馬尊師》作「漁人」。

[四] 本詩爲唐盧綸《酬金王郎中省中春日見寄》。宋李昉《文苑英華》卷一九一、明高棅《唐詩拾遺》卷一〇、王志慶《古儷府》卷一一、清曹寅《全唐詩》卷二七七等載之。

[五] 「危岑」，《酬金王郎中省中春日見寄》作「南宮」。

[六] 「宜」，《酬金王郎中省中春日見寄》作「疑」。

入夢
曠野同遊遍目尚餘山水勝

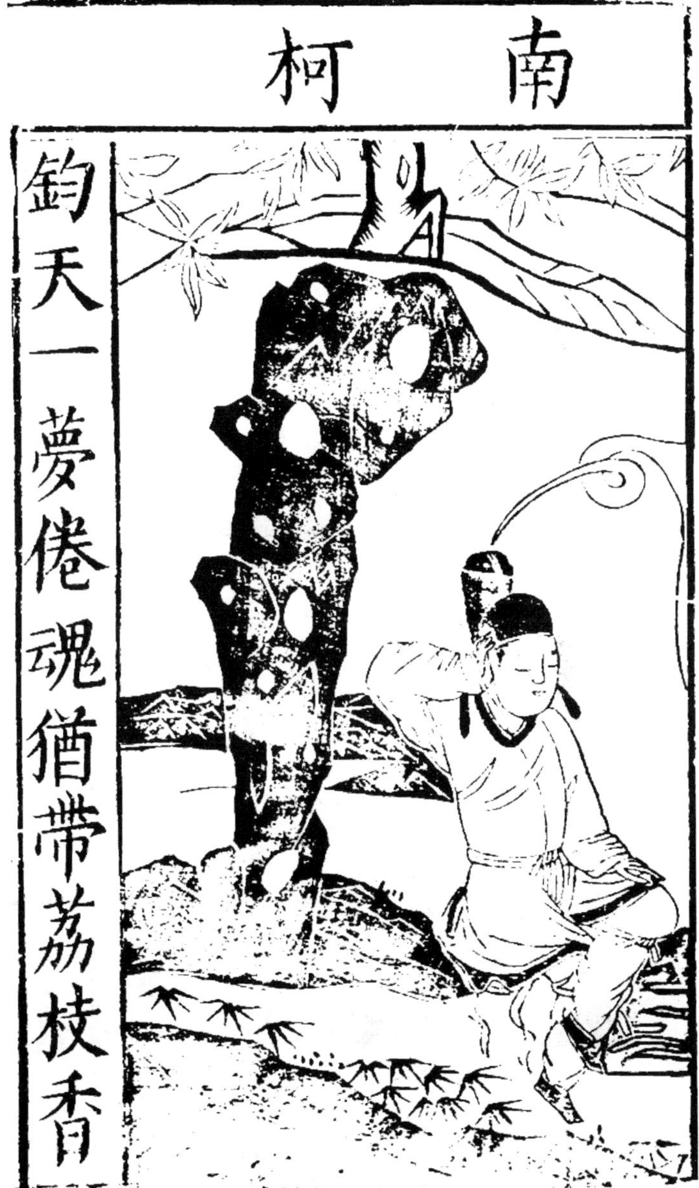
南柯
鈞天一夢倦魂猶帶荔枝香

山含瑞氣偏當日，鳥〔一〕逐輕風不在林。更有阮郎迷路處，阮肇事。萬枝紅樹一溪深。

詩畢，二人攜手而歸，載歌載笑，亦云樂矣。〔眉批〕拉友同遊，聲詩寄興，其興不減挾妓載酒輩。友人先別，獨徽之迤逗而行。至近郊，見一園，荔枝垂熟累累然，紅鮮足愛，徽之採之食，覺倦，遂少憩樹下。

朦朧中，梦至一室，一美人盛服出迎，曰：「辱大君子垂一盼，已切感佩矣，敢屈少敘。」遂攜手入，行夫婦之禮。〔眉批〕徽之梦荔枝，蓋其魂出與花神遇，故有是梦，非妖也。徽之問其姓，美人吟〔二〕曰：

妾生〔三〕原自越閩間，六月南州始薦盤。肉嫩色苞〔四〕丹鳳髓，皮枯稜澀紫雞冠。

---

〔一〕「鳥」，《酬金王郎中省中春日見寄》作「鶯」。

〔二〕本詩明舒芬輯《玉堂詩選》卷七題《荔枝》，注「出《潛庵詩集》」；明楊淙《圓機活法》卷二一《荔枝·品題》題「顏潛庵詩」。清俞鵬程《群芳詩鈔》卷五載之。

〔三〕「妾生」，《玉堂詩選》《圓機活法》作「生來」。

〔四〕「苞」，《玉堂詩選》《圓機活法》作「包」。

咽殘風味消心渴〔二〕，嚼破天心〔三〕濺齒寒。却憶當年妃子笑，貴妃。紅塵一騎過長安。

吟已而寢，情極委宛。美人又於枕上吟《古意》二首〔三〕，其一云：

君好桃李姿，妾好松柏老。桃李揺春風，飄零委芳草。不如松柏枝，青青長自好。

其二云：

君好紅螺杯〔四〕，妾好青鸞鏡。螺杯泛香醪，飲之亂人性。不如鏡生光，可以照欹正。〔眉批〕枕上《古意》，述言也，但取其意之至善而已，餘不暇悉。

翌日，徽之求去，美人泣曰：「恩情易阻，會晤難期，君何言去之速耶？」徽之曰：

---

〔一〕「心渴」，《玉堂詩選》《圓機活法》作「心熱」。

〔二〕「嚼破天心」，《玉堂詩選》《圓機活法》作「嚼罷天漿」。

〔三〕《古意》二首爲明童軒《枕肱亭文集》卷二《樂府歌行》、《清風亭稿》卷二《樂府歌行》《古意二首》。明李培《水西全集》卷一亦載之。

〔四〕「紅螺杯」，《枕肱亭文集》《清風亭稿》作「紫螺杯」。

「固知情稠而意密，只恐樂極以悲生，此予之所以欲去也。」美人不得已，爲設酒以餞，肴無所治，惟一具盤列席中，見其果，紅色，顆顆如珠。徽之亦不暇食，惟沉吟而已。

〔眉批〕相思別調，語語皆直切。美人爲慰解，拭淚復吟〔一〕，曰：

相見更何日，相思何獨悲〔二〕。紅顏奉巾帚，白髮滿路岐〔三〕。別來曾幾何，霜露忽淒其。仰見明月光，衆星羅參差。熠耀已宵飛，蟋蟀鳴庭幃。感之不成寐，淚下那可揮。西風吹羅幙，念子寒無衣〔四〕。豈不盛嬌愛，知者當爲誰。願君崇令德，努力愛容輝。棄捐勿復道，沉憂〔五〕令人老。

吟罷，送徽之行至門外，涕泣不已，徽之亦爲之動情，彼此繾綣，帶淚而別，才移數

〔一〕本詩爲明童軒《枕肱亭文集》卷三、《清風亭稿》卷三「五言古詩」《秋閨詠別》。亦見明李培《水西全集》卷二。

〔二〕「何」，《枕肱亭文集》《清風亭稿》作「良」。

〔三〕「紅顏奉巾帚，白髮滿路岐」，《枕肱亭文集》作「紅顏奉巾帚，白髮遺路岐」，《清風亭稿》作「紅顏奉箕帚，白髮遺路岐」。

〔四〕「寒衣」，《枕肱亭文集》《清風亭稿》作「無時」。

〔五〕「沉憂」，《枕肱亭文集》作「沉吟」。

步，亟回首，不覺傾跌而驚醒矣。張目視之，乃偃卧於荔枝樹下，心始悟其感妖，甚驚歎之。

【按】本文當爲明周静軒《湖海奇聞集》佚文。明吴大震《廣艷異編》卷一〇「情感部二」《荔枝梦》、《續艷異編》卷七「梦遊部」《荔枝梦》、陳耀文《天中記》卷五二、胡文焕《稗家粹編》卷三「梦遊部」《荔枝入梦》、徐𤊹《荔枝譜》卷三《敘事》、鄧慶寀《閩中荔支通譜》卷四、西湖碧山卧樵《幽怪詩譚》卷二《荔枝分愛》、清張英《淵鑒類函》卷四〇三《果部五》等載之。

## 老桂成形

浙之仁和狄明善者，家計豐裕，性復恢諧，飲則不至酩，獨曾受學知詩，人目之曰荒淫士也。洪熙中，有故之海鹽，舟至澉浦東七里許，天已瞑矣，時八月既望，丹桂薦香，金風來爽，明善覺興發，豪吟[一]一詩，曰：

---

[一] 本詩作者不詳，在清代有江蘇解元鐘丁先、狀元江西彭澤汪鳴相、安徽廬江儒生孫維啟所作諸説，這些都爲假託。

國色
國色呈祥久巳月宮禁露冬

天香
天香毓秀暫從漱浦了塵緣

萬里長空一色秋，淡雲殘靄屬誰收？月明銀漢三千界，久醉金峰十二樓。竹葉色飄豪士興，桂花香滿少年頭。憑誰傳到嫦娥語，留我蟾宮自在遊。〔眉批〕八月既望，非尋常月夜而已。昔人所謂「三五良宵，此時獨盛」者。

詩已，棄舟陸步，遥見前村隱隱有燈燭光，緩移數步赴之，至則居然一酒肆也。明善竟入肆門，惟見一女子，貌甚美。因明善至，喜曰：「郎君爲飲而來耶？抑亦醉翁之意不爲飲耶？」明善但應之，曰：「爲飲。」女遂引明善至室後小軒，扁曰「天香毓秀」，極其整潔。女問曰：「郎君尊姓？貴里何州？」明善曰：「僕姓狄，諱明善，杭之仁和人也。敢問芳卿尊姓？」女曰：「妾姓桂，名淑芳，世族燕山。五桂。嚴君早喪，宗屬凋零，故僑居於此，以貨酒爲治生計。」〔眉批〕女子自敘世族姓名，顯然一桂也。明善不悟者，亦以色欲蔽之耳。遂命侍婢名麗春者設席治酒及果核，女與明善對酌。酒次酣，明善詠桂一律〔一〕，曰：

---

〔一〕本詩當爲集詩而成。「玉宇無塵風露涼，連雲老翠吐新黄」，楊淙《圓機活法》卷一九《桂花·起句》同；「種分蟾窟根應異，名出燕山秀迥常」，《圓機活法·聯句》作「移來蟾窟非凡種，除却龍涎無此香」。

玉宇無塵風露涼，連雲老翠吐新黃。種分蟾窟根應異，名出燕山秀迥常。綴樹粧成金粟子，逼人清噴水沉香。今宵欲折高枝去，分付嫦娥自主張。

女覺其意，因笑曰：「君之詩，自御溝中來乎？謂其爲紅葉。」彼此褻近。明善狂不自禁，復吟一律〔二〕，曰：

露如輕雨月如霜，不見銀河〔三〕見雁行音杭。虛暈入池波自泛，滿輪當苑桂偏香〔三〕。春日〔四〕幾望黃龍闕，雲路寧分白玉郎。安得嫦娥離月殿，殷勤共我對清光〔五〕。〔眉批〕明善借詩寓意，與相如撫琴同看。

女聞詩益動，乃不俟請而相與寢居，其狎昵之私，不待言說矣。相對燕笑，動經數日。明善忽思歸，辭謝，女不允。又越數日，辭之力，女知不可留，泣曰：「君此去會晤

---

〔二〕本詩爲唐令狐楚《御覽詩·春夜對月》。宋李昉《文苑英華》卷一九一、明高棅《唐詩拾遺》卷一〇、清曹寅《全唐詩》卷二八〇等載之。

〔三〕「銀河」，《御覽詩》作「星河」。

〔三〕「香」，《御覽詩》作「長」。

〔四〕「春日」，《御覽詩》作「春臺」。

〔五〕「安得嫦娥離月殿，殷勤共我對清光」，《御覽詩》作「是夜巴歌應金石，豈殊衫影對清光」。

不再。但因事至此地，倘不吝一見，乃妾之至願也。」明善亦爲欷嘘。女作《斷腸曲》〔一〕送之，云：

五陵遊俠少年子，春風日日長安市。錦韉玉轡〔二〕青驊騮，韉，馬鞍具也。蛇弓羽簇千金裘。尋花折柳章臺路，圍紅疊翠誇豪富。歸來醉卧流蘇幃，醉中猶記朝雲詞。青樓只道春光好，蘭窗雨打梨花老右徵調。江頭浪白烟如織，行舟一去無消息。去年有書在洛中，今年書到上林卬〔三〕。蘭釭昨夜生金粟，今日長安問龜卜。出門不識東與西，遊絲落絮隨風迷右商調。〔眉批〕《斷腸》一曲，亦寫盡懷想之情。

明善與女大慟而别。抵家，無夕不梦女。

明年秋，明善再訪之，至則豐草喬林，遠近一色，獨老桂夾道而花而已，昔之美人安在哉！

【按】本文當爲明周靜軒《湖海奇聞集》佚文。明吴大震《廣艷異編》卷二三「草木部」《狄

---

〔一〕本詩爲明童軒《清風亭稿》卷二「樂府歌行」《斷腸曲》二首。明李培《水西全集》卷一亦載之。

〔二〕「玉轡」，《清風亭稿》作「鶴轡」。

〔三〕「林卬」，《清風亭稿》作「臨卬」。

明善》、王路《花史左編》卷七「花妖」《桂花》、《續艷異編》卷一九「草木部」《狄明善》、詹詹外史《情史類略》卷二一「情妖類」《桂妖》、西湖碧山卧樵《幽怪詩譚》卷一《桂花傳馥》、清王初桐《奩史》卷九二《花木門一》注出《北墅抱甕録》、《香艷叢書》十集卷三《物妖志·木類》、《古今閨媛逸事》卷七「神怪類」《桂妖》等載之。

## 會稽妖柳

熙寧間，有陶彖者，福人也，以令至秀州，攜其子希侃遊學。希侃美丰姿，尚詼謔，涉山水而怡情，侣花酒以適意，長吟獨詠，慕景興懷，慨然有超天下志，而功名事，不足齒也。〔眉批〕舊有《妖柳傳》，事固足異，而傳其事者載記詳明，詞復俊逸，予因録之。

一日，道經會稽，山名。泊舟山下。時微風棲林，淡月漾水，希侃不能成寢。起未數步，忽香氣鬱鬱可人，凝盼間，一娉婷參前，陶生驚謂曰：「梦耶？祟耶？」妖曰：「羡君高懷，特伴幽獨。」〔眉批〕即此問答數語，便入佳境。生問其居址遠近，妖答

清夜
青眼久舒漢禁已知無箇伴

雄譚
細腰輕擺會稽自覺有同心
三九

曰：「門崖壁石，顧在咫尺。青山我主人，茭葑我鄰比也。」生曰：「獨居荒寂，得無至此一遣乎？」妖曰：「非也。送月迎風，何居之獨？啼鶯語燕，何荒之寂？日飄搖於烟水之鄉，無所鬱也，又何假於一遣乎？」陶因微笑，牽妖袖并坐月中，引身私之，妖亦不拒。因問生曰：「操帆徒涉，碌碌何之？使得久留，當堅永約。」生曰：「此中願耳，奈家尊赴宦，且屬意鄙身，固難捨也。」妖憮然唏吁，曰：「君猶未知乎？青苗梗法，荊棘當途，指時政。政殆者有投林之想矣！君乃欲爲風中之樹耶？」生曰：「拙哉子言！將使我埋光丘壑乎？」〔眉批〕此下皆寓言也，是以每舉必草木門中事。妖曰：「徙木南門者，孰與種梅孤山之爲逸？看花長安者，何如摘菊籬下之爲高？隱顯并較。孰謂丘壑非賢者事哉？」生曰：「是固然，但君子疾泯泯耳。」妖曰：「王庭三槐，竇家五桂，不可謂不芬馥也，今未幾而雨露淒涼，凋殘相繼；甚者將軍之大樹，斧斤及之矣，何赫赫？何泯泯也？」生曰：「此皆身後遇耳，何足云。」妖曰：「茹芝四老子，採薇二餓夫，其來不知幾許時矣，而商山首陽之秀號，至今與霜松雪竹同清者，何耶？」生曰：「此聖耳。若中人無一遇，如虛生何？」妖曰：「此不可强也。如吾輩，有步生金蓮者，有妝飛梅萼者，下此而又有蒸梨見逐，啖棗求去者。夫婦且爾；況丈夫乎？故天苟我遇，則廟棟堂梁；天不我遇，則塗槫泥櫟。遇不遇，命也。人乎哉？不然，渭之釣叟，傅之築傭，幾何而不一竿一版，朽爛之巖之下也。」〔眉批〕妖柳反反覆覆，議論百端，大意只欲陶生解去功名，優遊自得，雖未得尚論之當，然矣足以祛貪戀者之邪思。生曰：「允若茲，何以自別？」妖曰：「豈有異哉？杏園一宴，桃李春官，雖與草莽蓬蒿者不同，及其南柯梦後，衰草荒榛，朝烟暮雨，同一丘耳，孰分梧檟之與樲棘乎？」生曰：「世方汲汲功名，而子獨以忤衆者望我耶？」妖曰：「正欲悟君耳。彼垂涎富貴者，不啻望梅之渴；妄意功名者，孰無松梦之思？彼將謂根深蒂固也，豈知桑榆之景易窮，草頭之露易涸。方將宴笑中堂，而長夜之室，人已爲我築矣。悲夫！」生曰：「將高潔以逃死耶？」〔眉批〕辯論不窮，感慨愈切，非仙風道骨者不能。妖曰：「死固難免，但當值此死也。苟朝求井上之李，暮拔園中之葵，勞苦驚疑萬狀也。廟栢成龍，雷陽感竹，終無益也。而况未必得此乎？若夫託跡赤松，隱身緑橘，飡菊英，紉蘭佩，猿鶴同梦，木石通情，日享天地間至樂，事果可與恒人論歲月乎？以此評死，孰值而孰負耶？」生喜曰：「悟矣。但子胡典達若是也？」妖曰：「章臺日微，漢禁隋堤非昔。霸陵門户問者踈，而隨者少，故特此僑寓耳。」生曰：「有兄弟否？」妖曰：「紫荊伐後，箕豆相煎，念本憐枝者誰與？」生曰：「盍求一友？」妖曰：「金蘭契絶，勢利成風，負荊人遥，青松落色，又安所求乎？」生曰：「若然，人可絶矣。」妖曰：「朝廷鮮勝任之良幹，郡縣乏敷惠之甘棠。趙家喬木，蠹若庸材；又受禍於王呂之牛羊矣，人誰與哉？」〔眉批〕段段有章法，有句法，有字法，且典則古雅，洞達時弊，高手。生曰：「子之居此，憂耶？樂耶？」妖曰：「方其淒風寒雨，杏褪桃殘，山路簫條，愁雲十里，苔荒蘚敗，情祛魂消，不可謂無憂也。及其芳洲晴煖，一簇翠烟，畫舫玉驄，酒旗摇映；又或送夕陽，掛新月，暮蟬數咽，野鳥一鳴，萬縷春光，心怡意適，殆不知造物之有盡也。夫誰曰不樂乎？」〔眉批〕憂樂二段，精神修倍，才思洋洋，柳枝情狀曲盡無餘種。生笑曰：「樂則樂，第少一知心也。」妖亦笑曰：「久排青眼，舉不若郎君。是以不辭李下私嫌，竟赴桑間密約。」生挽手，曰：「俗心已破矣，第不能寄此身。」妖曰：「是不難。即當潛名澗壑，俯結松蘿，寄跡雲霞，聯名緑木，山樵泉飲，鶴伴鷗賓，上縱莘野之孤犁，下續桐江之一綫。拄杖穿花，山壺籍草，時梦繞乎松杉，日心飛於蘭桂，不特與竹林而較勝，且將與桃源而争芳。何必喘慕紫薇之臺閣，肩挨黃棘之門牆，韁鎖情懷，桎梏手足，以自取辱哉！」〔眉批〕讀此一段，足醒朝秦慕楚，厭飫禄食之塵梦。生見其博洽多聞，婣娜艷冶，意必仙種也，求與歡洽，彼此諧和。起別時，雞三唱矣，生問其姓，妖曰：

不必牽衣問阿嬌，幽情久已屬長條。吴王山上無人處，幾度臨風夜舞腰。

生溺於欲，竟不解而去。

明夜復來，生匿之舟中，欲與之任。妖不悦，曰：「妾奉蒲姿於君者，寔欲與君開緑野之堂，結白蓮之社；採武安之藥，種邵平之瓜，冷波巖雲湖水中也。顧可自蹈危枝，爲人振落哉？」生不能捨，哀哀懇乞再四，乃從。

及抵秀甫季餘，生遘疾，幾不起，彖恐其有祟，延法師設壇治之。妖初不爲意。後法師懸觀音像，宣《楞嚴》秘密神咒，妖乃請去。泣謂生曰：「久與子遊，將益子壽，非祟子也。今永別矣！」作詩泣曰：

仲冬三七是良時，江上多緣與子期。今日臨岐一杯酒，共君千里還相思。

遂去，不復見。生疾亦尋愈。方知其妖柳也。因繹其言，改名爲希靖，不求仕進，歸家享年壽云。〔眉批〕妖柳悟陶生，而陶生卒大悟。今之白髮烏紗、瞿顔玉珮者，視妖柳、陶生何如也。

【按】本文據明周紹濂《鴛渚志餘雪窗談異》帙上《妖柳傳》删節成文。原始出處，當爲宋秦觀《淮海集》後集卷六《録龍井辯才事》，亦見宋洪邁《夷堅丙志》卷一六《陶彖子》、蘇轍《欒城後集》卷二四《龍井辯才法師塔碑》、潛説友《（咸淳）臨安志》卷七八《寺觀四》、釋志磐《佛祖統紀》卷一一、莫君陳《月河所聞録》、宋闕名《異聞總録》卷一、明田汝成《西湖遊覽志餘》卷一四《方外玄蹤》、吴大震《廣艷異編》卷二三「草木部」《妖柳傳》、《續艷異編》卷一九「草木部」《妖柳傳》、徐渭《刻徐文長先生秘集、志林》「妖柳傳」、詹詹外史《情史類略》卷二一「情妖類」《妖柳》、釋廣賓《杭州上天竺講寺志》卷一三「風範隆污品」《神異》、董斯張《吴興藝文補》卷一四、釋明河《補續高僧傳》卷二「義解篇」《元净傳》、《（萬曆）嘉興縣志》卷一一《宦師》、卷一六《方伎》、清秦嘉謨《月令粹編》卷一七、沈季友《檇李詩繫》卷三六、厲鶚《宋詩紀事》卷九九、陶元藻《全浙詩話》卷二二《宋》、汪孟鋗《龍井見聞録》卷八文《辯才法師塔碑》、《香艷叢書》十集卷三《物妖志》木類《柳》等。

古吴墨浪子《西湖佳話》卷十《虎溪笑跡》衍爲話本。

## 常山怪木

永樂五年，常山有邵十朋者，富人也，與里人黄若虚聯兒女戚誼，并以貲積豐厚稱。十朋一夕宴坐，將至夜分，酒酣情放，斜月自殘，歌浪聲空，潭龍驚起，無已，朗吟一律〔二〕，曰：

生涯心事已蹉跎，樽酒〔三〕依然此重過平聲。近北始知黄葉落，向南空見白雲多。常山〔三〕日日人將老，寒渚年年水自波。華髮相逢今若是，再來秋草復如何〔四〕。〔眉批〕詩有感喟，有旨趣，此邵君知止知足之時也。

誦罷，復自酌，性愈覺豪逸不自禁，忽蒼頭報云：「外有叩門者。」十朋令問其姓，蒼頭復傳云：「四耆老言求入見。」十朋許之，蒼頭啟門引進，但見四老形瘦而修，鬚長而秀，其色蒼，其衣緑，不待問而笑言謚謚，不策杖而步履祁祁，揖十朋而謂曰：「予乃松、檜、栢、槐四處士也，有蕭墻不測，求庇於公，故不辭昏夜而來耳。」十朋

---

〔二〕本詩爲唐劉長卿《劉隨州集》卷九《北歸入至德界偶逢洛陽鄰家李光宰》。宋李昉《文苑英華》卷二九二、明高棅《唐詩拾遺》卷一〇、鍾惺《唐詩歸》卷二五《中唐一》、清曹寅《全唐詩》卷一五一、徐倬《全唐詩録》卷三四等載之。

〔三〕「樽酒」，《劉隨州集》作「舊路」。

〔三〕「常山」，《劉隨州集》作「炎州」。

〔四〕「華髮相逢今若是，再來秋草復如何」，《劉隨州集》作「華髮相逢俱若是，故園秋草復如何」。

木陰
四老求和廊廟莫教需棟宇
清談萬選
卷之四
四三

求生

一言獲庇常山從此飽風霜

與之坐而問焉。四老曰：「予輩鄰比令親王若虛家，已深歷世數矣，邇聽細人之言加斧斤於我，竊聞興滅繼絶，君子之本心；扶顛持危，仁人之素志，伏仗回天之力，以拯四人之生，尚當思爲銜結報謝！」十朋曰：「然則欲何爲耶？」四老曰：「得公片言以和解，則彼必從矣；彼從，則吾輩可無患也。」〔眉批〕敘事處委婉有情，得太史公家學者。十朋曰「諾。」四老躍然壵音喜，相與各賦一詩而歸。松處士先吟〔一〕曰：

聳漢〔二〕昂霄百丈長，四時黛色老蒼蒼。髮絲蓊鬱籠烟霧〔三〕，皮肉〔四〕嶙峋傲雪霜。地植〔五〕香脂凝琥珀，風傳〔六〕清韻奏笙簧。大材未許庸工伐，留與王家〔七〕作棟

---

〔一〕本詩明舒芬輯《玉堂詩選》卷七題「陳王道」撰《松》；明楊淙《圓機活法》卷二一《松·品題》題「陳王道詩」。明劉敕《歷乘》引「髮絲蓊鬱籠烟霧，皮肉嶙峋傲雪霜」一聯。

〔二〕「漢」，《玉堂詩選》《圓機活法》作「壑」。

〔三〕原本作「霧」，據《圓機活法》補爲「烟霧」。

〔四〕「皮肉」，《玉堂詩選》《圓機活法》作「皮玉」。

〔五〕「地植」，《玉堂詩選》《圓機活法》作「地蟄」。

〔六〕「風傳」，《玉堂詩選》《圓機活法》作「風來」。

〔七〕「王家」，《玉堂詩選》作《圓機活法》「皇家」。

樑。題松。

檜處士吟〔一〕曰：

輪囷高倚五雲端，密葉婆娑翠作團。材大肯同〔二〕天地老，色濃〔三〕不畏雪霜寒。陰籠白鶴雲邊宿，影動蒼龍月下蟠。帶得山川烟霧氣，一團秋意逼吟壇。題檜。

栢處士吟〔四〕曰：

厚地根盤太古時，拏雲攫霧屈虬枝。雪霜不死真心在，雨露長含〔五〕黛色奇。廊廟未尋梁棟器，山林空老虎龍姿。挺然御史臺前立，夜卧〔六〕冰輪月一規。題栢。

---

〔一〕本詩明舒芬輯《玉堂詩選》卷七題「羅念庵」撰《檜》；楊淙《圓機活法》卷二一《檜·品題》題「羅念庵」。

〔二〕「肯同」，《圓機活法》作「可同」。

〔三〕「色濃」，《玉堂詩選》《圓機活法》作「色堅」。

〔四〕本詩明舒芬輯《玉堂詩選》卷七題「夏言」作《柏》；楊淙《圓機活法》卷二七《栢·品題》題「夏桂洲詩」。清王錫侯《（乾隆）望都縣新志》卷八載：「厚地盤根太古時，拏雲攫霧屈虬枝。雪霜不死貞心在，雨露長涵黛色奇。廊廟每需梁棟器，山林肯老虎龍姿。森然御史臺前立，夜掛冰輪月一規。」明劉敕《歷乘》卷一二《栢》，引「廊廟未尋梁棟器，山林肯老虎龍姿」一聯，認爲本詩作者爲夏桂；誤，當爲夏桂洲夏言。

〔五〕「含」，《圓機活法》作「涵」。

〔六〕「卧」，《圓機活法》作「掛」。

槐處士吟〔一〕曰：

自昔王家〔二〕慶澤長，栽成老樹色蒼蒼。緑枝密覆〔三〕儒官市，黄蕚〔四〕忙催舉子裝。蟻梦穴中閑永晝，蟬聲〔五〕葉底送斜陽。何時取子來飧服，學得神仙不老方。

〔眉批〕每詩俱切旨，足詠。

吟訖，四老羅拜致謝而去。

翌日，十朋如約造若虚家，備陳四老囑受語并其詩，曲爲慰解，期在必從。若虚驚曰：「歷數吾鄰舍數上聲，並不知有松、檜、栢、槐四處士也。」沉思久之，始撫髀嘆曰：「噫！是矣。吾將構小堂一所，欲伐後園松、檜、栢、槐四樹作棟梁，渠今未舉行，而物已先覺，誠異也。吾不忍伐之矣！」事竟寢焉。〔眉批〕松、檜、栢、槐，四

〔一〕本詩明舒芬輯《玉堂詩選》卷七題「陳經邦」撰《槐》；楊淙《圓機活法》卷二一《槐・品題》題「陳經邦詩」。俞鵬程《群芳詩鈔》卷六載之。
〔二〕「自昔王家」，《玉堂詩選》《圓機活法》作「自古皇家」。
〔三〕「覆」，《玉堂詩選》《圓機活法》作「護」。
〔四〕「黄蕚」，《玉堂詩選》《圓機活法》作「黄蕊」。
〔五〕「蟬聲」，《玉堂詩選》《圓機活法》作「禪鳴」。

木也，尚知求活，則好生惡殺之心，不但人類爲然矣。

【按】本文出處待查。明西湖碧山卧樵《幽怪詩譚》卷五《四木惜柯》載之。明侯甸《西樵野記》卷五《王莊六槐樹》一文，與本文情節一致，當爲一種衍化。其文曰：

王莊吴世澄與朱廷佩，交素莫逆。成化庚子，世澄夜坐室中，聞鼓門聲，啟視，六人皆長髯者老，揖曰：「予輩陸槐等是也，與朱廷佩爲鄰有年，邇信讒人之言，欲害予輩。知與君素善，願乞解之。」世澄許之，六人忻謝而去。翌日，過廷佩家，備述所求，佩曰：「吾鄰不識陸槐。」更思，久之，驚曰：「吾門有槐六株，恰欲伐去，作室於上，何事物亦愛生如是！」遂捨去。

此文明慎懋官《華夷花木鳥獸珍玩考》、《華夷花木考》卷三《王莊陸槐樹》、清程作舟《閒情十五種》之《無情癡》一書中《槐求救》等載之。

## 滁陽木叟

滁州之臧頤正者，士人也，甫幼趨庭，已閑詩禮，長而肄業藝壇儒門，晝永則抛書倦息，時和或散步芳原。

當景泰初，一日遊於西村之別墅，拾翠尋芳，樂而忘倦，正欲返旂，見斜日銜山，嶺猿長嘯，歸路既迷，天色漸昏黑莫辨，此衷已覺其失宰矣。〔眉批〕方西村之行，臧何心於五叟，五叟亦何心於臧，而不相期而相值，幸矣。頃之，有五叟扶笻而來，見頤正有倉皇狀，乃笑之曰：「子效窮途之哭者乎？阮籍事。抑亦效步月之樂者乎？張生事。」頤正曰：「今前路已迷，寄身荒寂，鶴唳於上，猿啼於下，木石爲侶，鬼祟爲徒，焉知四肢之不溝壑也，是不可謂不哭。然而長烟一空，皓月千里，清風薦爽，喬木羅陰，獨詠長吟，饗窮寒谷，山鐘野笛，惠我好音，飄飄然有身世兩忘之態，而又安知途之窮乎？此則不可謂不樂也。」〔眉批〕頤正自敘其不哭、不樂處，亦自有襟懷，高出庸鐘品上。叟笑曰：「樂固矣，第持千金軀，投之暮夜窮厄之地，竊爲哲人不取也。」頤正曰：「奈之何？」叟曰：「予輩荒莊去此乃咫尺耳，請君聯床夜話，可乎？」頤正謝曰：「甚感！」遂與偕行，不半里許，見叢林中一茅屋，即叟居也。五叟引頤正，但席地而坐，頤正問其姓氏，五叟曰：「予輩謂之山莊五逸，無姓可稱也。蓋予輩得天地之栽培，受造化之滋養，可以引鳳而棲鸞，可以藏鶯而養蠶。但今皆老矣，不能用也。」一叟曰：「杞梓連抱，而有數尺之朽，良工不棄，予輩非廢材，烏可棄耶？」又一叟曰：「奚必喋喋往事哉？盍各占詩爲文士樂？」〔眉批〕五叟各不言姓氏，而詩中已盡其意，是亦不告之告也。於是，一叟乃先吟〔一〕曰：

亭亭直幹老雲林，應是栽培歲月深。明月枝頭雙鳳宿，清風葉底一蟬吟。黃飄金井催秋色，翠覆銀床落午陰。莫爲斧斤來伐取，良材留得作瑤琴。題梧。

一叟吟〔二〕曰：

天留佳景畫難同，玉露凋殘葉盡紅。幾樹飄蕭秋雨裏，千章〔三〕爛漫夕陽中。

---

〔一〕本詩明舒芬輯《玉堂詩選》卷七題「舒梓溪」撰《梧桐》，明楊淙《圓機活法》卷二一《梧桐・品題》題「狀元舒芬」。其詩作「亭亭直幹出雲林，應是栽培歲月深。明月枝頭雙鳳宿，清風葉底一蟾吟。黃飄金井催秋色，翠覆銀床落午陰。莫謂斧斤來伐取，良材留待作瑤琴」。明潘睦堂《睦堂公詩稿・梧桐》載之。其詩作「亭亭直幹老雲林，應是栽培旬日深。暮夜枝頭雙鳳宿，清風月底一蟾吟。黃飄金井催秋色，翠覆銀床落午晗。□皋斧斤來拆削，良材留待作瑤琴。」見《懷德村志》，第五二四頁；《福永志》第四編《文化》，第四四六頁。明劉敕《歷乘》卷一二「木品」《梧桐》，認爲此詩爲明舒芬作。本詩作者有待進一步考察。

〔二〕本詩明舒芬輯《玉堂詩選》卷七題「唐會元」撰《楓》；楊淙《圓機活法》卷二一《楓・品題》題「唐荊川詩」。

〔三〕「千章」，《玉堂詩選》《圓機活法》作「千枝」。

山庄

五逸
喬林欝欝丰生
經幾雪霜寒、

吴天〔一〕恍若晴霞泛〔二〕，楚岸渾如野火烘。回首不知光景换，等閒零落逐西風。

題楓。

一叟吟〔三〕曰：

漏洩韶光臘盡時，籠烟鎖霧萬條垂。緡蠻〔四〕黄鳥鳴春樹，哽咽玄蟬〔五〕噪晚枝。彭澤縣前花似雪，未央宫裏葉如眉。寄言把酒陽關路〔六〕，莫折柔枝贈别離。題柳。

一叟〔七〕曰：

五畝之家植遶墻，柔枝沃葉色蒼蒼。濃蔭夾道迷青霧〔八〕，翠影連畦透夕陽。

---

〔一〕「吴天」，《玉堂詩選》《圓機活法》作「吴江」。

〔二〕「泛」，《玉堂詩選》《圓機活法》作「照」。

〔三〕本詩明舒芬輯《玉堂詩選》卷七題《楊柳》。

〔四〕「緡蠻」，《玉堂詩選》作「綿蠻」。

〔五〕「玄蟬」，《玉堂詩選》作「寒蟬」。

〔六〕「陽關路」，《玉堂詩選》作「陽關客」。

〔七〕本詩明舒芬輯《玉堂詩選》卷七題《桑》，注「出《潛庵詩集》」；明楊淙《圓機活法》卷二一《桑·品題》題「顔潛庵詩」。

〔八〕「青霧」，《玉堂詩選》《圓機活法》作「春霧」。

錦雉不驚沾德化，冰蠶初熟藉芬芳。穴中探得金環去，鄰舍兒童知姓羊。題桑。

一叟吟〔二〕曰：

直幹連雲翠作堆，故家不厭滿庭栽。一竿瀟灑迎鸞舞，萬葉婆娑引風來。勁節不争春煖艷，虚心已作歲寒魁。何時斬得長枝去，要掣金鼇海上回。題竹。

〔眉批〕詩且典實，玩之覺意味雋永。

詩畢天明，五叟散去。頤正獨坐叢林之中，遂驚歎而還。

【按】本文出處待查。明吴大震《廣艷異編》卷二三「草木部」《臧頤正》、西湖碧山卧樵《幽怪詩譚》卷一《木叟憐材》載之。

## 泗水修真

泗州有貝時泰，其先巨室，財殖累萬億，因博弈貪淫，家計日就削窘，不下十餘

〔二〕本詩當爲集句詩。「直幹連雲翠作堆，故家不厭滿庭栽」，明楊淙《圓機活法》卷二一《竹·起句》作「翠色連雲萬葉開，王家不厭滿庭栽」。

夢回
術士插花倏爾指揮成幻夢
清談萬選
卷之四
四九

悟道
貝生受害翻然省悟熄凡心

歲，而囊橐已蕩如矣。迨窮始思，思而善心生，然時已無及，故猛自警省，不屑仰面朱門，遂入天蓬觀修道。〔眉批〕時泰先富後貧，失之自守。昔人謂富貴出驕奢，此其人也。無何數年不成，中心怏怏，嘗自吟〔一〕曰：

過眼光陰去孰追〔二〕，半生塵土涴征衣。買臣每嘆行年苦〔三〕，伯玉空知往事非。春雨又蘇邊地草，秋風應老故山薇。細思磨杵今何在，錯向滄浪問釣磯〔四〕。

凡遇傷感，必發之聲韻，類如此。

一日，忽有真人至其觀，自號無爲子，神采英毅，言動異常，時泰重之，於是延之坐而問曰：「僕有志上遊，清修苦行非一日矣，而竟阻於入道之門，老師其謂之何？」真人曰：「噫！所謂道者，如精金美玉，無瑕疵之玷。今子雖爾清修，而心

〔一〕本詩爲明童軒《枕肱亭文集》卷六、《清風亭稿》卷六「七言律詩」《癸巳歲，予齒四十九矣，宦績無成，道德日負，悵然有感，因作》。清曾燠《江西詩徵》卷五〇《明》載之。

〔二〕「過眼光陰去孰追」，《枕肱亭文集》《清風亭稿》作「久客懷歸尚未歸」。

〔三〕「苦」，《枕肱亭文集》作「困」。

〔四〕「細思磨杵今何在，錯向滄浪問釣磯」，《枕肱亭文集》《清風亭稿》作「太平時世身難補，□向滄江問釣磯」。

實未寧；雖爾苦行，而志實未篤，惡乎成？且子自恃果能真知利欲之害，能禁之而不爲乎？舉心論。」〔眉批〕世之人繳利受害成風，問戒何所謂道，何所謂修道者。彼青巾破衲之徒，則又丐者之别名，色喪恥滅心尤甚。乃於觀後摘一芙蓉、一雞冠、一槐花、一蘭花，置之枕上，令時泰少憩於枕，時泰如其言，須臾熟睡。梦至一處，朱門翠幙，隱隱大家，中出一叟，迎時泰入其家，至後堂，茶且話，隨命四女出見，種種絶色，各自陳其名，長曰芙蓉，次曰雞冠，又次曰槐英，末曰蘭香。時泰於是夜宿於小齋，未及寢處，四女私通於泰，周且復始，極盡恩愛。芙蓉吟〔二〕曰：

緑雲丹臉水仙容，如與花王行輩同。富貴不淫三月裏，繁華偏鬧九秋中。根株肯歷風霜候，顔色皆因造化工。疑是曲江開宴賞，玉人沉醉綺羅叢。

雞冠吟〔三〕曰：

莖高數尺傍檐楹，號作雞冠舊有名。帶雨低垂疑飲啄，因風高舉似飛騰。不

〔二〕此詩亦見明西湖碧山卧樵《幽怪詩譚》卷五《狐惑書生》。

〔三〕本詩當爲集句詩。「不凋不落丹砂老，非剪非裁紫錦明」，明楊淙《圓機活法》卷一九《雞冠花·聯句》同。

凋不落丹砂老，非剪非裁紫錦明。縱使嫦娥憐絶色，廣寒無地梦難成。

槐英吟〔一〕曰：

百尺亭亭黛色〔二〕蒼，西風開處滿林黄。高低密映宫庭静〔三〕，零落能催舉子忙。勾引蟬聲鳴夕照，牽連〔四〕蜂嘴戀秋香。何時採入楓宸去，緑染衣頒〔五〕奉使郎。

蘭香吟〔六〕曰：

栽從綺石綴芳叢，藹艾紛紛敢與同。艷吐渥丹凝瑞露，芳抽紺緑泛光風。秀呈美質謝庭下，暗度幽香楚畹中。不有當時夫子在，誰傳雅操入枯桐？〔眉批〕梦裏閑吟，亦足以供青盼者之一笑。

〔一〕本詩明舒芬輯《玉堂詩選》卷七題《槐花》，注出《潛庵集》。明楊淙《圓機活法》卷一九《槐花・品題》載之，無撰者姓氏。此詩亦見明西湖碧山卧樵《幽怪詩譚》卷三《盱江拗士》。

〔二〕「黛色」，《玉堂詩選》《圓機活法》作「曉色」。

〔三〕「宫庭静」，《玉堂詩選》作「公庭净」；《圓機活法》作「公庭静」。

〔四〕「牽連」，《玉堂詩選》《圓機活法》作「惹來」。

〔五〕「頒」，《玉堂詩選》《圓機活法》作「斑」。

〔六〕此詩亦見明西湖碧山卧樵《幽怪詩譚》卷一《花神衍嗣》。

時泰悦其才貌，貪心逃起，遂誘四女竊其家貲，五鼓逃去。行一二里許，後之追者群至，縛之到官，官司鞫之，得其情，判爲奸盜，將斬於市。時泰臨刑大慟，舉身流汗，既覺，乃偃卧於枕間耳。真人笑曰：「利欲之事，樂乎？害乎？」時泰曰：「心知其害矣。」真人教以法，經年成道而去。〔眉批〕好色好貨，人之情，則爾詎意梦寐之間亦然。

【按】本文當爲明周静軒《湖海奇聞集》的佚文。明西湖碧山卧樵《幽怪詩譚》卷三《利欲證道》載之。

明澹圃主人《大唐秦王詞話》卷七《事嬪妃英齊合謀 害秦王張尹定計》，援引芙蓉之「緑雲丹臉水仙容」爲入話詩，作：「緑雲丹臉水仙容，似與花王傾國同。富貴不誇三月裏，繁華偏鬧九秋中。根株肯歷風霜後，顔色皆因造化工。疑是曲江開宴賞，玉人沉醉綺羅叢。」

## 巫山託處

元統甲寅，貴州米防禦，官職。諱濟民，家業饒裕，年踰不惑，而尤艱於後嗣，雖侍妾數輩求其葉梦熊羆，衍螽斯之秩秩者，則未矣，防禦憂之。

花前

寄跡巫山帶雨為誰拖黛色

酬勸
托身防禦臨風猶自惜嬌容

一日，宴坐堂中，忽隸卒報云：「外有一老，引一姬來見。」〔眉批〕老丈引姬昏夜求宿，意者聞所聞而來歟？防禦驚訝，親迎之，見姬姿容瑩潔，美玉無瑕，豐度飄嬈，垂楊舞，醉眉灣，而新月掛天目，盼而秋波漾日，嬝嬝婷婷，絕色也。意甚悅。延坐，問曰：「老夫何家？」老者曰：「巫山之陽，古木蒼蒼，我宅其傍。」防禦曰：「何事？」老曰：「干戈簇簇，民受屠戮，逃逋願宿。」防禦許之。坐久，從容謂其老曰：「吾家多侍妾而少出，老丈肯以令愛屬我乎？萬一衍嗣，則今日富貴，令愛有之矣，幸熟籌之。」老喜曰：「予亦貧而無子者，日不自給，止此女孩，今未輕字，許嫁也。既得相憐敬，願事箕帚。」防禦歡呼踴躍，命設宴以款待，老曰：「小女名瑞香，善歌詠，請命以題，庶賦之爲觴侑，可乎？」防禦曰：「汝家巫山，以《巫山高》〔一〕作題。」瑞香乃歌曰：

巫山高高望不極，疊巘連崖倚天碧。雲裏芙蓉十二峰，宛如神女脱粧濃〔二〕。

〔一〕本詩明童軒《枕肱亭文集》卷二、《清風亭稿》卷二「樂府歌行」《巫山高》。曹學佺《石倉歷代詩選》卷三六九《明詩次集三》、李培《水西全集》卷一、陳田《明詩紀事》乙籤卷一八等載之。

〔二〕「脱粧濃」，《枕肱亭文集》《清風亭稿》作「晚粧濃」。

襄王已去今千載，行雨行雲尚有蹤。朝朝暮暮荒臺下，幾見行人時駐馬。玉佩仙香杳不聞，空有神巫奏歌舞。路入楓林樹色青，古祠飛雨亂薹生。相思何處愁魂斷，木葉蕭蕭猿夜聲。〔眉批〕敘巫山一段，典實慨切。

防禦樂甚，縱酒大醉。翌日。老辭歸，防禦以銀伍錠酬之，老笑曰：「鄙拙無嗣，欲銀無所措，但能以心酬之，足矣。」防禦感謝，而其老去。〔眉批〕老叟辭金，廉耶？矯耶？即亦妖物之惑人而假此耶？

一日，防禦與瑞香宴於後園，戲謂曰：「汝名瑞香，當以此題詠之。」瑞香笑而吟〔一〕曰：

玲瓏巧蹙紫羅裳，異萼奇花近小堂〔二〕。帶露欲開宜夜月〔三〕，臨風微困怯春霜。

---

〔一〕本詩明舒芬輯《玉堂詩選》卷七題「宋朱淑真」《瑞香花》。亦見其《斷腸詩集》，明李攀龍編《詩學事類》卷八、《圓機活法》卷一九。其詩爲「玲瓏巧蹙紫羅裳，令得東君著意粧。帶露欲開宜夜月，臨風微困怯春霜。發揮名字來盧阜，彈壓芳菲入醉鄉。最是午窗初睡醒，熏籠贏得梦魂香」。

〔二〕「異萼奇花近小堂」，《玉堂詩選》《圓機活法》作「合得君王着意粧」。

〔三〕「宜夜月」，《玉堂詩選》作「歡曉日」。

發揮名字來吟社〔一〕，彈壓芳菲入醉鄉。輸與老禪方丈裏，熏衣不用水沉香〔二〕。

防禦奇之。

又一日，攜瑞香駕舟遊樂，又謂之曰：「舟行亦樂矣，汝當以《舟中即事》〔三〕詠之。」山香〔四〕應聲吟曰：

蘭橈萬轉望汀沙，似接〔五〕雲峰到若耶。舊浦遠來〔六〕移渡口，垂楊深處有人家。洛陽〔七〕春色千年在，巴蜀〔八〕鄉心萬里賒，巫山蜀地。歸去後時如有問，扁舟慢槳數蓮花〔九〕。

---

〔一〕「吟社」，《玉堂詩選》作「廬阜」。

〔二〕「輸與老禪方丈裏，熏衣不用水沉香」，《玉堂詩選》作「最是午窗初睡起，重重贏得梦魂香」。

〔三〕本詩爲唐劉長卿《劉隨州集》第九《上巳日越中與鮑侍御泛舟若耶溪》。宋李昉《文苑英華》卷一六六、桑世昌《蘭亭考》卷一二、明高棅《唐詩拾遺》卷一〇、清吴高增《蘭亭志》卷八等載之。

〔四〕「山香」，誤，當爲「瑞香」。

〔五〕「似接」，《劉隨州集》作「應接」。

〔六〕「遠來」，《劉隨州集》作「满來」。

〔七〕「洛陽」，《劉隨州集》作「永和」。

〔八〕「巴蜀」，《劉隨州集》作「曲水」。

〔九〕「歸去後時如有問，扁舟慢槳數蓮花」，《劉隨州集》作「君見漁船時借問，前洲幾路入烟花」。

防禦笑曰：「子鄉關念矣。」曲爲慰諭，盡歡而罷，由是愛出房帷，寵踰諸妾，遠近傳揚之矣。

是時，丞相伯顏擅權用事，生殺予奪，道路以目。聞米防禦有妾名瑞香，色若西施，才傾詠雪，欲圖之而無其策，適有讒防禦謀不軌者，伯顏下令本州籍没其家，逮防禦及妻妾入京，隸執瑞香，縛之，忽不知其所在矣。〔眉批〕防禦以瑞香而殺身；瑞香以妖祟而不死。

【按】本文當爲明周静軒《湖海奇聞集》佚文。明西湖碧山卧樵《幽怪詩譚》卷三《置妾殞色》載之。

## 西顧金車

陳郡謝翱者，嘗舉進士，好爲七言詩，寓居長安昇道理，所居庭中，多牡丹。一日晚霽，南行百步許，眺終南峯，山名。佇立久之。見一騎自西馳來，及近，乃雙鬟，高髻静粧雅服，色甚姝麗。至翱所因駐，謂翱曰：「郎非見待耶?」翱曰：「步此徒望山耳。」雙鬟笑，降拜曰：「願郎歸所居。」翱不測，即回望其居，見青衣三四人，

玉珮
玉珮來時笑態上眉凝浅綠

金車
金車去處淚痕侵臉落輕紅

偕立門外，翺益駭異。入門，青衣俱前拜，既入，見堂中設茵毯，張帳幃，單帳。錦繡輝映，異香馥鬱，翺愕然且懼，不敢問。一人前曰：「郎何懼？固不損耳。」頃之，有金車至門，見一美人，年十六七，豐貌美麗，代所未識。〔眉批〕按金車美人，固非塵世族類，亦非木怪花妖，車自西來，意必西池仙女輩也。降車入門，與翺相見，坐於西軒，謂翺曰：「此地有名花，故來與君相約耳。」翺懼稍釋。美人即爲設饌同食，其器用、食物，莫不珍豐潔净，出玉盃，命酒遞酌，翺因問曰：「女郎何爲者？得非怪乎？」美人笑而不答，固請之，乃曰：「君但知非人則已，安所問耶？」

夜闌，謂翺曰：「某家甚遠，今將歸，聞君善七言詩，願見贈。」〔眉批〕夜闌求去，卒未間有猥語褻行，則其來也，或亦在詩耳，詎有他哉！翺命筆賦詩曰：

陽臺後會杳無期，碧樹烟深玉漏遲。半夜香風滿庭月，花前竟發楚王詩。

美人求紙筆書，合得碧箋一幅，題曰：

相思無路莫相思，風裏花開只片時。惆悵金闌却歸去，曉鸎啼斷緑楊枝〔二〕。

---

〔二〕「曉鸎啼斷緑楊枝」，明湯顯祖《紫釵記》第十六出《花院盟香》引用。

筆札甚工，翱稱賞良久。美人遂登車，翱送至門，揮涕而別。未數十步，車輿人物，俱無所見矣。翱異其事，因記美人詩於笥中。

明年春，下第東歸，至新豐，地名。夕舍逆旅。因步月長望，追感前事，又爲詩曰：

一紙華箋遶麗雲，餘香猶在墨猶新。空添滿目凄涼景，不見三山縹緲人。斜月照衣今夜梦，落花啼雨去年春。深閨更有堪悲處，窗上蟲絲壁上塵。

既而，朗吟之，忽聞車聲西來甚急，俄見金車，從數騎，視其從者，乃前時雙鬟。驚問之，雙鬟駐車謂翱曰：「通衢中恨不得一見。」〔眉批〕金車侍從自西而來，卒無改於其初也。翱請其舍旅，不可。又問所下，答曰：「將之〔二〕弘農。」翱因求參後，美人即褰車簾，謂翱曰：「感君意勤厚，故來面耳。」翱因誦所製之詩，美人曰：「願更酬一首。」翱授以紙筆，俄頃成之，曰：

惆悵佳期一梦中，武陵春色盡成空。欲知離别偏堪恨，只爲音塵兩不通。愁

〔二〕以下明萬曆本缺失，據臺灣天一出版社《明清善本小説叢刊初編》本《古今清談萬選》補。

態上眉凝淺緑，淚痕侵臉落輕紅。雙輪暫與王孫駐，明日西馳又向東。

翺謝之，良久別去，纔百餘步，又無所見。

翺雖知其非人，眷然不能忘，終結怨而卒。〔眉批〕謝公兩遇美人，以其詩致之耳，非他私可論也。

【按】本文據唐張宣《宣室志》補遺《謝翺》刪節成文。宋李昉《太平廣記》卷三六四「妖怪六」《謝翺》、宋洪邁《萬首唐人絶句詩》第六六、朱勝非《紺珠集》卷五《謝翺遇鬼詩》、曾慥《類説》卷二三《謝翺詩》、趙令畤《侯鯖録》《小碧箋題詩》、許顗《彦周詩話》、明王世貞《艷異編》卷三五「妖怪部四」《謝翺》、鳩茲洛源子《一見賞心編》卷八「花精類」《牡丹女》、胡文焕《稗家粹編》卷七「妖怪部」《謝翺》、徐惟和《榕陰新檢》卷九《遇鬼能和詩》、王路《花史左編》卷七「花妖」《醉名花》、馮梦龍《太平廣記鈔》卷五八《鬼部》、清曹寅《全唐詩》卷八六六、徐松《唐兩京城坊考》卷三、王初桐《奩史》卷四八《文墨門六》、卷八六《器用門三》、汪灝等《廣群芳譜》卷三二《花譜》、吴士玉《駢字類編》卷一一六《方隅門四》、清貫茗《女聊齋誌異》卷四《謝翺》、《古今閨媛逸事》卷七「神怪類」《詩妖》等載之。

# 據校書目

明一統志　［明］李賢等撰，文淵閣四庫全書本

明史　［清］張廷玉等撰，中華書局，一九七四年

（弘治）八閩通志　［明］陳道撰，明弘治刻本

（嘉靖）嘉興府圖記　［明］趙文華等撰，明嘉靖刻本

（萬曆）高州府志　［明］曹志遇，明萬曆刻本

（萬曆）錢塘縣志　［明］聶心湯修，萬曆刻本

（萬曆）杭州府志　［明］劉伯縉等修纂，萬曆刻本

（崇禎）嘉興縣志　［明］黄承昊等修纂，書目文獻出版社，一九九一年

大清一統志　［清］乾隆敕撰，文淵閣四庫全書本

（嘉慶）湖廣通志　［清］邁柱等，文淵閣四庫全書本

（雍正）浙江通志　［清］嵇曾筠等，文淵閣四庫全書本

（乾隆）望都縣新志　［清］王錫侯等修纂，乾隆三十八年刻本

（乾隆）西安府志　［清］嚴長明等修纂，乾隆刻本
新淦縣志　［清］王肇賜等修纂，成文出版有限公司本
（同治）荊門直隸州志　［清］恩容等修纂，江蘇古籍出版社，二〇〇一年
（光緒）廣州府志　［清］史澄等修纂，上海書店，二〇〇三年
（光緒）永嘉縣志　［清］孫寶琳等修纂，上海書店，一九九三年
西湖遊覽志餘　［明］田汝成撰，浙江人民出版社，一九八〇年
萬曆野獲編　［明］沈德符撰，中華書局，一九九七年
弇州史料　［明］王世貞撰，明萬曆四十二年刻本
國朝獻徵録　［明］焦竑輯，明萬曆四十四年徐象橒曼山館刻本
本朝分省人物考　［明］過庭訓撰，明天啟刻本
皇明詞林人物考　［明］王兆雲輯，四庫存目叢書本
皇明史竊　［明］尹守衡，明崇禎刻本
明紀編遺　［清］葉鈐撰，清初刻本
潯陽蹠醢　［清］文行遠撰，清康熙谷明堂刻本
金華征獻略　［清］王崇炳撰，清雍正刻本

海昌外志　〔清〕談遷撰，成文出版社，一九八三年

湖壖志略　〔清〕魏標，光緒七年武林掌故叢編本

湖壖小志　〔清〕高鵬年撰，清光緒刻本

甘澤謡　〔唐〕袁郊撰，文淵閣四庫全書本

宣室志　〔唐〕張讀撰，文淵閣四庫全書本

博異記　〔唐〕鄭還古撰，文淵閣四庫全書本

酉陽雜俎續集　〔唐〕段成式撰，四部叢刊初編本

裴鉶傳奇　〔唐〕裴鉶撰，上海古籍出版社，一九八〇年

續玄怪録　〔唐〕李復言撰，中華書局，二〇〇六年

太平廣記　〔宋〕李昉等輯，文淵閣四庫全書本

古今合璧事類備要　〔宋〕謝維新輯，文淵閣四庫全書本

錦繡萬花谷　〔宋〕佚名輯，宋刻本

類説　〔宋〕曾慥輯，文淵閣四庫全書本

紺珠集　〔宋〕朱勝非撰，文淵閣四庫全書本

古今事文類聚　〔宋〕祝穆撰，文淵閣四庫全書本

夷堅志 [宋] 洪邁撰，清影宋抄本

唐詩鼓吹 [金] 元好問撰，文淵閣四庫全書本

韻府群玉 [元] 陰時夫撰，文淵閣四庫全書本

剪燈新話 [明] 瞿佑撰，古本小説集成本

剪燈餘話 [明] 李昌祺撰，古本小説集成本

古今説海 [明] 陸楫輯，文淵閣四庫全書本

熊龍峰四種小説 [明] 熊龍峰刊行，上海古籍出版社，一九八七年

西樵野記 [明] 候甸撰，四庫全書存目叢書本

蓬窗日録 [明] 陳全之編，明嘉靖四十四年刻本

艷異編 [明] 王世貞撰，明刊本

才鬼記 [明] 梅鼎祚編，明萬曆三十一年鹿角山房刻本

祝子志怪録 [明] 祝允明撰，明刻本

國色天香 [明] 吴敬所編輯，萬曆刻本

燕居筆記 [明] 林近陽，古本小説集成本

燕居筆記 [明] 何大倫編，古本小説集成本

燕居筆記 〔明〕馮梦龍編，古本小説集成本
廣列仙傳 〔明〕張文介撰，萬曆十一年刻本
仙媛紀事 〔明〕楊爾曾撰，萬曆草玄居刻本
幽怪詩譚 〔明〕西湖碧山卧樵編撰，齊魯書社，二〇〇一年
禪寄筆談 〔明〕陳師撰，明萬曆二十一年刻本
耳談類增 〔明〕王同軌撰，明萬曆三十一年唐晟、唐昶刻本
汾上續談 〔明〕朱震孟撰，萬曆刻本
榕陰新檢 〔明〕徐㶿撰，明萬曆三十四年刻本
文海披沙 〔明〕謝肇淛撰，明萬曆三十七年沈儆炌刻本
稗家粹編 〔明〕胡文焕輯，書目文獻出版社，一九八八年
華夷花木鳥獸珍玩考 〔明〕慎懋官輯，明萬曆刻本
河上楮談 〔明〕朱震孟撰，齊魯書社，一九九五年
花史左編 〔明〕王路編，明萬曆刻本
狐媚叢談 〔明〕憑虚子輯，明萬曆草玄居刻本
廣豔異編 〔明〕吴大震輯，明刻本

殊域周咨録　［明］嚴從簡撰，明萬曆刻本

鴛渚志餘雪窗談異　［明］周紹濂撰，中華書局，二〇〇八年

更癸軒彙輯閑居筆記　［明］赤心子輯，明萬曆刊本

亘史鈔　［明］潘之恒撰，明刻本

情史類略　［明］詹詹外史輯，春風文藝出版社，一九八六年

露書　［明］姚旅撰，天啟刻本

西臺漫記　［明］蔣以化撰，北京圖書館古籍珍本叢刊本

續艷異編　［明］王世貞編，明刻本

塵餘　［明］謝肇淛撰，續修四庫全書本

野客閒談　［明］陳虞佐撰，明刻本

古今詞統　［明］卓人月、徐士俊輯，明崇禎刻本

關帝曆代顯聖志傳　［明］穆氏編輯，明崇禎刻本

玉芝堂談薈　［明］徐應秋撰，文淵閣四庫全書本

天中記　［明］陳耀文撰，文淵閣四庫全書本

花草粹編　［明］陳耀文編，文淵閣四庫全書補配本

一見賞心編　［明］鳩兹洛源子編撰，萬曆三十三年刻本
緑窗女史　［明］秦淮墨客編，天啟六年刻本
山堂肆考　［明］彭大翼撰，文淵閣四庫全書本
花當閣叢談　［明］徐複祚撰，清嘉慶刻借月山房匯抄本
堯山堂外紀　［明］蔣一葵撰，明刻本
秋涇筆乘　［明］宋風翔撰，叢書集成初編本
蓉塘詩話　［明］姜南撰，續修四庫全書本
唐詩拾遺　［明］高棅撰，文淵閣四庫全書本
古今詞話　［明］沈雄撰，四庫存目叢書本
岐海瑣談　［明］姜準撰，上海社會科學院出版社，二〇〇二年
錢神志　［明］李世熊撰，清同治十年活字印本
堅瓠集　［清］褚人獲輯，清刻本
寄園寄所寄　［清］趙吉士輯，清康熙三十五年刻本
全閩詩　［清］鄭方坤編，清乾隆詩話軒刻本
醉裏耳餘録　［清］陳銘撰，清抄本

御定佩文齋廣群芳譜　〔清〕汪灝、張逸少等輯，文淵閣四庫全書本

御定佩文韻府　〔清〕張玉書、陳廷敬撰，文淵閣四庫全書本

元明事類鈔　〔清〕姚之駰撰，文淵閣四庫全書本

御定淵鑒類函　〔清〕張英、王士禎纂，文淵閣四庫全書本

古今圖書集成　〔清〕陳梦雷編，齊魯書社，二〇〇六年

奩史　〔清〕王初桐輯，清嘉慶二年伊江阿刻本

閒情十五種　〔清〕程作舟撰，清刻本

明詩紀事　〔清〕陳田輯，清貴陽陳氏聽詩齋刻本

静志居詩話　〔清〕朱彝尊撰，清嘉庆二十四年扶荔山房刻本

林下詞選　〔清〕周銘撰，四庫存目丛書本

詞苑萃編　〔清〕清馮金伯輯，續修四庫全書本

歷代詩餘　〔清〕沈辰垣等編，上海書店，一九八五年

明詞綜　〔清〕王昶編，四庫備要本

詞苑叢談　〔清〕徐釚編，中華書局，一九八五年

本事詩　〔清〕徐釚編，光緒十四年邵武徐氏刻本

柳亭詩話　〔清〕宋長白撰，四庫存目叢書本
香艷叢書　〔清〕蟲天子編，宣統元年中國扶輪社排印本
曲海總目提要　董康輯，天津古籍出版社，一九九二年
古今閨媛逸事　佚名編，北京燕山出版社，一九九二年
劉隨州集　〔唐〕劉長卿撰，四部叢刊初編本
樊川集　〔唐〕杜牧撰，四部叢刊景明翻宋本
丁卯集　〔唐〕許渾撰，清乾隆二十一年許鍾德等刻本
才調集　〔五代〕韋縠撰，四部叢刊景錢曾述古堂景宋鈔本
蟫精雋　〔明〕徐伯齡撰，文淵閣四庫全書本
清風亭稿　〔明〕童軒撰，文淵閣四庫全書本
枕肱亭文集　〔明〕童軒撰，明成化六年刻本
水西全集　〔明〕李培撰，天啓元年刻本
玉堂詩選　〔明〕舒芬輯，明萬曆七年唐氏富春堂刻本
南濠詩話　〔明〕都穆撰，知不足齋叢書本
弇州山人四部續稿　〔明〕王世貞撰，沈一貫選，明萬曆二十年刻本

處實堂集　〔明〕張鳳翼撰，明萬曆刻本
太函集　〔明〕汪道昆撰，明萬曆刻本
圓機活法·詩學　〔明〕王世貞撰，楊淙輯，日本石川鴻齋校正、〔清〕沈文熒校正
詩話類編　〔明〕王會昌撰，明萬曆刻本
王奉常集　〔明〕王世懋撰，明刻本
查毅齋先生闡道集　〔明〕查鐸撰，清刻本
石倉歷代詩選　〔明〕曹學佺編，文淵閣四庫全書本
堯山堂外紀　〔明〕蔣一葵撰，上海古籍出版社一九九六年本
列朝詩集　〔清〕錢謙益輯，清順治九年毛氏汲古閣刻本
全唐詩　〔清〕曹寅編，文淵閣四庫全書本
歷代題畫詩類　〔清〕陳邦彦修，文淵閣四庫全書本
佩文齋詠物詩選　〔清〕張玉書、汪霦等編，文淵閣四庫全書本
四朝詩　〔清〕張豫章編，文淵閣四庫全書本
全浙詩話　〔清〕陶元藻輯，清嘉慶元年怡雲閣刻本
宋詩紀事　〔清〕厲鶚撰，文淵閣四庫全書本

湖北詩徵傳略 〔清〕丁宿章輯，光緒七年孝感丁氏涇北草堂刻本
江西詩徵 〔清〕曾燠編撰，嘉慶九年刻本
明詩紀事 〔清〕陳田編撰，陳氏聽詩齋刻本
檇李詩繫 〔清〕沈季友編撰，文淵閣四庫全書本
三寶太監下西洋記 〔明〕羅懋登撰，明萬曆二十五年刊本
海剛峰先生居官公案 〔明〕李春芳撰，古本小說集成本
新民公案 〔明〕郭子章撰，天津古籍出版社，二〇〇六年
警世通言 〔明〕馮梦龍輯，明天啟四年刻本
金瓶梅 〔明〕笑笑生撰，明崇禎刻本
二刻拍案驚奇 〔明〕淩濛初撰，明崇禎五年尚友堂刻本
今古奇觀 〔明〕抱甕老人撰，人民文學出版社，二〇一六年
百家公案 〔明〕安遇時撰，天津古籍出版社，二〇〇六年
征播奏捷傳 〔明〕棲真齋名道狂客，中國文聯出版社，二〇〇四年
紫釵記 〔明〕湯顯祖撰，毛氏汲古閣刻本
西湖佳話 〔清〕古吳墨浪子，古本小說集成本

大唐秦王詞話　［明］澹圃主人撰，古本小説集成本
飛劍記　［明］鄧志謨撰，閩中余氏翠慶堂刊本
秣陵春傳奇　［清］吴偉業撰，清初刻本
龍圖剛峰公案合編　［清］金陵云崖主人編，嘉慶十四年刻本
載花船　［清］西泠狂者撰，清刊本
古體小説鈔（明代卷）　程毅中編，中華書局，二〇〇一年
稀見明清傳奇小説集　薛洪勣 王汝梅編，吉林文史出版社，二〇〇七年
唐五代傳奇集　李劍國編，中華書局，二〇一五年
明代志怪傳奇小説敘録　陳國軍著，商務印書館國際出版公司，二〇一六年

# 稀見筆記叢刊

## 已出版

獪園　［明］錢希言　著

鬼董　［宋］佚名　著　夜航船　［清］破額山人　著

妄妄録　［清］朱海　著

古禾雜識　［清］項映薇　著　鐙窗瑣話　［清］于源　著

續耳譚　［明］劉忭等　仝撰

集異新抄　［明］佚名　著　［清］李振青　抄　高辛硯齋雜著　［清］俞鳳翰　撰

翼駉稗編　［清］湯用中　著

簷廊瑣記　［清］王守毅　著

風世類編　［明］程時用　撰　闇然堂類纂　［明］潘士藻　撰

**新鐫全像評釋古今清談萬選　［明］泰華山人　編選**

## 即將出版

在野邇言　［清］王嘉楨　著　薫蕕并載　［清］佚名　著

疑耀　［明］張萱　撰

述異記　［清］東軒主人　撰　鸝砭軒質言　［清］戴蓮芬　撰

魏塘紀勝·續　［清］曹廷棟　著　東畬雜記　附　幽湖百詠　［清］沈廷瑞　著　鴛鴦湖小志　［民國］陶元鏞　輯